我们的爸妈

陆渭南 尤恒 编著

江苏凤凰文艺出版社

图书在版编目（CIP）数据

我们的爸妈 / 陆渭南，尤恒编著. —南京：江苏凤凰文艺出版社，2023.12
ISBN 978-7-5594-8009-5

Ⅰ.①我… Ⅱ.①陆… ②尤… Ⅲ.①纪实文学—中国—当代 Ⅳ.①I25

中国国家版本馆CIP数据核字(2023)第190443号

我们的爸妈
陆渭南　尤　恒　编著

出 版 人	张在健
责任编辑	李珊珊
特约编辑	王晓彤
责任印制	杨　丹
出版发行	江苏凤凰文艺出版社
	南京市中央路165号，邮编：210009
网　　址	http://www.jswenyi.com
印　　刷	江苏凤凰通达印刷有限公司
开　　本	880毫米×1230毫米　1/32
印　　张	7.75
字　　数	192千字
版　　次	2023年12月第1版
印　　次	2023年12月第1次印刷
书　　号	ISBN 978-7-5594-8009-5
定　　价	58.00元

江苏凤凰文艺版图书凡印刷、装订错误，可向出版社调换，联系电话 025-83280257

代　序

当你老了　何以为家
——评《我们的爸妈》

张坚强

每一个时代都有自己的情感问题和社会问题，都需要文艺家去书写表达。《我们的爸妈》直面老年人的生命和生活过程，以非虚构的叙述方式关注并思考家庭伦理的矛盾、老年人再婚、养老等情感和社会问题。因此，这本书可以作为情感文化文本和社会学文本来阅读。

一、文本的张力来自哪里？

文本的张力就是文本所指的丰富性、文本意向的丰富性和文本内在矛盾冲突的丰富性。《我们的爸妈》的叙事张力主要来自矛盾冲突的丰富性。

浪漫背后的真相：有两首唱响心灵、歌颂爱情的老歌：《最浪漫的事》和《当你老了》。作者和喜欢这两首歌的人其实都还没有老过，歌曲唱的都是一种想象的虚拟的美好场景。最浪漫的事是与你一起慢慢变老，老去的过程其实是一个漫长的流逝过程。老了怎么办？当你真的老了怎么办？老了生病怎么办？老了孤独怎么办？老了子女不孝怎办？老了没钱养老怎么办？老了进养老院就万事大吉啦？老了丧偶怎么办？老了再婚怎么办？老了失忆失能怎么办？老人是无言的，老人是沉默的大多数。《我们的爸妈》以生活化的场景呈现了这些沉重的话题，其实是说出了数亿老人的心声。真相就是真相，其实与美好浪漫没有关系。

伦理情感的困境：中国传统社会的最高理想就是大同："大道之行也，天下为公。选贤与能，讲信修睦。故人不独亲其亲，不独子其子，使老有所终，壮有所用，幼有所长，矜、寡、孤、独、废疾者皆有所养，男有分，女有归。货恶其弃于地也，不必藏于己；力恶其不出于身也，不必为己。是故谋闭而不兴，盗窃乱贼而不作，故外户而不闭。是谓大同。"（选自《礼记·礼运》）中国人的情感结构是建立在伦理关系基础上的，表现为伦理情感，即使在今天社会转型期，伦理情感的表达依然是中国人的底色。但是以利益驱动为主体特征的社会转型期，中国人的情感冲突已经在所有的伦理层面展开。

母女的情感冲突，柯子敏与王细珠对上一代母女情感关系模式的复制（《我的母亲我的痛》），兄弟姐妹之间的情感冲突，再婚夫妻之间的情感冲突（《无处安放的情感》《老江的四季》），传统孝道文化与现代性情感表达之间的冲突（《肖家三孝子》），尽忠（忠于事业工作岗位）与尽孝（孝敬守护父母）的矛盾……在书中都有所展现。在中国人的情感结构中，孝道是绝对的，生命是至高无上的，可是所有的正面伦理情感的表达都需要实实在在的时间和精力、财力，缺一不可。而绝大部分孝子孝女，最缺的就是时间、精力和财力，他们要怎样坚守才不会崩溃？整本书的大部分章节，都真实地呈现了这种内在的紧张和情感冲突，逼迫我们不得不思考如何才能走出伦理情感的困境。

养老的迷津：居家养老还是集中养老？是家庭养老还是社会化养老？这是一个社会问题，这是关于生活方式的问题，所以当然也是一个情感文化问题。

自己的父母自己养护不了? 有所谓专业的养护者吗? 易子而教,难道也要易老而养吗? 老吾老,以及人之老。我们没有考察过国内的养老院,本书中有住养老院的,也有居家养老的,进养老院被当作"绝地求生、破釜沉舟"的选择。《有一个人,他不见了》提到了一个很有意思的场景:"北京有一个人做了三分钟的视频,在大学校门口随机问了五个年轻人:等父母老了,会不会送他们去养老院? 100%的答案是:会啊,为什么不? 问:为什么? 因为是专业机构啊,老年人生活不能自理了,就应该去专门机构养老。回答者都很冷静。"年轻一代没有选择的困惑,可是爸妈们怎么想? 儿孙满堂没有了,天伦之乐没有了,家没有了,安身立命之所没有了,归属感与终极关怀没有了。爸妈已经老了,我们正在老去,中国老年化的步伐正在加速。何以安顿好我们的父母,安顿好我们自己的老年生活,所谓颐养天年是有生命尊严的要求和情感文化的要求的。是传统居家养老,还是进养老院? 是社区化养老(社区食堂、医院等),还是医养综合体养护? 依然是千家万户最纠结的事。

"我们"是谁:本书的作者大多是60后、70后,正在变老的"我们"。"我们"是退休族、是独生族、是再婚族、是失独族、是移民族;"我们"是公务员、教师、记者、工商业者、自由职业者;"我们"是儿子女儿、是丈夫妻子、是父母。"我们"上有老下有小,"我们"努力工作争取经济自由,"我们"不离不弃践行孝道,"我们"头发花白、心力交瘁、精疲力竭。"我们"也是80后、90后,终将面对四个甚至六个老人的"我们",终将变老的"我们"。

二、令人心痛的坚守

我这里所说的坚守本质上是对家园的坚守,是对生命生活或者说命运共同体的坚守。本书中的"我们"和"爸妈"闪耀着人性的光芒,他们坚守爱情、坚守亲情、坚守孝道、坚守生命和生活的尊严。但从他们面对的矛盾和困境来说,这种坚守缠绕着焦虑和痛苦、爱与奉献、无奈与坚韧,所以又是令人心痛不已的。

对爱情的坚守:父母爱情是对子女后辈的示范,老人们对爱情的坚守是生生不息的情感文化的财富。《妈在,幸福就在》中父亲对母亲的爱情模式可以用宠爱一生来概括,没有轰轰烈烈,但爱得深切、爱得长久,直到生命尽头。邓兰与叶良是革命伴侣,叶良脑中风十年,邓兰自己也有基础疾病,但不离不弃、悉心照料;范军与玉梅也是一对革命夫妻,两人在云南军区相识相爱,从云南到贵州、江苏、海南,风雨同舟,荣辱与共,恩爱了一辈子的金婚夫妻,把两个儿子培养成事业有成的博士(《从纽约到镇江,穿越风霜雨雪的四季》)。勇敢追求爱情的许海兰(《无处安放的情感》)、老江(《老江的四季》),再一次恋爱,再一次组成家庭真的需要勇气、包容和坚韧。许海兰是重新社会化,在感情追求上不气馁不将就,谈得很辛苦;老江的爱情是质朴的踏实的,但两人又在为百年之后与谁合葬焦虑不安。幸福的家庭是相似的,不幸的家庭各有各的不幸。无论遇到什么困难和坎坷,他们的态度都是以对人情美、人性美的坚定去踏平坎坷。

对亲情的坚守:世界的中心在哪里?最亲爱的人在哪里,父母在哪里,我们的家园在哪里,世界的中心就在哪里。亲情产生于这样的过程:同一个屋檐下的喜怒哀乐、柴米油盐、深入到细节和具体场景的情感关怀。亲情是绵延悠长的历时性的,但亲情也是我们共时性的情感体验,亲情与生俱来,滋养我们的心灵,伴随我们成长,或者说就是我们的成长。

亲情就是独身侍奉父母,亲情就是柯子敏在母亲的责骂声中恪守孝道,亲情就是把老家年迈的父母接到城里来享福,亲情就是哪怕身心崩溃也要服侍好磨人的母亲维护家园的肖晓玲兄弟姐妹,亲情就是忍着丧子失父的心痛陪伴母亲游历治愈心灵。最长情的告白就是陪伴,本书中的"我们"和"爸妈"相互陪伴,在病魔的折磨下,也有怨言也有痛苦,但他们始终在坚守亲情坚守孝道,因为中国的人生智慧始终对命运是积极理解的,我们相信仁义无敌,善良无敌,我们的伦理情感结构体现我们的价值导向。我们常说"大恩不言谢",不是不要谢,是因为父母的养育之恩、救命之恩,你一辈子也报答不完。人有了情感归宿才有安全感,才有意义感,才有自信自强。其实亲情、家园情结、家国情怀就是我们的终极关怀。

对生命尊严的坚守:我时常非学术地思考一个问题,为什么中国长期以来是世界人口最多的国家?这与传统文化精神中"贵生重死"的人生智慧是紧密相关的。我们中华民族三千年前就有对各得其所、皆有所养的大同世界的具体描绘。《易经》说"天地之大德曰生",《尚书》说"惟人万物之灵",《黄帝内经》说"天覆地载,万物悉备,莫贵于人"。中华文化精神对人的关怀、对生命的珍贵是绵延不绝的。《我们的爸妈》一书也生动地呈现了对生命的珍惜、对生命尊严的坚守。子女孝敬父母,克服一切困难侍奉父母就是为了维护老年人的生命尊严,书中的爸妈们也是令人心痛地坚守自己作为人的珍贵性和尊严。无论是从山沟沟进城的李桂花,还是晚年追求爱情不将就的许海兰,还有质朴实在的老江,他们始终都在努力走好人生中的每一步。

生活是美好的,但其实也很艰辛,有阳光就有阴影。透过"我们"和"爸妈"令人心痛的坚守,我们看到了他们对生活的感恩与热爱、深情的回望与成长的路标、人性美的立场和价值标准。其实任何人,在经历时,都不会知道自己正在经历一生中最幸福的时刻。写下来就成为我们的精神成长史,虽然我们都会老去,但我们仍然在一个几时性结构中彼此欣赏,相互温暖。

三、情感文化或者说情感意识形态

情感意识形态是指情感的政治性和社会性维度,建构继承性的情感文化结构或者说意识形态,是市场经济时代维护人的尊严、生命的尊严的最重要的精神力量。情感意识形态在以下几个层面上发挥着不可或缺的作用。

人情与资本:资本的逻辑看起来非常强大,它总是试图把所有的人席卷进生产过程创造利润。但是随着年岁的增加,人总是要脱离生产过程的,判断一个社会的文明程度主要看这个社会如何对待脱离生产过程的人。中国的传统伦理情感结构历久弥新,今天仍然是对抗资本逻辑的有力武器。从情感意识形态的立场来说,首先对老一代的牺牲与付出必须以合情合理的方式给予确认和褒奖。爸妈们一生坎坷,却又很不寻常。他们是大时代中的小人物,也是民族百年史无可替代的实践主体。中华民族伟大复兴是一代代普通人接续奋斗奉献的过程和结果。国家和社会重视老去的人们,才更能凝聚人心,统一思想,稳定社会。

同情与共情:同情与共情是情感意识形态的关键词。情感意识形态在伦理情感结构体系中设置了无数经典的情感场景和标志人物,安慰我们的心灵,确认和规范我们的心理预期和情感价值取向。在这个领域,文学艺术作品发挥了强大的作用。文学作品描绘情景召唤同情,进而促使人们在同情的基础上,同频共振放大为共情,我们仿佛结成情感共同体、命运共同体。同情与共情是维系家庭和社会公共生活的黏合剂。阅读《我们的爸妈》,也一定会激发我们的同情和共情力,进而反思我们生命的历程。无论是现实世界还是文学世界,难道有谁命该是那个"欧麦拉城独自忍受痛苦的孩子(老人)"(桑德尔《公正——该如何做是好?》)吗?

坚硬的孝道:把一个社会凝聚起来的纽带有很多,诸如政治的、经济的、道德的、宗教的、血缘的等等。在所有的纽带中,血缘基础上超越上升的情感文化纽带是最深刻的纽带和联结,不理解家庭、家园、家国这一价值取向对中国人的重要性,就难以理解中国人。数千年来,作为情感文化纽带的孝道已经上升为民族国家的道德意志。对传统孝道的坚守必须得到社会情感意识形态的确认和褒奖。

《我们的爸妈》一书中绝大部分子女都是既尽忠又尽孝,面对各种矛盾和压力努力坚守孝道,令人动容。虽然时代在变动,伦理情感结构也相应改变,践行孝道的方式也在发生改变,但我们对孝道的情感价值取向没有变,我们对亲情、爱情、友情、家国情怀的坚守没有变,我们保卫精神家园的行为和意志没有变。情感意识形态是激励器,始终在引领人们为生活、生命的精彩而奋斗,甚至超越个人利益而奋斗。

虽然市场经济时代消解了很多价值,仿佛一切坚硬的东西都烟消云散了,但作为伦理情感的孝道依然坚不可摧,即使露重难进,也要展翅飞翔,走得再远,也要守护时光深处的家园。

目 录

我的母亲我的痛 / 尤恒　　　　　　　　　　　　1

有一个人,他不见了 / 陆渭南　　　　　　　　27

老江的四季 / 马彦如　　　　　　　　　　　　61

从纽约到镇江,穿越风霜雨雪的四季 / 华晔　　87

李桂花进城 / 容岩　　　　　　　　　　　　109

肖家三孝子 / 尤恒　　　　　　　　　　　　127

乐在节俭进行时 / 王桂宏　　　　　　　　　153

妈在,幸福就在 / 柳筱苹　　　　　　　　　179

无处安放的情感 / 马彦如　　　　　　　　　203

我的母亲我的痛

尤 恒

采写手记：

　　都说女儿是父母的小棉袄。可是，与柯子敏交谈的过程中，我能感觉到她身上的一股怨气，尤其是对母亲的怨气。在这对母女身上，"小棉袄"之理念是不成立的，是一种奢侈的美好想象。

　　其实，我与柯子敏很熟，我们之间可以跨越性别，无话不谈，她的隐私都告诉了我。我也见过她的母亲王细珠。这对母女从外形上很像，浑身上下都透着丝野性，但母亲比女儿显得干练。至于她的弟弟柯子雄，我也见过一面，那张脸真是帅得不行，更确切地说是漂亮，这样漂亮的脸应该长在女人的头上才算般配，却偏偏生在一个男人的头上，便多少让人想入非非。

　　那回，受柯子敏之托，我带了一个养猪专家和一个水稻专家去王细珠与人合伙开的农场，这个农场开了三四年，一直在亏损，亟须懂行的专家做些指点。王细珠带着我们在农场转了一圈，那两个专家一下子就指出了农场的问题所在——管理太业余。王细珠指着女儿说："跟她说了多少次，让她过来管理。她有你们这些朋友在农业局，近水楼台先得月，有什么不懂的请教你们专家，说不定还能争取点资源来。唉，她就是不愿意呀！"柯子敏听了，转身离开了。我感觉到母女之间潜在着的隔阂。想想这位母亲，真够厉害的，如花似玉的女儿如果在泥土里滚上一两年，肯定成了粗糙的农妇，况且这个女儿对农业一窍不通，要想把农场经营好，不脱一层皮才怪了。当时，我就想：为什么不让儿子来管理农场？难道舍不得毁了儿子这张漂亮的脸？男人黑点糙点怕什么！

在写这篇文章之前，我只是从柯子敏的只言片语中了解到一点这对母女之间存在的问题，我总是劝慰她，毕竟是自己的母亲，再怎么着，也是不会亏待她的。柯子敏说："你不了解我妈，以后我会原原本本讲给你听。"

直到有一天，柯子敏约我到一家咖啡馆喝下午茶，她告诉我，由她母亲做主，对财产进行了分割，房子和存款基本上都给了她弟弟。说着说着，就哭得泣不成声。等心情平复了，她便拿出写给父母的长信给我读。"你想了解的，全在这信里面。"她说。

那信很长，A4纸打印的，足足的二十页。这封信也成了这篇文章的主要素材。

我游走在这封长信的字里行间，感受到这对天敌一样的母女，互相伤害，两败俱伤。有人说，原生家庭对于子女就是一种魔咒。从这对母女身上，我看到了这个魔咒。而母亲对那个漂亮儿子的偏心，让我想到了杜拉斯的自传性小说《情人》里所写的母亲，这位母亲就是对长子异常偏心，杜拉斯的大哥哥外型上极具男子气概，却极不成器，干尽了所有败家的事，但母亲就是爱这位长子，一辈子都在为长子"擦屁股"，钱全花在这位长子身上，却无怨无悔，乐此不疲。在柯子敏写给父母的长信里，可以感觉到她的漂亮弟弟与杜拉斯的大哥哥在败家这事上有得一拼，但是父母却视其为珍宝，把几乎所有的财产都给了这位漂亮且会败家的儿子。

曾经以为这只是柯家的个案。但是，在写这篇文章的过程中，我从丹阳一个镇的农业农村局局长口中听到了类似的事情。这位局长是位女性。有一次下乡检查时,饭桌上我无意中说了柯家的事,这位女局长说:"这种情况很正常!"她说她家姐弟三个,两女一男。父母有困难时,想到的都是女儿,做事的是女儿,付钱的是女儿,但父母永远对两个女儿不满意。儿子很少来父母这里探望,偶然来一次,母亲立马在村子里到处宣传:"我儿子来看我啦,还带了好些东西孝敬我!"生怕别人不知道儿子来看她似的。"财产嘛,都是给弟弟的,我和姐姐是捞不到一分钱的。"女局长平静地说。

我问:"在农村,重男轻女的现象还很严重吗?"

女局长说:"当然了。女儿对父母再好,也是泼出去的水呀,儿子才是传宗接代的!"

我说:"看来还是生一个孩子好!"

在场的人附和着:一个孩子是推不掉赡养老人的责任的,也没有人跟着去争老人的财产。"生一个孩子最和谐了!"大家大笑。

在写完这篇文章时,我接到了柯子敏的电话,她约我到星巴克喝咖啡。她一改之前那种中性的打扮,穿了件大红的羽绒服,涂了口红,烫了头发,显得很时尚。她说,现在要为自己活着。我问她,父母怎么样呢?她说,他们住进了养老院,她每周去探望一次。她还告诉我,柯子雄违反了自己写下的保证书,把父母的那栋别墅租了出去,他要让老两口在养老院永远住下去,直到死。柯子敏呷了口咖啡,幽幽地说:"养老院,也是我们这一代的最终归宿吧。"

我的母亲我的痛

电话那头一个尖脆的女声:"你还没死啊?我以为你死了的!这么长时间连个电话也没有,就当你死了好了!"

电话这头是一个低沉的女声:"最近忙得很。这不,一忙停当,就给你打电话了。需要什么,我带过去!"

尖脆的女声越发抬高了声音:"你还来做什么?只当你死了!"

电话挂了。

谁也不会想到,这样的通话会发生在一对母女之间。都说女儿是母亲的贴身小棉袄,可这对母女仿佛天生的冤家,一说话就杠上了,特别是母亲王细珠中风后,对女儿柯子敏简直就是横眉冷对、苦大仇深,仿佛自己的一切不幸都是这个女儿带来的。

对于母亲在电话里这般歇斯底里的发作,柯子敏已经习以为常,这个耳朵进,那个耳朵出。过了一会儿,她约莫着母亲的脾气过了,就又打了电话过去。她说:"我明天去看你和爸,需要什么,我带过去。"

王细珠说:"差的东西多了。尿不湿、尿垫、卫生纸、餐巾纸、西洋参、复合维生素、牛奶、酸奶,还有毛巾、香皂、牙膏、牙刷……"

母亲还在报着一大堆物品的名称,大有要把百货公司搬进家里的架势。柯子敏知道母亲能记住的也就是前面说的几样东西,后面的,她都不知道自己说了什么。如果不打断她,她会永远不停地说下去。于是,她问:"子雄最近来过吗?"子雄是她的弟弟,他们就姐弟俩,可母亲经常把"一个女儿一条狼"挂在嘴上。母亲有姐妹七个,村里人都说:"王家七朵花,人人说来人人夸!"可是,外公去世时,七姐妹为分家产,那闹得叫鸡犬不宁,老爷子尸骨未寒,七姐妹大打出手。村里人又调侃:"王老爷子够厉害,一气养了七条狼!"母亲是老大,对家庭贡献最大,但分得最少,自此与姐妹们老死不相往来。那会儿,柯子敏还小,看到姨妈们在外公的灵柩前,有哭闹的,有地上打滚的,有持刀抹脖子的,有拿绳上吊的,有互相扯头发的,只觉得又好玩又好怕。后来,母亲把舅公请了来,开了家庭会议,外公才入土为安,姨妈们各自拿了应得的东西散去了。她拉着母亲的衣角,站在空荡荡的房子里,听见母亲叹息:"一个女儿一条狼!"她看见母亲的脸上全是泪水,原来母亲不只会凶人、骂人、打人,居然也会哭泣。

"还提你弟弟做什么?这个没良心的讨债鬼,两个多月没有给我一个电话。来电话,一准就是向老娘要钱。下回,一个子儿也不给他!"王细珠在电话里气呼呼地说。

柯子敏听着,只觉得好笑,母亲说归说,气归气,但心永远是长偏的。记得那年丈夫独长江创业刚有了一点起色,母亲便三天两头盯着女儿说:"你们不能只图你们自己好,得拉扯拉扯你弟弟,你统共就这么一个兄弟,不拉扯他拉扯谁?"柯子敏被母亲逼得没法,只好跟丈夫商量。独长江看在丈母娘借给他们三十万启动资金的份上,把刚从同学那里弄来的一个装潢项目分了一部分给小舅子做。也不知柯子雄从哪里拉来的水货施工队,工程做得一塌糊涂,用了不到一年,就发现水管子漏水,地砖松了,地板翘了。人家一气之下,拖着一部分工程款就是不给。为了这事,项目做亏了,同学的情义也断了。夫妻俩气得跑到父母那里告柯子雄的状,结果王细珠却责怪起女婿来:"子雄是头一次做装潢,没有经验,总要付些学费。再说,你这做姐夫的,应该手把手拉扯才行,你做到手把手了吗?没做到,这就是你的不对!"夫妻俩无话可回,只有干瞪眼的份,发狠再不与柯子雄合作。类似这样的事多着哩,板子永远都打在女儿的身上。

果然,王细珠把话锋一转:"怎么说,他都是我的儿子。我的钱,我的房子,我的金银细软,不给他给谁?坏就坏在他总娶不到好老婆。"

家里人谁不知道柯子雄这个公子哥,生了一副帅哥的皮囊,所以桃花运不断,两次结婚两次离婚,每次都是当金当宝地宠溺老婆,只是没有一个女人能帮到他,做生意永远都是亏的,永远都是父母拿辛苦挣来的钱替他填窟窿。

提到了媳妇,王细珠便开始了对媳妇无休止的控诉。柯子敏已无心听下去,反正再怎么控诉,她的所有都要给这个公子哥。柯子敏找了个借口,果断挂了电话。

印象里,母亲一直是个言语干脆爽利的人,从来都是说一是一,说二是二,决不会牵三挂四的。可自从脑梗中风后,母亲变得唠叨了。有一回柯子敏回娘家,正碰上父母在吵架,起初是为晾衣服的事,母亲挂着拐杖指挥父亲如何如何去做,但父亲做的达不到她的要求,于是她便拿这事说个没完,一向温和的父亲终于发火了,两口子杠了起来。幸亏柯子敏赶到,把衣服重新晾了一遍,才平息了这场风波。事后,父亲柯华忠悄悄对女儿说:"你妈脑子有问题了。"父亲还说了一个事,王细珠自从出院后,洗手总不让用毛巾擦干,必须等手自然晾干才成,说是毛巾上会有细菌二次污染。

母亲有点小洁癖,这不假,可也没有到这个程度呀。难道这是脑梗的后遗症?

三年前的一个早晨,67岁的王细珠突然晕倒在卫生间里,柯华忠赶紧打了120,把老伴送进了医院。柯子敏赶到时,母亲已经进了ICU。她与父亲面对面说着母亲的病情。母亲的身体一直健壮如牛,从来不生什么病。怎么一来病就得进ICU?父女俩你一言我一语地搭着腔,柯子敏突然闻到一股臭烘烘的气味。这气味显然来自父亲的身上。再仔细一瞧,只见父亲的外衣上明显沾着粪迹,鞋子上也有。原来母亲是坐在马桶上大便时晕倒的,父亲听到声音赶过去,看到马桶和地上都是大便,顾不上清理,就去了医院。了解了这个情况,柯子敏赶紧到医院旁边的商场买了一套外衣和一双鞋替父亲换上,把脏衣脏和脏鞋扔了。父亲舍不得,柯子敏劝慰说:"又不是什么高档的东西,扔了就扔了,得对得起自己。这身衣裳,是女儿孝敬你的,我又不是买不起。"

王细珠在ICU躺了四天,总算缓过劲来,第五天住进了普通病房,只是嘴歪了,口齿不清,还流口水,左边身子动弹不得。住进来的第一时间,她环顾左右,看到了老公、女儿、女婿,还有外孙,就是没有看到自己最想看的儿子,眼里便有泪在打转,嘟哝着:"子……子……雄……"

柯华忠安慰说:"你昏迷那几天,儿子来过了,只是生意忙,又回苏州了,过两天就过来陪你。"

王细珠听着,欣慰地闭上眼睛,有泪从眼角流出。

其实,柯子雄根本就没来过。柯华忠在电话里已经发过火了。柯子雄说:"老妈在ICU,就算我现在赶过去,也帮不上什么忙,不如等她醒了,我再过来。"

既然有这话,柯子敏在母亲醒来的第一时间通知了弟弟,柯子雄当晚就赶来了。看到儿子来了,王细珠眼睛放出光来,嘴里不住嘟哝着什么,只是没人听得懂她在说什么。

一家三口在楼梯的过道上开起了家庭会议,商量着下一步该怎么办。王细珠现在是吃喝拉撒都在床上,医生说了,起码得一个多月。这么长的时间,得找个一对一的24小时的护工,一天两百元。柯华忠的意思是这钱应由姐弟俩出。柯子敏没有反对,柯子雄只说没钱。

一听弟弟如此说,柯子敏就跳了起来,她以责问的口吻说:"你老婆一个包包动辄上万,一套衣服动辄好几千,你儿子一双篮球鞋也得两三千,怎么就出不起这个钱?再说,妈疼的只有你。现在这个时候,你不尽孝谁尽孝?"

柯子雄理直气壮地说:"谁尽孝?你是女儿,自然是你尽孝,女儿服侍老娘天经地义!难道让媳妇来替婆婆把屎把尿?"

眼看姐弟俩就要杠起来,柯华忠只好在中间和稀泥。按理说,作为

8

父亲,这时候他得做主心骨,可是他在家里向来说话不算,窝囊了一辈子,到了真要他做主的时候,又做不了主了。从心里来讲,他完全赞成女儿的意见,只是他一直拿这个儿子没有办法,王细珠也拿他没有办法。如果自己这个做父亲的能对儿子有所辖制,儿子也不至于成了现在这种情形。在父亲的调停下,大家达成一致意见,父亲、姐姐、弟弟各出三分之一的护工费,但是平时的营养品由女儿买。说到底,付出多的还是女儿。虽然柯子敏不差这个钱,但是从来受宠的都是弟弟,凭什么非要女儿多承担?于情于理,都说不通。

柯子雄总算是陪护了一夜,做了一夜的孝子,第二天找好了护工,丢下一句"妈,你好生养着,我过两天再来"就回苏州去了。

谁知护工只做了一天,就辞了职,理由是这个老太太不好伺候。原来,王细珠大小便后,总觉得洗得不干净,不住地要护工替她清洗,次数多了,护工不耐烦了,王细珠的脾气就上来了,开始作,不断用含糊不清的口齿指派护工做这做那,弄得护工一夜不曾合眼。

护工一走,父女俩围着王细珠,问她该怎么办。王细珠的目光不住地在丈夫和女儿身上游走,最终定格在了女儿身上。柯子敏的心里开始发毛,母亲的目光里透着狠劲,就如她这个人,生来就是要跟女儿过不去的。

从这天开始,柯子敏开始担当护工的角色。她从隔壁床护工那里学会了接大小便和清洗身体的技能,也学会了替病人洗头、擦身、翻身的技巧。第一次陪夜时,她看到睡在床上的母亲,歪着嘴,时不时淌下口水来,只会用简单且含糊不清的话来表达自己的需要,活像一个老化了的婴儿。她问自己:"这是老妈吗?老妈怎么会这样?怎么可能这样?"

在柯子敏的印象里,母亲从来都是个能干而强势的人。那时,父亲在外地工作,常年不在家,只有母亲带着她和弟弟在农村生活。母亲手脚勤快,时不时接了针线活来家加工,要么是缝纫手套,要么是在羊毛衫上绣花,还有做手帕。别人接的缝纫手套活,要两天才能做完,她一天就做完了;别人在羊毛衫上绣花,两个晚上才绣成一件,她是一个晚上搞定。绣完花,她总是把羊毛衫套在自己身上,过过瘾。因为做得又快又好,她开始接单子,派给别人做,自己从中赚差价。终于,她拥有了以前只能过过瘾的绣花羊毛衫,在一段时间里,几乎是一天三换,上午、中午、下午的款式和花式都不一样。她穿着那些绣花的羊毛衫,在村里像开屏的孔雀一样招摇过市,引得村里的女人艳羡得只差流口水。后来,她又贩过服装,开过饭店,办过预制板厂,终于把全家都弄成了城市户口,脱胎换骨成了城里人。后来又遇着大拆大建的好时运,老宅拆了,预制板厂也拆了,这都变成了钱。她拿出一部分钱与人合伙开了个农庄,不指望赚钱,只指望家里能吃上不含农药化肥的米油蛋菜;又拿出一部分购买了十来间门面房,租出去,坐收房租,手中便有了活套钱。有一回,借出去的钱收不回,她就跑去找人家,一天不还钱,决不撤。一个女人撕下脸来坐到地上了,对方拿这种女人还能怎么样?就是靠着这种死缠硬磨的办法,终于把那部分借出去的钱全追了回来。如此能干而强势的女人,如今成了老化了的婴儿,真是可怜可悲可叹。柯子敏不禁掉下了眼泪。

但是,只服侍了母亲一天,柯子敏就体会到了那个护工的苦。

这一天,王细珠光拉屎就拉了四回,而且是说来就来,便盆还没来得及放到她身下,屎已经下来了,弄得尿垫上全是。光清理完一次大便,柯子敏就要花上个三十来分钟。最可怕的是夜里来屎来尿,柯子敏睡意正浓,突然听到母亲在喊,连忙起身查看,原来又是屎尿一床,等处理完毕,睡意全无。好不容易进入半睡眠状态,又听到母亲的喊声,连忙起身处理,等处理完,就再睡不着了。就这样顶着一双熊猫眼,拖着两条又沉又软的腿,开始了新的一天。

坚持了五天,到第六天时,柯子敏自感神思恍惚,到护士站一量血压,吓了一跳,低压飙到 110 mmHg,高压飙到 180 mmHg。护士劝说:

"这样下去,要出问题的。你现在最需要的是睡眠。"等父亲来了,她请护士当着母亲的面把自己的情况说了。听了护士的介绍,王细珠的脸上露出将信将疑的神色。柯子敏知道母亲的脾气,除了儿子,她谁都不相信。此时,柯子敏也硬气起来,就算再孝顺,也不能把自己的命给搭进去,自己还有丈夫还有儿子,为了他们,自己要活下去,健健康康地活下去。她问母亲:"妈,我现在是这种样子。你是要女儿活呢,还是要女儿死呢?"

听到这话,王细珠先是狠狠地看了女儿一眼,突然就呜咽起来。

柯子敏知道母亲的心软了,便就势说:"现在有两条路,一条是让子雄过来,我与他轮流倒班;一条是请两个护工,一个陪护一天。妈,你说选哪一条吧?"

王细珠还在一个劲地呜咽,只是没有眼泪。站在床边的父女俩都不说话,就站着等她做决定。没有了安慰,王细珠终于停止了干干的呜咽,清晰地说出了两个字:"子雄。"说到底,她还是相信儿子!

柯华忠拿起妻子的手机拨通了儿子的电话,然后将手机递到妻子耳边,让她直接跟儿子对话。王细珠对着手机连续说:"子雄……子雄……子雄……"说着说着,泪如雨下。

柯子敏看着母亲那仿佛是受了天大委屈的样子,心里很不是滋味。她一直无法确定自己在母亲心里到底是一个怎样的存在。听母亲的闺蜜,也就是自己的婆婆说过,母亲在怀她的时候,一直想生个儿子,结果生了个丫头;生了丫头,到底意难平,她不信自己生不出儿子,还说不生儿子誓不罢休。可事与愿违,怀一次流产一次,然后就去算命,算命的说,是家里的坟头风水不好,造成母亲克子、女儿克弟。按着算命的说法,王细珠替父母重新买了块墓地,把坟迁了。后来,王细珠再次怀孕,这才有了柯子雄。在柯子敏的印象里,自从有了弟弟,母亲再没有把自己这个女儿当回事。也许,在母亲的心中,自己就是个灾星祸水。

柯子雄到底是来了。柯子敏终于可以睡个安稳觉。柯子雄接班的第一天,柯子敏一气睡了12个小时,才算缓过一点劲来。

王细珠在一点点地恢复,不流口水了,虽然嘴还有点歪,但口齿基本清晰了,也可以拄着拐杖下地蹒跚走路了。她逢人就夸儿子如何如何好,只字不提女儿。护士和邻床的病友都看不过去,他们都知道,儿子陪护时,嘴上说得比蜜甜,可做事那叫一个马虎,但老太太脸上乐开了花,大小便清理不干净也满不在乎;女儿陪护时,做事那叫一个仔细,老太太还嫌不足,只要女儿闲下来,立马指派做这做那。他们都知道这个老太太很难缠,把女儿当儿子待,把儿子当女儿待。当王细珠夸奖儿子时,他们就说:"你真是生了一对孝顺的好儿女,你那女儿真是照顾得你无微不至呀,你好福气!"王细珠听了,一脸的尴尬,便接茬说:"女儿也是不错的。"

柯子敏从超市买了一大堆东西,装进车的后备箱里,然后开车去娘家。

柯子敏的家在城西的别墅区,父母的家在城东的别墅区。一东一西,开车得穿越整个镇江城。当初决定换房时,柯子敏也曾考虑过在靠近父母的地方买房,但老公坚决反对,因为老公的父母住在城西,再加上他对自己的丈母娘很有意见,所以坚持要在城西买房。柯子敏拗不过老公,只得在城西买了幢联排别墅。

因为母亲要的东西多,柯子敏必定要去市中心的大润发或者八佰伴的大统华超市。从这两个超市到父母的家,必定路经镇江城标志性建筑——苏宁广场。这个广场的身底下原来是华联商厦的地址。柯子敏高中毕业踏入社会的第一份工作就是在华联做营业员。这里有着柯子敏太多不愉快的回忆,是她的伤心之地,她一直强迫自己不去想它。但是,她每次经过这里,心都要悸动一下,仿佛是揭开了伤疤重新回味那种钻心的疼痛。

出来开门的是拄着拐杖的王细珠。她看到女儿大包小包拎了一大堆,便高着嗓门问:"带这些东西做什么?不要钱呀?"

柯子敏说:"不是你电话里说的要这些东西吗?"

王细珠露出得意的神色,嘴上却不饶人。她说:"亏你还记得,看来没有把我的话当耳旁风!"

柯子敏反问:"我怎么敢把你的话当耳旁风?又什么时候当成耳旁风了?"

反正母女俩到一起,没说三句话就会戗起来。其实,这对母女长得很相像。都是高挑身材,一样的锥子脸,薄嘴唇,高鼻梁,眉梢和眼梢都有点往上吊,都是透着点风情的那一路,只是母亲的面部线条更硬朗一些,所以看上去就有气场。如果再过二十多年,柯子敏老了,就会是又一个王细珠了。

到了屋里,没有看到柯华忠,柯子敏问:"爸呢?"

王细珠一边清点着女儿带来的东西一边说:"到药店配药去了。"

柯子敏惊问:"爸身体怎么了?"

王细珠说:"你这么大惊小怪做什么?你又不是不知道,你老子前列腺一直有问题,这几天情况不太好。"

柯子敏说:"你怎么不告诉我?我好带爸到医院去看看。"

王细珠的声音立即高起来:"你怪我做什么?你老子不让告诉你,他要自己扛,你倒好,一上来就向我兴师问罪?我是你的出气筒呀!"

柯子敏尽量压着自己的情绪,不搭母亲的腔,径直走到主卧的卫生间。她看见马桶上布满了黄色的尿迹和屎点,地上也有,于是拿了刚带来的酒精湿纸巾在马桶上擦拭,用了五张纸巾才弄干净;又往马桶里倒上84消毒液,然后盖上马桶盖。接着,就拿起胶皮拖把开始拖地,拖了两遍,有的地方还是拖不干净,她又拿钢丝球在地上擦,擦完了再拖。地干净了,便就着84消毒液刷马桶。把卫生间的卫生搞完,又到厨房打扫。打扫完厨房,接下来就是做饭。幸亏自己遗传了母亲脚快手快的脾性,否则这么一大堆家务活一天哪能做得下来?

王细珠身体好的时候,这些事都是她做,柯华忠基本不插手家务。王细珠出院后,家务是做不了了。柯子敏在娘家住了一个月,做了一个月的免费保姆。这段时间里,柯子敏的老公和儿子一直在点外卖吃,再加上生意上也有一些事需要自己回去处理,便提出要回自己的家。哪承想这个想法才说出口,立刻引爆了母亲的炸药桶,她把拐杖在地板上点得咚咚响,指着柯子敏的鼻子骂:"真是养不熟的白眼狼!你也不想想,你结婚时,是谁给你的房子住?你们要创业,是拿谁的钱做的本钱?你男人炒股票被套住,又是谁拿出钱来给他去补的仓?瞧我没说错吧,一个女儿一条狼,还是条白眼狼。早知这样,我就不把你生下来,省得现在找气受。"

柯子敏被这一通谩骂,委屈得流下泪,她一把鼻涕一把眼泪地说:"你是给了我房子结婚,是拿了钱给我们创业,是给了钱让我解套股票,可是,这几年我都连本带利的还你了。你那宝贝儿子,除了向你要钱还是向你要钱,对家里尽过什么责任?跟我合伙做生意,还坑我这个亲姐姐,你骂过他吗?现在骂我是白眼狼,你倒说说,我白眼在哪里?狼又在哪里?你说呀,你倒是说呀!"

要不是柯华忠把母女俩拉开,娘儿俩差点就动起手来。

那天,柯子敏是哭着出了娘家的门的,她听见母亲在后面叫嚣:"别以为离了你,我就活不成!告诉你,想巴结老娘的人多了去了,随便找一个来也比你强!"

这次大吵大闹后,王细珠便把自己认下的干女儿找了来。干女儿结婚时,所有的陪嫁像电器、床上用品都是王细珠给置办的,还包了一个两万的红包给她做私房钱。这还不算,她还动用自己的社会关系,替干女儿在城里找了份临时的工作,干女儿得空时,就到干娘这里来蹭饭吃。王细珠觉得,就冲着这些,干女儿也该知好歹,理应照顾行动不便的干娘,况且又不是让她白干。干女儿照顾自己总比找个不知底细的保姆要放心许多。这是王细珠的如意算盘,而且她笃定能够打成。

人心隔肚皮,在生意场上得风得雨的王细珠却也把这个如意算盘打错了。

外孙一考上大学,王细珠就拄着拐杖,在丈夫的搀扶下进了女儿家的门。理由很充足,说是来替外孙祝贺一下。确实,她给外孙包了一个大红包。

母亲登门,柯子敏便忙得不亦乐乎,做了一桌子丰盛的饭菜。自打那次吵闹后,母女之间再没有联系过,有什么事,都靠外孙在中间传话。母亲这次亲自登门,是想缓和彼此的关系,做女儿的也得表现一番,给母亲台阶下。

饭桌上,王细珠只吃素的,荤的基本不动筷子,说是自己因高血压才中的风,医生让她少吃荤,她不想再中第二次风。于是,柯子敏又赶紧做了两个素的端上来。

看着柯子敏忙前忙后,王细珠说:"到底是亲生女儿……"说着便哽咽了。

柯子敏明白母亲一定是与那个干女儿之间有了什么事,但她并不想多问。种瓜得瓜,种豆得豆。谁种下的,谁去摘。她就认这么个理。

晚上,王细珠打发丈夫回去,自己住在了女儿家,主动要与女儿睡一床。这一晚,王细珠流着泪控诉着干女儿的种种不是。原来,这个干女儿来了之后,头一个星期表现不错,以后就越来越差,经常跑出去与小区的人打麻将,一打就是半天,甚至忘了做饭和打扫卫生。王细珠说她几句,她立马顶嘴,什么你能将就就将就,我又不是专门侍候人的人;什么别总以为我欠你的,欠你的债早还清了;什么要舒服住养老院去,别连累了我……诸如此类不堪的话。王细珠听着,就差吐血了。就在上一周,她突然就消失了,连电话都打不通了。王细珠清点了一下值钱的东西,放在抽屉里的零散现金没有了,还少了一根金项链。幸亏家里的金银细软都是分开放的,否则真的就被她洗劫一空。王细珠做梦也没想到,自己阅人无数,居然被干女儿表面的老实给骗了,做了件引狼入室的蠢事,现在连肠子都悔青了。

这一晚,王细珠在女儿面前哭了一夜。柯子敏从来没有见过母亲哭得如此伤心,就是外公外婆去世时,母亲也没有哭成这样。母亲这一哭,把柯子敏的心哭软了,几近破碎。

但是,王细珠就是不提让柯子敏回去照顾自己的话,而是住在女儿家里不走了。

一个行动不便的岳母长期住在女儿家里,而且霸着自己的床,女婿自然不高兴了,脸上挂不住,说话的语气也不对了。母女俩都觉察到了。王细珠很能沉住气,只当没有看见;但柯子敏不行,她完全能够理解丈夫的心情。她不得不跟母亲摊牌。

王细珠巴不得女儿主动把这层窗户纸给捅破,这样她就掌握了主动权。柯子敏先提出每周去娘家两次,帮着做饭洗衣打扫卫生,还有帮着洗澡。平时他们自己解决。临了,王细珠又加了一条,老两口需要的营养品和保健品得由柯子敏负责买。柯子敏只好咬牙同意了。

王细珠离开女儿家时,柯子敏说:"妈,我和子雄都只有儿子,以后我们老了,可怎么办?"

王细珠说:"就算有女儿,也不一定能指望上。"

柯子敏听出了弦外之音。

打这之后,柯子敏遵守了承诺。但是,王细珠很快就把那一夜的眼泪抛到九霄云外去了。

柯子敏做饭时,王细珠就跟进厨房看着,主要是把着盐和酱油的用量。盐放得稍微多一点,王细珠马上说:"放这些盐做什么?你想让我再次中风吗?"柯子敏只好按每人每天六克盐的标准,用中华牙膏的盖子量了,每次做菜时放在一边备用。

柯子敏洗衣服时,王细珠也跟着,主要是查看洗衣液的用量,她觉得洗衣液用多了对身体有害,必须严格控制。还有打扫卫生间时,王细珠也要站在旁边现场指挥。反正她不动手,但一定要她说了算。

最累人的是洗澡。王细珠不肯洗淋浴,非得在浴缸里泡澡,说是泡上半小时可以活络经脉,对康复有好处。因为行动不便,进出浴缸都需要人,在浴缸坐起、躺下也需要人。她长得人高马大,又胖,柯子敏一人根本弄不来,得父亲帮忙才行。每次替她洗澡,自己也像洗了一把澡,汗湿了一身。

柯子雄隔三差五会回来一次。见到儿子,王细珠会像过节一样开心。拄着拐杖出去走路锻炼时,逢人就高声说:"儿子来看我啦!"生怕人家不知道她有一个多么好的儿子。这一天,她容光焕发,灿如花开,原本蹒跚的步履也变得轻快了。她立马打电话催促女儿赶紧过来,说是姐弟相见,实则是让女儿来做饭,还写了菜单,全部是儿子爱吃的菜。柯子雄离开的时候,大包小包拎了一大堆。柯子敏一眼瞧出,那些东西都是自己孝敬父母的,心里面就老大不乐意:难道自己这个做姐姐的还要孝敬弟弟不成?弟弟可从来没有送过自己什么东西,哪怕自己儿子考上大学,这个舅舅也没有对外甥表示过什么。每次柯子雄来,柯子敏心里总是窝着一团窝囊气,自己忙前忙后,付出了时间、体力和精力,还要付出金钱。更可恨的是,这个妈当着弟弟的面对女儿使唤来使唤去,俨然把自己当成一个用人。如果真的是用人也就罢了,拿了主家多少钱就要干多少活,公平交易。可自己这个用人,是倒贴了钱来干活。天下哪有这个理?

柯子雄只顾着把在外头听到的看到的稀奇事说给母亲听,引得母亲笑得合不拢嘴。看到姐姐如此忙碌,柯子雄不仅不帮着打个下手,还学着母亲的样子,对姐姐呼来唤去。柯子敏是服侍了老的,还要服侍小的,还不落一个好。她真恨自己为什么裤裆里没多一个把子。

有一回,柯子雄带了儿子来。看到孙子,王细珠更是欢喜得手脚没处搁。吃饭的时候,不住地往孙子的碗里夹鱼肉,可孙子嚷着不喜欢吃鱼,王细珠说:"羊羊乖,吃鱼使人聪明。你爷爷呢,是大专学历;你爸爸呢,是本科学历;你呢,长大了一定要超过爷爷和爸爸,本科要读就读

985、211,读完本科还要读硕士、博士。所以呀,要多吃鱼!"见孙子还是不肯吃,王细珠又说:"不吃鱼,脑袋就会笨,脑袋笨就考不上大学,考不上大学就找不到体面的工作。像你姑妈,高中毕业,只能去做营业员。"

听了此言,柯子敏放下了碗筷,压着心头的火,责问:"妈,你什么意思呀?"

王细珠一脸严肃而又盛气凌人地说:"我难道说错了吗?"

柯子敏反问:"做营业员怎么啦?怎么就给你丢人现眼呢?"

王细珠说:"难道不是吗?如果不是天天打扮得花枝招展站柜台,会出那件事吗?"

全家人都知道的那件事是什么事。在华联做营业员的第二年,柯子敏有一天下晚班回家,路上被坏人跟踪,她终究没有逃出坏人的魔爪,被拉到树林里强暴了。柯子敏失魂落魄地回到家,王细珠问明缘由,不仅不安抚女儿,反而先给她一巴掌,气急败坏地说:"谁让你天天打扮得像小妖精似的?这就是女人好打扮的下场!现在好了,成了破货,哪个男人还要你?"说着,王细珠自己也哭起来。一巴掌下去,把柯子敏的眼泪打了下去,母亲哭得稀里哗啦,女儿只能缩在那抽泣。在王细珠的坚持下,他们没有选择报警,因为考虑到颜面的问题。柯子敏在家睡了三天三夜,便又去上班了。从那天起她不再打扮自己,永远都是穿着偏中性的衣服,仿佛要把自己的性别特征给抹去,直至现在。

这件事成了柯子敏心中永远的痛和屈辱。她强迫自己不去想它,造成强制性的遗忘。这会子,母亲居然主动提出来,而且是在孩子面前。原来,自己这个女儿在母亲心中就是这样的地位。不管自己多么地努力,都无法改变自己在母亲心中卑微和低下的印象。她感觉到心中的那团气体就要爆炸了,如果不爆炸,自己就得被活活憋死。但是,这团气体终究没有爆炸,因为下一代就在跟前,自己所经历的这种痛这种屈辱不能再传给下一代,他们应该生活在阳光里。她看到弟弟把自己的儿子带出了家,看到父亲在责怪母亲做得太过,看到母亲低着头吃着饭。她默默地站起来,脱下围裙和袖套,一声不吭地走出了娘家的门。坐在车里,憋了很久的泪水终于夺眶而出,无声无息地在脸上成了汪洋大海。哭够了,泪干了,腌得面颊上生疼。她自言自语:"从此,我柯子敏不欠任何人的,只欠我自己的!"

这次以后,她跑到八佰伴买了几身漂亮衣服和一套高档化妆品,把自己打扮起来。老公独长江看了,打趣地说:"没有想到,我老婆打扮起来,还有几分姿色。为什么年轻的时候不打扮?白白辜负了好时光!"

柯子敏很久没有回娘家了,要不是父亲悄悄打电话来诉说他们生活的艰难,她大概永远都不会再踏进娘家一步。她可怜父亲,作为一个男人,从来没有在家里直起过腰杆子,从来没有做过一回主,窝窝囊囊,一辈子就过去了。她对父亲说:"如果老妈不打电话来,我是不会回去的。"父亲说:"我这就劝劝你妈。"

果然,没过几天,王细珠的电话来了。开口第一句就是:"你还没死啊,我以为你死了。"柯子敏回说:"我才不会死,要死,也是年纪大的先死!"她听到那头长久的沉默,长得像一条无尽的隧道。王细珠终于打破了沉默:"我死了,你有什么好?你也别想有什么好!"随即挂了电话。

柯子敏知道母亲话中有话,没有想到的是,她后来会做得如此决绝。

日子还在照常过着。柯子敏也学着柯子雄的样子隔三差五回娘家一趟,看得出来,父母这边的生活过得很艰难,不是经济的原因,而是身体的缘故,一个身体不算好的70多岁老人照顾另一个行动不便的70多岁老人,想周全也不可能,房间里总飘着一股不新鲜的气味,这是老人味和屎尿味的混合体。柯子敏来了,做完该做的事,就回家了,她只是在尽女儿的本分。她不想知道父母平时的生活状态,因为他们不只自己一个孩子,他们还有一个当金当宝的儿子。照顾老人,也得讲男女平等。

但是,柯华忠的前列腺再不做手术就无法正常生活了。遇上这等事,父母第一个想到的还是这个不招待见的女儿。电话过来,王细珠破天荒没把死活放在嘴上,只是一个劲儿地诉说丈夫小便不出来的种种苦处,说完丈夫的病情,便话锋一转:"你爸现在这种情况,你弟在外地,自然指望不上。我知道你是孝女,也知道你在医院里有朋友,你爸只能指望你。你爸动手术的事就交给你了。钱嘛,你不用烦,我们有钱。"

王细珠说的这些一下就把女儿的嘴给堵上了,这叫高高举起轻轻放下。柯子敏无以推托,其实她压根儿就没有想到要推托。她可怜父亲,可怜这个窝囊了一辈子的男人。母亲所说的医院朋友,其实是柯子敏丈夫的高中同学,现在在康复医院当一个科的主任。她知道丈夫对岳母的态度,但还是把这事跟丈夫说了。独长江露出不悦之色,说:"你不是发狠不管他们的事吗?他们怎么不找你弟去?他们那样宠他。"柯子敏说:"现在说这些牢骚话有什么用?看在我妈当年拿出五十万给你股票解套的份上,就找一下你的同学吧。"独长江叹了口气,嘴上答应着,心想:这母女俩还真像,都会拿捏人的七寸堵人的嘴。

上床睡觉的时候,柯子敏坐在床上发呆。独长江问她有什么心思,柯子敏说父亲住院手术,母亲一个人在家怎么办?她为这事犯愁。独长江笑出声来:"我说你就是喜欢操心。我先把丑话说在前头,我可不会到医院服侍你老爸的。依我说,这事你得找我那小舅子商量,他总不能撒手不管不问吧?你这样为他们操心,看他们能分你多少家产?就怕西瓜都给了他们宝贝儿子,你能捡着几粒芝麻就算不错了。"

就像王细珠中风那次,从出家门到住进病房,父亲手术一切都是女儿女婿在忙。王细珠拄着拐杖把他们送到家门口,看着他们上了车,突然就有些伤感,眼泪在眼圈里打转。这一切柯子敏看在眼里,觉得母亲有些可怜,鼻子便有些酸酸的,想说些安慰的话,但始终没有说出口。

在病房安顿下来,柯华忠小声对女儿说:"我知道,你对你妈有意见,但别怪你妈。她也很不容易,一生要强,可一次中风便把她要强的心给整没了。她现在是个半残废,丢她一人在家,我不放心。你那弟弟,我实在指望不上。你替我找个一对一的护工,饭就在医院订病员餐。我住院的这些日子,你就搬过去跟你妈住吧,你家现在就你们夫妻两人,让小独搬来也行。有空的时候,就到医院来看看,没空,就不用来了。"说着说着,柯华忠落下泪来。

柯子敏知道现在一切空洞的安慰话都是毫无用处的,他们要做的就是面对现实。她强忍着心中的难过,走出病房给柯子雄打了电话。令柯子敏倍感惊奇的是,柯子雄已在回镇江的路上。大概是母亲打电话让儿子来的。

柯子雄一来,应该是解决当下棘手问题的最好办法了。她兴冲冲地把这事对父亲说了,但父亲并没有表现出高兴的样子来,而是压低声音说:"我告诉你一件事,别张扬,心里有数就行。你妈和我提过多次了,想在我们健康的时候,把财产先分给你们一些。怎么分,她也不跟我商量。我这里还有一些私房钱,是我多年攒下的。这些钱,我全给你。虽然不多,却是一位没有本事的父亲对女儿的一些补偿。"听到这些话,柯子敏突然有一种生死离别的预感,她再也控制不住情绪,伏在父亲的肩上哭起来。自己在很小的时候,看到母亲一天三换绣花的羊毛衫在村里头招摇过市,村里便有了关于母亲的闲言碎语。那时候,她不懂。长大以后,再次回想那些场景和闲言碎语,就明白了母亲其实是个不守妇道的女人。关于母亲不守妇道的种种行为,很多人都知道,只是瞒着在外地工作的父亲。有很多次在母亲打骂自己以后,柯子敏差点就想把这些透露给父亲,但到底没有说出来。再后来,柯子敏自己也在生意场上打拼,终于理解了母亲的不易和无奈,于是她把关于母亲的一切存放进心灵的某一个角落,并用蜡封存起来。她无数次安慰自己,父亲其实对于妻子的出轨心知肚明,只是睁一只眼闭一只眼,为了维持一个完整的家。这样想,作为女儿,也就释然了。现在父亲在上手术台前,把压箱底向自己做了交待,她觉得父亲越发可怜可悲,他在亲人的心中几乎是可有可无的存在,他的内心应该是相当孤单和寂寞的。

柯华忠最终的诊断出来了,患的是前列腺癌。柯子敏把这个结果告知母亲,王细珠在电话那头号哭起来,口口声声说自己对不起老伴,又说自己要跟着老伴一起去,仿佛丈夫已经走了似的。听着王细珠歇斯底里的发作,柯子敏说:"你冷静点好不好?医生说了,这个病能治好的!"

谁想,电话那头传来另一个声音:"你咋就不能隐瞒一下呢?把妈吓成这样。妈要是吓出病来,你就得意了?你到底安的什么心?"

这是弟弟的声音。听这口气,明摆着就是向自己兴师问罪。柯子敏气不打一处来,母亲中风成那样又有后遗症,做儿子的尽过什么责任,现在倒来指责出力出汗的姐姐。她说:"你这叫什么话?我能安什么心?我不过是让大家正视现实!"

柯子雄说:"正视现实可不是这样正视的。你得慢慢让老人接受才行。依我看,你就是居心叵测!"

"居心叵测的是你!"柯子敏的肺都要气炸了。这个成事不足,败事有余的兄弟居然还有脸来对别人进行道德审判。真是服了他了,每次回家,啥事不做,就是有本事给老人家灌迷魂汤,他来一次,母女之间的矛盾就要升级一次,其真正目的就是想独吞所有财产。柯子敏是看透他了,可是母亲总是偏袒他。母亲原生家庭埋下的种子,"一个女儿一条狼"的观念在母亲的意识里深深扎根。柯子雄正是拿住了母亲的这个软肋。

柯子敏一直在医院陪伴着父亲,娘家那边的情况一概不知,她也不想知道,就让这个兄弟在家里搅得底朝天吧。

过了一个月,柯华忠出院了,柯子敏也瘦了一圈。把父亲送回家里时,柯子敏看到家里的东西摆放得虽然有些零乱,但总体上还算干净。母亲直夸儿子如何如何好,还说这段日子多亏了他,否则自己都不知道怎么生活。说这话时,王细珠拿眼瞟着柯子敏,丝毫没有在意女儿已经瘦了一圈。

柯子敏明白,自己在前线出力流汗,后方早被别人占领。等自己凯旋,后方已没有自己的位置。那天,她连饭都没有在娘家吃,就回到了自己的家,然后窝在床上睡觉,发誓要把这一个月欠的觉全给补回来。她对自己说:"既然没有人疼自己,那就自己疼一回自己吧!"

有一天,柯子敏还在熟睡中,被手机铃声吵醒,一看是母亲打来的。她接通电话,听到母亲在说:"明天你弟弟就要回苏州了,今晚你和小独过来,全家人一起吃个饭。"听得出来,母亲的声音从来没有这么和善过,她预感到晚上会有什么事情发生。

独长江没有去吃饭,因为生意上有应酬。柯子敏看到,一桌子丰盛的菜就全是从饭店订了送来的。饭桌上,大家的话都不多,仿佛每个人心里都怀着心事。

这顿沉默的饭终于吃完了。姐弟俩共同完成了洗碗的活儿,然后一起来到客厅。只见母亲和父亲坐在沙发上,灯光下显得很苍老和疲惫。

王细珠招呼一对子女坐下,说:"我和你爸商量了,决定一起住养老院。去之前,我们想着把财产给你们分了。我一生要强,吃了无数的苦,受了无数的委屈,才挣下了这份家产。虽然比不上那些豪门,但是也算是过上了吃喝不愁又有一些积余的日子。我们做父母的没有对不起你们。可是,你们姐弟俩没有一个给我争脸的,我只能指望第三代了。可是,我那外孙打小身体就不好,不能指着他光宗耀祖。我那侄子,虽然还小,但聪明伶俐又爱学习,我看以后会很有出息,光宗耀祖只能靠他了,所以这套别墅和门面房都过在了他的名下。当然了,门面房的房租还是打到我的银行卡上,用于支付我和你爸住养老院的费用。还有,这别墅,我们老两口要住到死,子雄,你要写下保证书。子敏,你结婚的时候,我们送了你一套房子;你们创业的时候,我给了三十万,后来炒股又给了五十万,你们虽然还了我,但是我一直没有动它,存在了一张卡上,我想着呀,就当外孙结婚时的贺礼吧。"说着,把一张银行卡递到了柯子敏的手上。

柯子敏接住银行卡,因为激动而手有些颤抖。

王细珠继续说:"我和你爸最不放心的就是子雄,生意做得总不顺,何时才是个头啊!所以,所有的存款和金银细软都给他。子敏,你是老大,是姐姐,要有姿态!"

柯子雄突然捂着脸放声哭起来。柯子敏呆呆地愣在那,头脑一片空白,慢慢地,泪水流了下来。她粗粗算了一下,光那套别墅和十几间门面房,价值就近千万;父母的存款起码也有四百万,还有母亲的那些首饰,又值好几十万。自己得到的还不如弟弟得到的零头。可是父母有困难,哪次不是自己冲在前头?付出得最多,可得到的最少。这样的分配公平吗?只是现在已没有回旋的余地,她知道母亲向来是说一不二的,既然说出了口,就不可能更改。嫁出去的女儿,泼出去的水,这就是母亲最真实的想法。

王细珠说完就回房去了,留下丈夫陪伴情绪处于冰火两重天的子女。柯子雄还在哭,哭声是热烈的;柯子敏也在哭,哭得没有一丝声息,仿佛是厚厚的冰层下流淌的河水。柯华忠在说着什么,姐弟俩一个也没有听进去。后来,柯华忠在女儿的肩上重重按了一下,也离开了客厅。柯子敏在无声的哭泣中想起来,母亲作为家中的老大,分到的财产是最少的,那是她第一次看见母亲哭。现在,母亲要把自己那时的痛转嫁给女儿,这样母亲才能达到内心的平衡。这是她们母女俩挣脱不了的魔咒。想到这里,她擦干了眼泪。让眼泪见鬼去吧!她对自己说。

柯子敏不知道自己是怎么离开娘家的,但意识是非常清醒的,她明白,从今天起自己已经没有娘家了,曾经的娘家现在是弟弟的家,如果以后再来这个别墅,就真的是寄人篱下了。一路上,她不断问自己:母亲爱自己吗?如果说送自己一套房子做陪嫁,资助他们两口子创业和炒股票，这就是爱的话，那么母亲确实是爱自己的。可是当自己遭遇强暴后需要母亲的安抚时，母亲给自己的是重重的耳光和无休止的责骂，那晚，眼泪、耳鸣、鼻血还有难言的疼痛交织在一起，她在那个夜晚碎了、老了。可母亲不顾这些，忙着把女儿嫁出去，以一套房子作为交换，成功把女儿嫁给了自己闺蜜的儿子，仿佛把一个累赘踢了出去。在母亲看来，女孩子失了身，就不值钱了，所以她逆水行舟，嫁女儿还要倒贴一套房子。可是，这套房子并没有换来婆家对自己的待见，婆婆时不时拿母亲年轻时不守妇道的事说事，说什么有其母必有其女；丈夫出轨不是一次两次，而是家常便饭。这个婚姻除了给了自己一个儿子，自己输得一败涂地，这就是母亲送给女儿最好的礼物。但是，现在她剩下的也只有这个婚姻了，唯一维系这段婚姻的就是儿子。是的，我柯子敏还有一个儿子，正如母亲说的，这八十万是给外孙结婚用的，自己要把这张银行卡保存好，当儿子穿上新郎礼服的那天，送给他。她要告诉儿子，这八十万元是妈妈青春的赔偿费，妈妈这辈子没做过坏事，做了孝女，做了贤妻，做了良母，却窝囊了一辈子。她要对儿子说：儿子，你千万不能步妈的后尘！等妈老了，你要好好地待妈！

想到这些，柯子敏突然觉得轻松起来，她拨通儿子的电话，问："儿子，你在干什么？"

"我在上晚自习呀。妈，你怎么问起这个？"

"儿子，你要记住，好好学，学出名堂，替妈争口气！"柯子敏说。

有一个人，他不见了

陆渭南

采写手记：

这篇文章断断续续写了三年。

三年里，公爹因为脑癌晚期，从倒下到离世，只两个月。

婆婆的阿尔茨海默病已进入第十个年头。她的病情算是这类病人里进展缓慢的，这与她一直用药干预一定有关系。但2023年第一天，婆婆已被120拉去过一次医院，因为阳转阴后，她一直肺部炎症发烧。这里要万分感谢医养结合的养老院，他们能够进行基本的医疗养护。居家养老的老人，遇事往往束手无策，很容易耽误大事造成遗憾。

自己家里的这位，因为是婆婆唯一有血缘关系且留守照料她的人，这几年如惊弓之鸟，屡屡做出关心则乱的决定。但，孝心可鉴。

经常有人说，我们要为自己快乐地活着。其实，人，总有为别人而活的艰难时光。

婆婆以前的职业是外科麻醉师。公爹曾经怀疑过她得病的原因是不是与她的职业有关。以前给病人麻醉，不像现在这样注射麻醉剂，采取的是一捂即晕的吸入型麻醉药，这种有刺激性的麻醉药，不知道对于职业麻醉师是否有影响？我们当然希望有这种可能。

我的姑子不止一次地问：妈妈究竟是阿尔茨海默病还是单纯的脑

萎缩？

这让我陷入了不理解。原来我以为脑萎缩就是阿尔茨海默病。姑子这么问是因为,她知道前者就是单一的脑子老化,不会遗传,而后者是有遗传给子女的概率的。

这一点,与我公爹的疑虑出于同一种心态:如果是因为职业病导致的脑痴,那么,子女就可以排除家族遗传。

高龄老人之间似乎也有"内卷",全瘫的羡慕能走的,鼻饲的羡慕能吃的。而一致公认的是,再怎么样也不能成为老年痴呆,抹去一切记忆,丧失语言功能,末了,她或他就是行尸走肉。最可悲的是,她或他完全不知道自己是谁,像行走在外太空,生活在异度空间。一个再体面、再辉煌、再要面子的人,也尊严全无。

相信很多人都说过这样一句话:家有一老如有一宝。家里有老人,往往家庭更加和谐幸福。但如果家里老人年龄太大,基础病加身,或者像婆婆,完全丧失了记忆与行为能力,对于子女来说可能并不是福而是灾。这是一个非常客观的存在。

北京有一个人做了三分钟的视频,在大学校门口随机问了五个年轻人:等父母老了,会不会送他们去养老院？

100%的答案是:会啊,为什么不？

问:为什么？

因为是专业机构啊,老年人生活不能自理了,就应该去专门机构养老。回答者都很冷静。

观念总会变的,虽然改变一种观念很难。每一个人的老去都是痛苦的,那种"睡过去了"的往生,是中头彩的概率。

家有高龄老人,陪护的人生活就会受到严重限制,为了老人甚至要做"守老族"。古语说的"父母在不远游",大概就是出于子女要给父母养老送终的经验。即使正在老去的高龄老人有几个子女,但付出最多的那个"守老族",他们的身心健康往往会受大影响。

多子多福的美梦在现实中经常会被击得粉碎。多子女家庭遇到的各种家庭纠纷,由于赡养问题子女间发生的矛盾,也叫一个剪不断,理还乱。

生,是死亡的一个过程。人生,必须自己的路自己走完。

人生、生命、爱,是永不枯竭的文学母题。为父母,愿意牺牲旅游、社交、睡眠甚至自由,去陪伴的大有人在。

人间珍贵的情感,爱,奉献,救赎,值得我们去弘扬、传承、坚守。

有一个人,他不见了

记录本身,就是意义所在。

——题记

就说说近六年的事吧。这一年我婆婆的阿尔茨海默病已比较严重了。2016年春夏之交,我记得住进婆婆家那阵子,有一天正好是我的生日,全忘了,蛋糕是不可能吃的,可能还饿了两顿肚子。

住进公婆家的前一个晚上,公爹拿出一张留言条给我,让我放好。我把它贴在沙发上方,以便天天对照着做。那晚还跟着公爹学会了如何给婆婆测血糖。他示范了两遍,并在我手指尖试测了一遍,这才放心。

为了照顾好婆婆,我把公爹的留言条拍了一张照片,保存在手机里,内容是这样的:

1. 早起两小杯燕麦片,冲开水烧一分半钟;吃餐后,散步半小时;回,继续吃餐;
2. 8点之后吃鸡蛋和豆浆;
3. 9点后吃花生米二十粒(二甲双胍瓶装的),可在楼下散步半小时;
4. 10点吃柚子一瓣,可看电视半小时;
5. 中午与晚上共二两大米(分中午与晚上吃)(注:用小杯量,一小杯即一两);
6. 午休不超过一小时;下午2—3点吃绿豆粥一两(注:小杯即一两,煮开,小火焖,熄火,10分钟后再煮烂);

7.(4点左右散步一小时,不要超过五千步,她胯骨会疼)晚上8点喝牛奶一瓶;晚饭后散步半小时;

8.菜类:如鱼,一天是四两,或瘦肉二两;叶类蔬菜一斤(注:粮与肉绝不能多吃,每餐都分食,否则易血糖高);

9.黄瓜每天二至三根,随意吃。

药品类

瑞格列奈,每日三餐前各半片;二甲双胍,早、中各一片;曲克芦丁,早、中、晚各两片;银杏叶片,早、中、晚各两片;阿司匹林三片,晚饭时。

保健药

1.D3、深海鱼油、多种维生素,每日可服一片(随意);

2.晚间8点左右,盐酸多奈哌齐一片(吃脑子药);

3.如果牙龈出血或皮肤有出血点,阿司匹林暂停;

4.每日至少三次散步,每次不少于半小时,天冷可在家里散步;

5.洗澡水不能过热,时间不要超过10分钟;刷牙要关照她不要横着刷……

留言条是蓝绿色的水笔写的,最后几行字迹模糊,大概是水笔快没水了。

为了照顾婆婆,我努力想记住这些条条框框,可是,实际操作起来,这张留言条还是太简单了。

2016年晚春的事。那一年,家里换掉了七个保姆,进家时间最短的保姆前后只待了两小时,随身带的包裹都没有解开。新找的保姆是一个半百农妇,长得黝黑瘦小,穿着深色的衣服与裤子,使她显得更瘦小,公爹交代她每天要做的事,结果才知道她不认字。

公公在84岁的年龄鼓足勇气去上海长征医院进行颈椎手术,我老公请了假,全程陪在上海。在准备行李时,婆婆小碎步上前叮嘱:"你们粮票有没有带在身边?"

公爹的颈椎病是职业造成的,做了一辈子外科大夫,腰、颈、腿都不利索。如果不做颈部手术,很快,他拄拐杖的现状维持不了多久,肯定要坐在轮椅上。这样,他是照顾不了老伴的。

我住进婆婆家的第一个早晨,五点就起床了,实际上一夜未眠,什么动静都听在耳朵里。

公爹起床后弄好早饭,父子俩吃好早饭出门前跟我及我婆婆打招呼。

婆婆走到客厅里,公爹面向着她,脸上堆满了笑,还没讲话,婆婆上前在公爹脸上亲了一口,然后自顾自地呵呵笑了起来。

我赶忙避开了,在厨房没几分钟,却听见婆婆大哭的声音,她怪公爹什么事都不告诉她,什么都不让她知道。

在昨晚睡觉前,老爷子在说第101遍明天去上海看病,让媳妇来照顾她一阵,儿子陪他去上海的话。

婆婆委屈地说:"你什么都不告诉我,你去上海看病,我也要去。"

公爹犹豫地说:"那我不去上海了,不去了。"

接下来他们分离的日子,我要回答无数遍:爸爸去上海看病了。这还是小事,我最担心的是她情绪失控。

早饭时把药给她吃,婆婆对我配的药表示质疑,为什么没有晚上的?我解释说是因为晚上要加两样药,一是阿司匹林,一是盐酸多奈哌齐,都是小白药片,有的饭前,有的饭后,有的睡前,弄混了不得了。

婆婆说,你的方法不对,少了晚上的,这么做不好。她一脸严肃地看着我。

同样上午遭到质疑的是,她拿起公爹写的留言条,问:"我没有吃花生米,为什么?"

我说:"现在是早上,还不到吃花生米的时候。"而且,今天她会多喝

33

一瓶奶,公爹的每天一瓶奶也要她喝了。

她说:"爸爸写的,你为什么不照着做?"

我说:"写的是常规,今天多了瓶奶,花生米就不吃了。"

她嘀咕说:"反正你不能这么做。"

"啊,爸爸呢?"婆婆突然问起。

婆婆在有了子女后,一直喊我的公爹叫"爸爸",不论什么场合,唯此一种称呼。在单位也是这么叫的,大家习以为常,家里人更是习以为常。

早晨6点20分陪她散步。回来后,我决定把阳台清洁工作做起来,家里一直是用保姆的,但不巧的是这次物色的保姆,只待了两个小时就落荒而逃了,公爹要去看病来不及物色新的保姆。

脚垫很脏,我正干得很带劲,突然找不到婆婆了,不过5分钟时间。我拿了钥匙出门就跑,向右三百米,想想她不可能跑那么快,返回向左一百米加眺望,找不着人,赶紧回家,哪知她已在家,人家不过是在屋后晒了会儿太阳,瞧我紧张的。

陪着在阳台上晒太阳,她问:"孙子呢?"

"他在国外。"我说。

"在什么地方?"

"加州。"

"哦,加州。"好像她知道这里。

"爸爸呢?"婆婆问,目光到处张望。

解释给她听,歇了一会儿她说:"爸爸太坏了,不管我,大坏蛋,他就是一个大坏蛋。"

刚到上海,公爹打电话来,又发了数条信息,问家里怎么样?

我说:"挺好,妈妈特别听话。"

中午我没有午休,给婆婆炖绿豆汤。不知道用了多少年的铝合金小锅,两只把手的木柄都烧掉了,只剩一根细链子一样的把手,锅身坑坑洼洼。后来,我二十次给她烧绿豆汤,有十五次把锅烧干了,豆子烧煳了。

公爹坚持用这只专用锅亲力亲为烧绿豆汤好些年,他认为绿豆汤可以解毒素,因为婆婆吃好几种药,需要食物排毒。

我正在厨房等着绿豆烂一点,以为婆婆还睡着,突然听到喊:"爸爸,爸爸……"我狂奔而去,告诉并安慰她:"爸爸去上海看病了。"

在公婆家的第三天。凌晨4点20分,婆婆醒了,为防止她半夜找人,我睡在她旁边。4点20分,对于我来说,要有多瞌睡。她晚上说睡就睡了,我躺着不敢动,看了数次手机,时间也才夜里11点多。夜里有两次她伸出手,叹气,仿佛在找人。我抓住她的手,不敢出声。怕她突然问:爸爸呢?

凌晨4点30分,她不睡了,动了又动,叹气,一声接一声叹气。我不能不响应她,问:"妈,你不睡啦?"

她一听不是我公爹的声音,慌了。少不得解释说爸爸去上海治病,很快就回来。她发狠说爸爸太坏了,不管她,又不留钱给她,是要让她死啊。在微明的凌晨,就听她反复说爸爸太坏了,不管她了。

我说:"妈,昨天你态度很好呀,睡觉前通电话还叮嘱爸爸不要担心,安心看好病。"

可是人家不记得了。跟她不仅不能解释,也不能劝。女人有作的权利,有不讲理的权利,我婆婆一辈子就是这样的行事风格。

早上6点必须起床了。

我飞快地起床,烧水,配早、中、晚要吃的药,煮麦片粥,煮鸡蛋,自己的个人卫生草草了事,兑好热水给她洗漱,吃药,喝半碗麦片粥。

这天,她对我配的药比较满意。

出门陪她散步,早晨的风很凉爽,两人边说话边走路,走出去很远,她腿力真的可以。

回来时买菜,一条一斤多的鲈鱼,她一天吃白肉四两,鱼不能太大,两样蔬菜,四根黄瓜。

回到家婆婆吃半碗麦片粥,听音乐,跟着哼歌,啃黄瓜。

8点前吃一只鸡蛋。9点半喝第一瓶牛奶。

婆婆表现总体不错。因为天气晴好,一起洗了她穿了一冬的羽绒服,值得口头表扬。问了大约十遍孙子在哪里、将来要找工作吧?给她看孙子和孙媳妇的照片,她笑笑,说不记得了。其间关心了一下高校搬迁的事,问:你们大学搬啦?

这样和风细雨的一天,是上天给的,为的是减轻我的压力吧?其实那些天我像一个人在黑暗里行走,看不到希望的。上海那边,公爹的病要手术,手术在哪天还没有安排上。他自己就是外科医生,给别人动了一辈子手术,到他自己,空前的纠结与犹豫。他看了不少医学外文资料,手术预后效果是他最关心的。

公爹在上海长征医院并没有做成手术。帮助公爹住进上海长征医院的王医生,毕业于上海第二军医大,是名博士医生。从前他父母与公婆家前后楼住着,他父母与我公婆一样,都是医院的双职工。沟通好去上海手术后,公爹与主刀医生讨论来讨论去,公爹是老脑筋,与眼下的医学现状是脱节的,可是,他就是一个爱较真的人。后来,主刀医生也不耐烦了,人家天天那么多病人等着,面对一个问来问去,一百个不放心的病人,还从探讨到质疑,大医院的医生哪有精力周旋这个,正好婆婆一天几百遍问"爸爸呢",于是退了病床,从上海赶了回来。

其间发生了一件事,第一人民医院邀请德国专家,进行为期三天的中外医生同台手术,公爹自己在信息平台上挂了号,无缝对接住进了第一人民医院,等三天就可以进手术室了。

婆婆是属于散步型的阿尔茨海默病,她其实也好带,只需要哄她,我们出去散步吧,她立刻欢天喜地。她不能待在家里。陪她散了步,回家转了身就又要出去。为了留住她,必须反复编故事哄她。她不知道腿疼,除非走路时突然胯骨疼,她会"哎哟哎哟"叫声不断。她不记得腿疼,这才造成她不断地"哎哟哎哟"。

有一年小年夜发生过一件事,把公爹吓到脸白。那次婆婆走伤了腿,我们一家陪她做CT,第一次做腿部CT,胯部与膝盖处没有问题。公爹又让我们去门诊开单子做腰椎CT。

我们一家四人当天的情景之狼狈不可描述。我端着痰盂亦步亦趋跟在我婆婆身后,她有尿频的毛病。我家那位陪着进了两次CT室。婆婆在CT机上一躺下就要坐起,对CT机也很恐惧。公爹研究着各种检验单子,拄着拐杖指挥着我们很是一丝不苟。他初步判断并坚持认为婆婆的胯骨疼可能是某种癌症信号。做一次CT要等两三个小时,婆婆说要小解就要小解,她腿疼又蹲不下来,我陪着她就在走廊尽头,用大衣兜着围着,我架着她半蹲着解决小解。这一点她非常好,小解没有障碍。如果有障碍,在公众场合尿不出来,可能会累坏我扎马步的腰腿。

那天买了茭白,准备炒毛豆吃。我让婆婆手剥毛豆,想让她有事做不要闹着出去。哪知道,我刚刚洗好菜,准备点火炒菜,她霍地一下站了起来,桌面上留下了十几粒剥好的毛豆,她的脸拉得很长,眼睛里很有怨气地瞅了瞅我,又要出门。我一边慌忙去关火,一边高喊她两声:妈,妈。她不理人。

很明显我不应该安排她剥毛豆。

这事真的怪我,我想起公爹交代过不要让她做事,尤其是不要让她剥豆子,因为她指甲会痛。

她决绝地出了门。那天的跟踪与潜伏,是我这辈子都忘不了的。

太怕她走丢了,我只带了钥匙就狂奔出去,楼前楼后没有看到她,以往上午11点左右散步,她只在楼前楼后绕圈,我在家里透过窗户就能看到她。但她不是脾气上来了吗?我又狂奔去外面,到了大马路口,左右看,左面没看到她,右面,她在。为了不让她看到我跟踪她,我慌慌张张地站到卖早餐的摊前,躲在铁皮架子后。

路边有一个市民小公园,一不留神找不到她了,刚转身,她迎面而来,我赶忙堆起笑脸,在她面前,我感觉自己一直都是坏人,就像一个间谍,这次还被她正面撞上了,她不恼我才怪。果然,她铁青着一张脸,从我面前擦肩而过。本来她可能是要回家的,看到我,一转身又回到小公园里。我只能重新躲到铁皮架子后,保证看到她的背影。

我没有别的选择,如果她迷糊了,走丢了,我怎么办?公爹住进第一人民医院,两天后就要上手术台了,我的使命是陪婆婆,静等公爹治好病回来。

她坐到一群老年人中,木架子下,紫藤挂满了长长的绿色果荚。地上很潮湿,蚊子既多又大。老人们呆呆地坐着,有结对的,有一个人的。她昂着头,不跟别人说话,她几乎从不跟人说话。

婆婆是个急性子,坐不了多久的。果然婆婆站了起来,我继续跟踪,这时她往家里走,遇到了对门的奶奶。奶奶是个热心人,停下来正准备跟她说话,看到随后而来的我,说:"你家里人来了。"我只好上前打招呼。婆婆说:"讨嫌,讨嫌死了。"

2016年6月11日,德国纽伦堡大学教授、附属医院骨科主任、著名的脊柱外科专家 Boehm Bertram,与第一人民医院骨科主任联合门诊和手术。公爹被推进手术室,这位来自德国的专家主刀,手术非常成功!

6月28日晚,我带婆婆去医院探望公爹,一路上又是千万次问"爸爸呢"?这是第十七次去医院了,她以为是第一次去医院,可是又怎样?她总认为是第一次,问在哪家医院?远不远?又惊呼自己没有带钱。

公爹的病床是38号,在走廊最尽头的一间,婆婆一边走一边问:"怎么找不到,怎么不是?在哪里啊?你忘记啦?"

在见到公爹的那一刻,她立马扑上前去,两个人手拉着手再不松开。她的关心、不舍,都写在紧张不已的脸上。

半个小时后,我们出医院回家。到了家,她问:"爸爸在哪里?爸爸呢?"她环顾左右,然后抬头用问询的目光盯着我。我告诉他:"爸爸住院呢。"

她惊呼:"啊,他开刀啦?哪里开刀啊?哪里不好?"晚上9点她就睡着了,呼噜声大大的。她爱上了关门窗,你刚刚开了窗,她又奋力地关上,掖好窗帘。关上门,关掉一切闪光发亮的电源,我好端端的一个健康人,像睡在桑拿房。

我老公在医院陪他爸爸,连续二十天夜里睡在病房,请了一个男护工24小时陪护,但公爹日夜离不开他儿子。

那天凌晨4点多钟,我醒着,婆婆也醒着,她问:"爸爸还有几天回来?"

她居然记得爸爸是在医院里,看来她早上记忆的确清醒一些。4点55分,窗外是浑黄的白,随时可能会下雨。

"还有三天。"我说。

婆婆自言自语:"三天,今天、明天、后天。"她再一次掰着手指头算天数,然后重重地叹了口气。

不到10分钟,她要起床,自己穿衣服,每天纠结于穿衣服。套一件,又套两件,穿了四件,她站在衣柜前目光看来看去,不确定要穿多少衣服,问:"现在是几月份?"

我答:"6月底了。"

"哦……"她拖了一个长长的尾音,恍然大悟,"那就是秋天了。"她继续往身上穿衣服。

"爸爸什么时候回家?"她问。

"还有三天。"我回答。

我肯定是躺不住了,6点前有一大堆事情在等着我去做。而且,我得写张字条,随身带着,今天她问话的核心内容是"爸爸什么时候回家",会问一百遍。

婆婆得糖尿病已有好些年了,她不能吃甜食,每天吃的黄瓜,平时

39

都是公爹用刷子把绿皮刷除。

"为什么不削皮,这样更容易?"有一次我问,因为看他颈椎与腰都有伤,在洗碗池边长时间弯着身子很吃力。

公爹说:"不要,刷干净就行,光洗洗是不行的,有农药,她吃了会拉肚子。"

"不要让她剥毛豆,她会手臂疼。"

"帮她洗澡,不要洗太久,热水冲冲就行,不要让她出汗,她会低血糖。"

"时刻小心她会拿桌上的东西乱吃。"

"嗯,嗯。"我直点头。

"中午起床就给她喝绿豆汤;下午3点左右,吃两瓣柚子;晚饭前一小时吃二十粒花生米……睡觉前吃阿司匹林,一瓶鲜奶……"

我一边做事,一边想起公爹叮嘱过的这些话,这些年来,他一直在做着的何尝不是这些?他何时抱怨过半句?

婆婆蹭到我身边,她与我已很融洽,她很响地嚼着黄瓜,问:"爸爸还有几天回来?"

我转身举过一张硬纸板:爸爸还有3天出院。毛笔写的,字体又黑又大。

她看了,很满意。

中午,婆婆睡下后,眼睛却睁着,叹息声沉重,沉闷得像要击穿对面的白墙。她一定也是孤独的,像失群的羊羔,可是,她一点办法也没有。前几天,她还发过一次火说:"你最坏,你不带我去找爸爸,我自己去。"

她又拉开五斗柜,在里面找硬币。

午休后,我与婆婆在阳台上聊天。虽然她脑萎缩比较严重,但过去的事她记得。我听她讲苏州大家族的故事,也交给她一点事情做,比如让她去倒茶。

婆婆非常高兴,捧着茶杯走到了客厅,迟疑地转过身,迷茫地问:"唉,我要做什么呀?"

"妈,倒茶!"

"哦……"她又转过身准备去倒茶,可是走了两步她停下了,"要我做什么?爸爸呢?"

"爸爸呢?"她跑到我身边,神情异常严肃。这已经是今天第三百多遍问"爸爸呢"。

黄色的硬纸板我随身带着,我举起了它。

她还认得汉字。谢谢汉字。

下午3点多带了她去散步,只想着就到旁边的小区走走,那里有一架紫藤,走廊下有几张长条凳偶尔她肯坐几分钟。

雨说下就下,且大得很。虽然带了雨具,我们还是躲进了邻近小区的楼道里。雨随风飘,一时半会还停歇不了。婆婆不停地叹息,不停地说:"讨厌,讨厌死了。"我问她:"妈妈,你说天为什么不能下雨?不下雨庄稼就会枯死……"

她说:"我不管庄稼,我不要下雨。"

我问:"妈,你喜欢什么呢?"

"我喜欢我自己。唉,我只喜欢自己。"说着自己也笑了。

回来后她一个人坐在房间里,要开电视机。努力了好半天,打不开电视。我要帮她,谁知她发怒说:"不要你管,哪个要你管啊?"

我忽然生出与婆婆相依为命的感觉。她老了我在陪,我老了呢?陪我的人是谁?我无声地抱了抱她,看着她,她也看着我,甜甜地笑了。她笑起来一侧的酒窝深深,眼睛像弯月,很美。

快5点时照顾她洗澡,这是一个大工程。我擅自让她吃了二十粒花生米,我怕她能量不够,累了,低血糖晕倒在厕所里。

为她洗头、揩干,她自己洗好澡,接着吃晚饭。我说吃完晚饭后带她去看爸爸,她高兴起来,说:"要去看,不去看不像话。"

41

她很听话,上了医院的电梯,长长的走廊里她走着很急促的小碎步。走到病床前,她俯下身子给公爹盖被子,用手轻轻地摸他的脸,弯下身来把自己的脸靠着他的脸,表达着深深的爱意。两个白发老人相亲相爱的样子,让我瞬间泪流满面。

许久,婆婆笑着,温和地问:"爸爸,爸爸,你什么时候回家?"

"还有两天。"

婆婆伏在病床边的扶手上,笑声不断。我们正在几步之外的阳台上交流出院的事,婆婆突然看着我们大笑,傻乎乎地大笑。我们被她笑得有些莫名其妙,她开心地说:"我刮了爸爸一个鼻子。"

"为什么刮爸爸鼻子?"我问。

"爸爸喔,样子滑稽死了。"她回答,笑得"咯咯咯咯"的,仿佛真的十分好笑。公爹的头上套着铁制的固定架子,接触头皮的地方硌得太疼,干脆塞了两条毛巾在里面,样子的确比较突兀。

"爸爸,你还有几天回家?"她没有离开病床。

公爹竖起两根手指头,并用力保持着这个姿势。

她很开心,掰着公爹的手指头说:"今天、明天,后天回家啊?不对,算不算今天?"

她其实很聪明。

她双手捧紧公爹的手,笑他的光头,觉得滑稽透顶,又是一长串的笑。

"爸爸,爸爸,你还有几天回家啊?"她凑近了问,声音又甜又嗲。

公爹重新竖起两根手指。

"今天、明天、后天……"婆婆嘀咕。

公爹笑着低声说:"今天已经晚上了,不算。"

我们说:"妈,爸要是出院回去了,你要服侍爸爸的啊。"

"是我的责任。"她的表情立刻严肃起来,掷地有声地说。旋即又俯身下去,轻咳了一下嗓子,正准备开口,公爹赶紧竖起了两根手指。

"两天。"婆婆用脆生生的苏州腔调说,"两天,今天,明天,后天……"

在穿短袖的季节,婆婆穿了四件衣服,两件长袖,一件线背心,一件外罩,外罩是烟灰色的单排扣西装,没有羽纱衬里。她终于感觉到病房里太冷,缩着脖子,拢着双手,侧着身子问:"爸爸,还有几天回去?"

公爹竖着两根指头,不言语。

"爸爸,你什么时候回家?"公爹双手拉着头顶上方的吊环,转身朝着另一边,睡好。

我带婆婆出了病房,还没到电梯间,她又问,"爸爸什么时候回家?"

我笑着说:"妈,我带你来医院看爸爸,这是第二十趟了,你来了等于没来啊?"

"爸爸知道我去过了,我去看过他了。"瞧瞧,多机警,像位深不可测的哲学家、思想家。

回家的路上,她一路问,循环着问同一句话,间隔不满10秒,直到进了小区,还在问。

到了家,我找出那张黄色的纸板,把"3"天改成"2"天,并用水笔把"2"描得既大又黑。明天随时举给她看。

晚上8点,她要喝瓶牛奶,吃阿司匹林,因为我想写点东西,把牛奶从冰箱里先拿出来提高些温度,药瓶子也放在了桌边。婆婆坐在边上,把药瓶拿起,把牛奶放下;把牛奶拿起,把药瓶放下,如是者三。她的脑子里展开着激烈的斗争,思考与质疑,选择与否定,举轻若重,举重若轻,好难啊。

公爹出院了,婆婆寸步不离他。她有"爸爸"了,满眼都是她的"爸爸"。

公爹回来了,婆婆迅速地黏上了他,亦步亦趋,如影随形。两个人在家散步,手拉着手,从卧室到客厅到阳台,再从阳台到客厅到卧室,一样的步履,一起向左一侧向右一侧,两人高度协调。即使做事情,也只用一只手,另一只手拉着对方。

世界怎么样与他们无关,他们眼里只有他们自己。

转眼到了2020年夏秋交替时。

那天晚饭后,我们难得地出去散步。才走出去10分钟左右,就看到李姐的短信:"你爸又呕吐了。"

就地折返。我们夫妻二人像竞走一样,三步并作两步,脚下生风。进了小区,一个回自己的家准备住院要用的东西,一个直接到公婆家。2016年底公婆搬到我们楼上住,公寓房,已楼上楼下住了四年。在进小区前,已打过120电话。仅仅过了5分钟,120车来了,从车上下来两男一女三人。公爹在迷迷糊糊中,被三个训练有素的医护人员架着脚不点地出了门,进电梯,坐到已安放好的椅子上,出电梯上了单架推进救护车,然后120车"呜呜呜呜"到了市第一人民医院。

公爹被推到急诊抢救室,各种检查,其间不断有值班医生从抢救室出来问:"病人曾经做过什么手术?"

"2016年做过颈椎手术,从颈2到颈6。"

"还有呢?"医生问。

"2011年,做过前列腺手术。"

"最近吃过什么药?"

"银杏叶片、降压片、阿司匹林。"

"对什么药过敏?"

"没有。"这点肯定。

医生问得非常仔细,好在我们对他的身体状况与用药情况了如指掌。

不知过了多久,夜越来越深,我们越来越清醒。

最后,有一个姓王的主值班医生出来,他平静地告诉我们:"我认为他昏迷呕吐的主要原因,不是脑出血或脑梗,我不认为他的昏迷与脑出血有关,而是……我几乎肯定他是脑肿瘤……晚期。我的建议,不用治……"

站在空旷的走廊上,我们面面相觑,没有特别悲伤,脑子里嗡嗡的,信息与脑子之间仿佛隔了厚厚的石墙,没有反应。

就这么完了吗?那个躺在急救室的89岁的老人,他是我们最亲最敬的人,他到今天为止,一直对婆婆事必躬亲、无微不至,他操碎了心,难道婆婆的依赖及千百遍的问成了信息垃圾侵入了他的脑干?他等于被宣判死期了啊。办好了缴费、住院等手续,公爹被推向住院部脑内科。护士说:"这是这个科最后一张床位了。"

三个人一间病房。挂水,给脑部降压、减痛、增氧,给胃部提供养分等。床头的仪器上显示:血压在61 mmHg与130 mmHg之间,心跳每分钟52次,血氧饱和度为98%。

子夜时分,我独自回家,另一个留在病房看守。好在医院门口即使下半夜也有出租车在等着。中元节的子夜,路边、楼下一堆一堆新烧的纸灰排成长长的队伍,有的还在冒着轻烟,慎终追远,这些年的中元节过得越来越有仪式感,我有一些害怕但脚步更加铿锵。

第二天晨6点我去楼上取公爹住院要用的日常用品,家里请的24小时保姆李姐迎上来,她非常关心公爹的病情,可两人才说了两句话,婆婆从卧室走出来,她铁青着脸,低头对着沙发上的毛巾抱怨说:"这是什么?怎么都是绳子,讨嫌死了。"

李姐还要问公爹的情况,结果婆婆走上前,喊道:"你们都去死,去死,大家都死光光,十三点,你们都是十三点。"

李姐说,你婆婆越来越会打人了,带她出去散步,她在外面也打骂人。我迅速地看了她一眼,不敢注视她,直视之下她会暴怒。我的心里在替公爹难过,这些年来,公爹一个人天天直面思维混乱、语言混淆、喜怒无常的婆婆。

这辈子,公爹宠婆婆宠成了可歌可泣的模范。他把心掏给婆婆,把命的大部分给了婆婆,现在公爹奄奄一息,可是,她不知道发生了什么。

但也不见得,因为我们还不能破解阿尔茨海默病后期的密码,说我婆婆什么都不知道,可是,她的焦灼、慌张、有时的暴力倾向,说明她也感知到她的一方晴天坍塌了。

我在7点半赶到医院,离公爹入住医院只有6个小时,给公爹带了一些粥,他摇头说不吃。

接下来,我们怎么办?事实上,从后来知道的答案来看,我们束手无策,看着他向死亡一步一步走去。

我们不能听医生的建议,说是让他回家听天由命,我们一定要他住在医院。治疗是主要原因,另外的原因是如果公爹回家,婆婆不会让他躺着,她会不厌其烦、永不气馁地说:"起来,起来,出去散步。"

犹记得春天时,公爹拄着拐杖在小区散步,我远远地看着他步履蹒跚,二三十米的一条路,他要挪上一刻钟。我曾纳闷:公爹是一夜之间变老的吗?我们天天与他见面的呀。

公爹是一夜之间老去的,老到连走路都走不动。但那时他还要照顾婆婆的一天三顿药,他不放心任何人做这事。他习惯了全心全意照顾婆婆的一切,别人要是代劳,他会有不少理由拒绝,总之他要亲力亲为。

公爹对婆婆的爱,是一种责任,是一种执念,是一种地久天长的痴情。

公爹住进医院整整24个小时后,神志稍微清醒了一些。他问:"你妈呢?"他沉默了一会,又问:"你妈呢?"

我回:"妈很好,你在医院,她在家里,家里有人照看她。"

晚上,婆婆睡觉前在满屋子找人,她问:"那个人呢?"劝她躺到床上,她又问:"那个人呢?"回答她:"哪有什么人,没有人。"她"哦"了一声,很快忘了这件非常重要的事,睡着了。

公爹在2020年9月1日晚被救护车拉到市第一人民医院,做完各种检查真正入住下来是2020年9月2日凌晨1点钟。

9月3日上午我们请的24小时医院护工到位。中午,公爹吃了一点鸡蛋豆腐羹,休息片刻,护工去茶水间加热饭菜,我在走廊与家人通电话,谈公爹转院的事。第一人民医院只允许我们住一周。这时,病房内传来一个骇人的大动静,有人喊:"掉下去了!"

就我们通话的片刻,公爹把病床一侧的护栏放了下来,然后整个人掉到了地上。

这怎么得了!我下意识地惊呼:"救命!护士快来,医生快来,救命啊!"我飞奔到走廊高喊,整栋楼都是我仿佛灵魂出窍的喊声。

公爹半坐在地上。他说:"你妈在门外,要开门,我去给她开门。"

他是睡着了,不知道梦里云游在何方,但一定是婆婆在他的梦里,踩着他脆弱无比的神经。

两位护士把他扶到床上,到处检查了一下,哪儿都没事,心跳每分钟60次,血压70 mmHg—130 mmHg,血氧饱和度98%,他一点事也没有,可是我由于受到惊吓,那天一直头疼欲裂。

我老公赶了来,刚才我们在通电话,电话里他听到我没命地喊救命,他立刻把车开到医院。

他成熟了,比往日沉静了许多,要是还像从前那样不堪一击,那路上出车祸了怎么办?

晚上7点多,他开车把我送回来,我们太需要交流了,谈父亲如果很快就走,要不要告诉在美国定居的姐姐。姐姐对她父亲的病有知情权。可是一时半会儿她根本回不来。

车到了小区门口,我再三关照,即使父亲有什么事,我们得以办事为先,然后,照顾好母亲。

公爹徘徊在走向死神的边缘,情况来得这么突然。就在我们在小区门口谈话的几分钟,我们突然意识到公爹可能老早就知道他得了脑肿瘤,他有过四十年外科医生的经历。在我们几次劝他查查脑子的时候,他说:"不查,查出来不治,何必查?"

转院去第二人民医院。又是120,又是各种检查。公爹是离休干部,医保卡上有钱,且全部可以报销。到了三院楼下,公爹晃了半天才站到地面上,如风中之烛。早晨本来就没怎么吃饭,一晃动又是一阵呕吐,定了半天神才能够移步,身上怕是只有游丝那么一缕力气。看着他苍白的头发、瘦削的身体,真感觉也许用不了多久,他像这样走路也是不可能的了。

早晨从8点50分出门,到11点30分住下来,公爹问了三次:"你妈妈呢?"从前是婆婆问:"爸爸呢?"现在反过来了,公爹一直在问:"你妈妈呢?"

爸爸也失了魂。

下午在视频里,我们看见婆婆与住家保姆在吃饭,妈妈在发火:"干什么呀,你们都是坏人,你们管我,我要发火了,这是我的病人……"她的思绪像天丝一样飘忽,不知道什么时候就断了。妈妈从前是名医生。她的脑海里还有残存的词汇:"病人"。

公爹从第一人民医院转到第二人民医院后,就没有再回家。婆婆不知道发生了什么,她狂躁不已的情绪一直在延续。小区的门卫说:"你婆婆见人就上前拽袖子,盯着问人家,说有一个人找不到了,有一个男的不见了……"我们求救于神经科专家,他说:"你婆婆的症状不仅仅是阿尔茨海默病加重了,她其实是——疯——了。"

没有"爸爸"在她身边,她举手就要打人,脱口就要骂人。一个月后,我们因为要陪伴快要走到生命尽头的公爹,对婆婆照应得少了,全仗着住家保姆看着,婆婆瘦得脱了形,嘴巴都尖拢了起来,看得我心如刀绞。一个月给保姆加了三次工资,保姆看在钱的份上,也因为体恤我们的难处,咬着牙坚持了下来。

那天,老公下班后,去医院换我回家。我先回婆婆家,敲门,保姆来开门,一开门,见婆婆老泪纵横。她要出去。她不能待在家里。那些天,她每天步行一万多步,最多的一天计数一万九千步。保姆完全管不住她。把门反锁了,她就脸贴着门,双手不停地扒门。看着她满脸委屈,满脸泪水,我不禁也掉了泪。可是,她出门散步就是一直走,小区里的长凳她从来不肯坐一会儿,她不与旁人说话,行色匆匆好像要到远方寻找什么答案,这一点让我不明白,为什么她这种症状的病,在家一刻也待不住。公爹在医院,这次我没有告诉婆婆她的"爸爸"在哪里。

傍晚5点,婆婆吃了晚饭,然后由李姐陪着外出散步。有时她会在家里寻找,她不明白,那个人呢?家里少了一个人。客厅里的长沙发上,他们一起看电视的人不见了。大床上,旁边的枕头是空的。她睡前会反复放好那只枕头,她知道有个人睡在身边。李姐带婆婆一天下来实在太累,也受不了她的纠缠,所以说起来是住家,实际上夜里她是很少管我婆婆的。

婆婆在客厅与卧室间来回各种寻找,越找越急躁,步子越来越快。我们在手机里看着她飘忽到模糊的身影,老公每次都上楼陪他妈妈。见到他,她会安静地躺到床上,可是一会儿又坐了起来说:"我得请你走了,不合适,你一个男人坐在这屋里不合适,你走,你要是不走,我送你出门……"

公爹到第二人民医院的第二十一天,吃过晚饭后,我老公陪我婆婆散步,由于担心她会找"那个人",一天中最后的散步特别重要。

母子俩边散步边聊天。

婆婆说:"有一个人找不到了,可能是生我的气了。"仿佛自言自语,转瞬又高兴地问:"你多大啦?"

我老公回答:"快60岁啦。"

"60岁啦?"她快乐地问,"那我多少岁啦?"

"你87岁!"

"哎呀,那我可以死了。"她脸上是喜悦的表情。

她拉着她儿子的手往家走,这条路她走了几年了,应该认得的。

"那你是谁呀?"她问。

"我是你儿子。"回答。

"我是你儿子。"她重复了一遍,仿佛理解了。

"那你多少岁啦?"她真诚地问。

"我快 60 岁了。"回答。

"哎呀,那你有孩子吗?"她问。

"有,儿子 30 岁了。"回答。

"那他在哪里? 他有孩子吗?"她笑容可掬地问。

"他是你孙子,在美国,结婚了,有两个孩子。"

"哦。那你是谁啊?"看得出来,身边的人让她放松了许多,她很开心。

"我是你儿子。你是我母亲。"回答。

"我是你儿子。"她嘿嘿笑着。

其实她已不知道"儿子"是什么意思,"母亲"又是什么意思。

送婆婆到家,李姐出来看了一眼就进自己的卧室了。

2019 年全年一共换了十二个钟点工。现在这个 24 小时住家保姆李姐,来了快三个月了,从前是公爹挑别人,辞退别人,后来我们总是劝他,不要轻易叫人家走。他是不甘心的,但也知道合乎他要求的保姆越来越难找。

婆婆躺下后,要给她打胰岛素,她没有像上一个晚上那样急着找人,而是嘀咕:"还有一个人呢?"象征性地问了一句。

谁也没留意她从什么时候开始,不喊我的公爹为"爸爸"了。

在医院的最后半个月,公爹的两条胳膊是被捆住的,头两天他还有力气反抗,后来安静得像睡着了,一声叹息都没有。

从 120 救护车把他载走到咽气,不到两个月。

那晚下着小雨,医生说,看来老爷子今晚是过不去了。

我们一直陪着。到了晚上 11 点,强心针一直在注射,心跳仪上的数字一会儿60,一会儿30,一会儿是0,0之后又变成30。远在海外的大姑子通过手机视频,说要让她的父亲听安魂曲。

父亲最后的几天一直是深度昏迷的,他是天底下的绝世好人,所以他的魂魄安详得很,他像一根羽毛,轻轻地轻轻地飞升,肉体还在,精神却飞离了尘世。

在心跳停留在0这个数字的开始,1秒钟、5秒钟……我们竟不知道哭,我们愣在那里,死死地盯着心跳仪,没有数字了,会不会再跳出来一个30?这就是死吗?这就是永别吗?生死这样大的事,怎么会如此安静?这就是阴阳两隔?不是应该恸哭的吗?我与爱人双手攥得紧紧的,我反复地问:"爸爸没有了吗?爸爸没有了吗?爸爸不要我们了吗?"这一问,泪水"哗"地喷涌。

我们两个人无助地站在病房里,哭到颤抖。我们请的罗护工冷静地躺在旁边的病床上休息,因为我们没有把"一条龙"的丧事交给她去办,所以她这样做是对的。给刚去世的人穿衣服,一次三百元,她没有争到这个"业务",对我们有点意见。

后来的三天,父亲赶在奈何桥上,他往生了。

我们送走了最亲的"爸爸",把他安葬在公墓的玫瑰园。我们在整理遗物时,发现了他写的遗书,其中第一条,丧事从简,不要麻烦别人,不要耽误他人时间。第二条,一套房产给妈妈养老。第三条,姐姐如回国,把她当亲人接待。第四条,不要把妈妈送养老院。就四条,公爹是在什么情况下写的遗书,我们不知道,且永远不会知道,但有一点是肯定的,他在很清醒的情况下写下了这份遗嘱。他的通情达理一下子让我不忍心。其实,他爱家里的每一个成员,只是我的婆婆她没有智商了,她的生活不能自理了,他如果放手不照顾好她,那么,我们的生活将是一地鸡毛。

其实,我们在看到公爹这份遗嘱之前的半个月,就已经把婆婆送到了养老院。

51

那段婆婆与住家保姆相处的日子,婆婆经历了什么,她是没办法讲给我们听的。我们在公婆家客厅与卧室装了探头。有一天,我们从第二人民医院回家已经是晚上10点多了,很累,心情也很沮丧。后半夜,我老公突然说要上楼,原来他从手机里看视频回放时,看到他亲爱又可怜的妈妈从后半夜的1点半一直在沙发上坐到了3点,一个人在那里脱衣服。那时,她已不会穿脱衣服,不知道自己的大解是什么东西,有两次保姆一不注意,她就用手去抓,粘在手上,摸得到处都是。保姆也是肉身,你就是一个月花一万元请她住家看护,她也要睡觉,何况,她白天还要被我婆婆盯着外出散步。更何况,这个来自乡下的保姆,在与她的儿子交流时说:"我照顾的是一个呆子。"她儿子说:"这么呆还活着做什么,她应该去死,要么把她扣拴在桩子上。"

我老公迅速地上了楼,深秋的后半夜有多冷,婆婆的一泡尿全尿在身上,她坐到沙发上,想脱掉湿透的衣裤,可是脱不下来。

第二天一早,我老公说:"妈必须住养老院。"

我说:"爸爸的遗嘱不顾了吗?"

他说:"妈这样是会送命的。"

婆婆终于住进了养老院,单间24小时一对一护理,这样的VIP待遇,全院只有四个,她属于1.5%的特护。

转眼半年过去了,每周我们去养老院看她,带去吃的喝的用的及各种药品。

2021年6月19日,周六,去养老院看我婆婆。护工说我婆婆最近走路少了,走一会儿就回房休息。以前,她是一刻也不肯坐下来的。

陪婆婆在养老院回字形的走廊里漫步,仔细观察她的腿,似乎与平时一样,但又有点不一样,要是不仔细看,看不出区别,细细看,的确她的腿走起路来有点无力感。4月份的时候,她喊过腿疼,特地叫了120直接去第一人民医院做了CT,并没有发现有什么问题。我觉得还是谨慎些好,当机立断扶她上车去了医院。

周六看脑部急诊的人不多,拍了片子,开车送婆婆回养老院,车行到半路,接到一个陌生的电话。

"你是陶××病人的家属吗?"电话里那个声音很严肃。

"是的。"

"病人现在在哪里?"电话里问。

"快到家了。"

"啊,你们胆子真大,这个病人随时都会有生命危险。她的颅内全是血,满满的血,知道吗,随时会昏迷,快把病人送回医院。"

车停进养老院,打120,很快婆婆被抬上救护车,又回到刚才的医院急救室。

我站在急救室的门外,心中有一丝慌张,不过,庆幸今天的谨慎是对的,还好送婆婆来医院做CT,是在她没有进入昏迷状态时。

从早上9点到中午,一切检查、诊断、手续都办完,婆婆入住脑外科住院病房。住院部主任说:"晚上就给她做手术,不然她随时会昏迷,后果很可能是再也不能醒。"

插导尿管,输液,有专门的人员来给婆婆剃发。光着一颗脑袋的婆婆垂着头,昏沉迷糊,与平时她的吵闹发脾气相比,她安静得很,甚至连哼哼一声都没有。

要给婆婆动手术,家里能够做决定的也就我们两个,在医生递过来的各种材料上签字。

听医生的,这是我们唯一的想法。

住院部主任把我喊到值班办公室。办公室里只有一张长桌子,几把木椅子,两台电脑。

主任打开电脑,让我看婆婆的脑部CT图,放大了解释。蛛网膜下腔出血,出血量达到最大值。因为婆婆有近十年脑萎缩历史,她的脑中大量萎缩后空白的地方此刻被血液填满,一般人脑出血很小的量就会昏迷,出现生命危险,婆婆的脑出血量是别人的几倍,却没有立刻昏迷,正是拜脑萎缩后颅内空白所赐。

主任解释说这种出血,可能是病人长年服各种药物,导致脑部蛛网膜微细血管基础差,稍有震荡就渗血,这样的渗血可能已有二十多天。导致渗血的另一个原因,也可能是曾经被磕碰。

挂了水,婆婆神志好了一些,然后开始闹,发脾气,不停地撩导尿管,打人,骂人,几个人都无法让她安静。我站在她身旁,她伸直手臂,声色俱厉地说:"出去,你滚。"

没有办法,护士只能听我们的,拔了婆婆身上的导尿管,等她上手术台再插。在挂水的时候我抱她坐到坐便器上,差点闪了腰。她的身子仿佛使着劲往下沉,好不容易把她抱到床上,她又要小便。还好,后来用上了尿垫尿不湿,她没有别的病人那样的小便障碍。许多病人用尿不湿有尿不出的毛病。

手术的时候到了,主刀医生说我婆婆一周后可以出院。

医院10楼,夜里10点,手术室外,我们看着婆婆被推进了手术室。

那晚注定不眠。

其实我婆婆是一个无神论者,她向来并不怕死。她是一个无畏的人。从前,她的职业是麻醉科的主治医生,她没有恐惧,也不知道恐惧。但所有的恐惧与压力都给了身边的亲人,亲人们除了我与我老公,其余的都在外地。

现在的医疗水平太高了,这么危险的病症,这么一个风烛残年的老人,医生们却十分有把握,且反复给我们吃定心丸。

只需微创手术,在右脑一侧开一个直径不到两厘米的口子,插入一根可以弯曲的管子,吸出脑中积血,听主刀医生讲,手术中还会在婆婆的脑中注进水填充,起巩固作用。

婆婆在ICU待了两晚。我们在外心神不宁地等了两晚。

手术后的第三天,为了防止脑子里再出血,也为了让婆婆恢复体力,给她注射了镇静药。她躺在那里,有时闭眼,有时睁眼,没有力气,不怎么闹,护士长说找不到陪护,我们只能夫妻二人自己通宵陪。第四天,导尿管拔掉了,这个平时就很闹的人,逐渐清醒了,开始想发脾气就发脾气。

看到她发脾气,这一次,我们非但不嫌麻烦,反而非常高兴,这位陶小姐终于有力气发脾气了。

第五天,她要起床,要回家。一刻不停地要回家。依靠她有限的记忆里,能够认出这里不是家。

我架着她在走廊里走着,我能感受到她的虚弱,也能感受到她腰部的力量。

同病房一共三个人,我婆婆、一个整天高声叫喊的老太太、一个弥留之中的94岁的老爷子。

那个每隔几分钟就大叫"医生护士来哟,救救我哟"的老太太,是被别人骑电动车撞的。撞老太太的人从此没有一天好日子过,找了24小时陪护,老太太有儿有女,除了有一次送来换洗的衣服,其余一概不露面。我婆婆清醒后的第四夜,老太太半夜一声叫喊,我家这位老太太迅速地下床,等我睁开眼,婆婆已挤到喊叫的老太太床上,真是迅雷不及掩耳的速度,让人瞠目。

第七天,我扶着婆婆在住院部走廊里散步,我老公跑前跑后办出院手续。婆婆边走边看每个病房,看到人家病房里有一根拐杖,她进去就要拿走,说是我们家的。

上午10点半办好出院手续,我老公开了车来带她出院。她很听话,比以前听话一百倍。到了养老院门口,车停下来,婆婆下车,她牢牢地迎面抱住了我,脱口而出喊了我的名字。她居然喊了我的名字!难以置信!她就像一块金牌挂在我面前,我也紧紧地搂住了她。我不知道她怕不怕,她并不知道这七天她在何处,她经历了什么,但好在,正如朋友所说,我婆婆天生好命,她的一生一不缺爱,二不缺钱。

婆婆出院后的第二天,我买了棉质的长袖长裤送去养老院给她。

55

第三天送药给她。第四天送抽纸给她。第五天买了火龙果、苹果、无糖蛋糕送去。

我们非常放心不下婆婆,担心刚刚手术后的她,但养老院里负责这一层的护理部组长吩咐我们不要上楼探视,因为婆婆如果找人,又要整天闹,影响她身体恢复。我们去了好几次养老院,只能把东西放在一楼大厅,由专人送上去。

按医院的嘱咐,二十天后婆婆去医院复查。婆婆被扶上车,去医院的路上,一声都不哼。下午1点40我们到了医院,挂了主刀主任的号,下午2点医生上班,我们挂的号是001号。

"情况不错,但脑中有积水。"主任说。并吩咐一定要让婆婆朝右侧睡觉,让脑液压迫受伤处,吸收掉水分。

我老公把车开到门诊楼的大门口,我扶婆婆小心翼翼地上车,婆婆又是突然转身,像一只蜘蛛一样紧紧扒住了我,像尚不会走路的孩童双手紧紧搂着我。我抱紧了她,感觉她如此无助、羸弱。她几乎不说话,乖巧得让人心碎。她以前是个爱发表意见、有点毒舌的人,可是现在她几乎无言。

到了养老院门口,接她下车,她又是扑在我身上,好像要借我的力,又好像怕什么东西。她已不知道这来来回回是为了什么,也不知道这幢有着红色琉璃瓦屋顶、门口的青花瓷大缸里养着睡莲的房子是哪儿。

婆婆被带到她自己的小套间。她的专职护工已等在那里,护工总是一张笑脸,打理着婆婆的一切,细心耐心到不厌其烦。她是婆婆的亲人,是我们的恩人。

婆婆老了,其实,如果在她正常的时候,知道自己现在的这个样子,她是不在乎活着与否的。她如果清醒,也不一定会答应开这一刀。她从前是一个有尊严爱体面的人。

我已经说过,我婆婆绝对是一个唯物主义者,不仅仅因为她的职业曾经是医生,至少不完全是,还因为她豁达、通透、大气、随心所欲,生活的准则是快乐至上。

她是这样的人。

她绝对是这样感性的人。

她是一个单纯、可爱,特别在意漂亮与风度的女人。这也是她一生被宠的原因。

看着婆婆在养老院日常生活稳定了,我们夫妇二人,来威海与亲戚同游。

到威海后的第二天早上8点,婆婆所在的养老院来了电话,那时我们正在去长岛的邮轮上。从电话响的那一刻起,我们的眼里没有了风景,听不到海鸟的叫声,耳边是熟悉的120呜咽的幻听。

婆婆又被120拉走了。

婆婆的儿子,我的那一位在海轮上面色忧戚。他习惯性皱着的眉头直接打了结,眼睛一刻不停地盯着手机。

天上没有路,地上也没有路,人没有一对翅膀,他像一个被困的囚徒。

我们和亲戚一共五个人坐长岛银珠邮轮去长岛,时间来去要六七个小时。

养老院的人打电话来说我婆婆喊肚子疼。

婆婆没有常识,语言功能丧失殆尽,认知越来越低,不认识任何人,不知什么叫某某人死了,不知道儿子是什么人,不知道自己曾经有一个很爱她的女儿,不知道自己叫什么、身处何处。

我见识过她喊肚子疼时的状态,大解前奏,她哎哟哎哟,然后人往地上蹲。那一次正好带她进行半年一次的体检,医院一楼全听到她在喊,我当时也吓坏了,直喊:"快救救我妈的命。"

我老公也吓坏了,脸色铁青,满眼绝望。好在,是在医院。婆婆从医院的长凳上瘫到地上,后来,不知是谁说了一句,走廊尽头有厕所,带

57

她去试试。

婆婆与她儿子两个人慢慢地挪着步子到了厕所,两个人都进了女厕所。他跪在地上,双臂搂紧妈妈的腰,与她一起哼着大解曲:"嗯——嗯,好,嗯——嗯。"婆婆坐在厕所里,"噗嗤"一声,随后"咯咯咯"地笑了。她儿子也笑了,笑出了眼泪,一脸满意地对立在一旁的我说:她上出来了好多啊。

养老院的看护及护士得到授权叫了120。其中,护工不断地有视频发来,婆婆穿着我们新买给她的棉布衣衫,平躺在救护车里,看起来还算平静,但120已往医院方向。他一直抱着手机看,一直打电话追问。

我的喉咙迅速发胀发紧。这是我近年因为劳累加压力过大得的毛病,一紧张喉咙就发紧,严重时发不了声,这是生理毛病,也是精神方面的问题。

送120的路上,老公已判断我婆婆可能是肠梗阻,也可能肠子里有肿瘤。

CT。

又是CT。

一年中可以做好多次CT。

大约有一个多小时,他抱着的手机没有回信。我觉得他不应该发信息,这样只会影响医院对我婆婆是不是肠道有癌的检查。但我没说。他一个人找了轮船的一个角落,以读秒的速度看手机,脑子里织了千千结,越结越多。他已经在给他妈妈推断,如果是肠癌,要不要开刀,要不要先做无痛肠镜,而且,那样的话,他亲爱的妈妈,会不会挺不过半年。

中午前,养老院的负责人发了一个视频,说陶阿姨非常好,有在走廊闲庭信步的视频为证,有乖乖吃饭的视频为证。

风平浪静,仿佛台风刮过后,雨过天晴。

可是,他眉头的结还没有解开。

他的一张脸仍是阴的,忧戚的。

不仅仅是关心则乱,也不是他没有安全感,他就是凡事都迂到不可思议的人。

视频里,妈妈像无辜的小孩。脑部微创手术后,她的头发已长得很茂密了。

她是无辜的。步子无辜。目光无辜。举止无辜。沉默无辜。胡言乱语也无辜。

而最无辜的是,她不知道自己有时就是一件被折腾的道具。她不能主诉自己的真实病情。所以说,阿尔茨海默病是世上少有的无情残忍的病,它剥夺了作为人起码的区别于动物的认知。

她已风烛残年,一口气非常缥缈,非常虚无。

第二天早上,婆婆没胃口,没按点吃早饭,陪护又打电话来问怎么办。

他又打算从威海回去,说:"我看了一下,我们回程的票要改签,我们当天回去,看看能赶上什么车次就什么车次。"

我说:"车次你知道的,一班是早晨7点的,另一班是下午2点的。"

一小时后,视频里传来婆婆乖乖吃早饭的画面。但他认为,我婆婆一定是因为肠道有问题了,不然为什么她没有按点吃早饭。

我们提前从威海回来了。他决定第二天一早就去养老院,然后,一定要搞清楚他妈妈的肠道里有没有肿瘤。

2022年12月16日,婆婆发烧了。养老院打来电话,问我们是不是把老人接回家。这一个电话,让老公两天,整整两天没有一点笑容,说话加起来不到十句。他默默地整理好大背包及医院陪护需要的药品和洗漱用品,他说:"我要送妈妈到医院,我去陪她。"

我说,现在这个特殊时期,医院很忙。可是,他的耳朵是关闭的,听不见任何人的劝。

婆婆在养老院得到了非常及时、正确的养护。她的生命力非常顽强。她在冥冥之中一直在加油活着。新的一年又来了,所有的祝福其实都是苍白的。婆婆活着,我们心安。

老江的四季

马彦如

采写手记：

再婚的夫妻过得像老江和王桂芳这般幸福，不说绝无仅有，也是十分少见。

身边不乏单身的中老年男女，我一直较为关注他们的感情生活。我发现一些奇怪的现象，一是单身女性多，同样是离异，男性不知为何总能尽快再婚，而女性想找合适的对象却非常难。二是再婚的男性总是喜欢找跟自己年龄差距较大的女性，68岁的张先生就说自己起码要找比他年轻十岁以上的伴侣，图的就是女方将来能照顾他。

从个人需求上来说，想要再婚的愿望一定建立在两个需求之上：精神需求和生活需求。子女的孝顺，替代不了爱人的陪伴，老年人再婚的愿望和要求得到满足，既可以减轻子女的牵挂，也有利于老年人的身心健康。

但是，只有适合自己的才是最好的，在第二次婚姻中志同道合显然比情投意合重要。老江和王桂芳之间有差异，生活、工作、学习经历不同，对事物的看法和观念上都可能存在差异，可对种植农业共同的爱好让他们同频共振。

遇见了志同道合的人，彼此就能有共同的话题，而在钱财方面达到共识,就能做到彼此坦诚相待。再婚家庭,经济往往是家庭矛盾的导火线。听说过一个故事,孀居的李奶奶再婚后,开始还觉得挺幸福,不久就发现新老伴很抠,总认为李奶奶想要图谋他的财产,生活费用要求AA制,每天的菜钱,都会算得一清二楚。因为冬天洗澡冷,李奶奶想买个取暖器,他要求李奶奶自己花钱买,理由是他不怕冷,洗澡不需用取暖器。这样的斤斤计较,伤了两个人的感情,李奶奶很快就跟他分了手。

老江和王桂芳在经济上事先定下契约,双方自觉自愿遵守。各自经济独立,遇到问题时齐心合力去解决,这样就避免了争吵。当然,家庭总有这样或那样的意外,在不可控的因素下,就要有人做出牺牲,值得一提的是,他们二人都愿为对方做出牺牲。

张爱玲说,爱就是不问值得不值得。我觉得他们肯为对方牺牲,就是出于爱。

都说"半路夫妻难长久",我在身边确实看到很多重新组合的家庭,过不了几年就草草以再次离婚收场,导致单身男女惧怕再次踏入婚姻。其实,美满的婚姻都需要用心经营,除了有共同的兴趣爱好,彼此迁就同样重要。老江和王桂芳都并非因原婚姻破裂而单身,他们原本就有比较幸福的婚姻生活,这与二人豁达大度的个性有很大关系。

两人之中,老江个性强,有主见,王桂芳虽然大字不识,却识大体,明事理,不但勤劳能干,且做事极有分寸。家庭本来就不是讲理的地方,遇到老江"一根筋"的时候,她往往选择妥协,既给足老江面子,又更加抓住了他的心。

看到老江和王桂芳平凡而幸福的生活,身边的亲朋好友无不为他们高兴。真的,人到老年,这份幸福更加来之不易。

老江的四季

"桂芳。"听到堂屋推门的声音,老江在床上喊了一声,又抬头看了一下挂在墙上的钟,才7点半。外面下着雨,屋内有点暗,老江还没起床。老伴桂芳起得早,这会儿已经从田里回来了。

喊了一声没回应,老江从被窝里坐了起来,套上毛衣,又喊道:"王队长,你下工啦。"房门外传来脚步声,桂芳带着寒气进了屋,脸上带着笑,却没吭声,顺手把椅背上的外套递给老江。

"下雨呢!"老江看看她,语气里有些责备。

"我出去时下得不大,就喂了鸡,排了一下田里的水。"知道老江是心疼她下雨天还往外跑,桂芳解释道,"你做啥起这么早?我准备回来烧水下汤圆,等下好了再喊你起来。"

"我要吃一只豆沙的,两只荠菜的。"

"知道呢。你先在床上焐着,煮好了喊你起来。"

看老江穿好上衣,桂芳出了房门。

80岁的老江在62岁那年遇上桂芳,从相识到现在,两人已共同生活了十五年,不久前,两个老人才刚刚去领了结婚证。

桂芳姓王,比老江小5岁,是个地地道道的农村妇女,虽然长期在田里劳作,皮肤有点粗糙,两只手生满老茧、关节粗大,可是体质棒棒的,吃苦耐劳,是干活的一把好手。对这个半路相遇的老伴,老江打心眼里满意。

如果不是事先知道老江的身份,外人很难将眼前这个衣着简朴,皮肤黝黑,看上去似饱经风霜的老农民与科技专家的形象相联系。1943年,老江出生在武进奔牛农村一个贫苦的农民之家,家里世代都是农民,他从小就亲身体验到农业的落后带来的贫困和饥饿。他记得"小时候吃不饱,没衣服穿,夏天的衣服是用化肥袋子做的,前面印着'日本',后面印着'尿素'"。

1972年,老江被镇江农业局录用,母亲送他到奔牛火车站,拉着他的手,语重心长地对他说:"你被农业局录用,这是组织上对你的信任,父老乡亲对你的期盼,你要为人人能吃饱饭、有衣穿,努力工作。"直至今日,母亲的这句叮咛老江仍记忆犹新。

从事农业科技工作三十多年,他把一颗心全扑在农业技术研究与推广应用工作上。他笑言自己:"生长在农村,工作在农业,退休当农民。"2003年11月,从市农业局农业技术推广站退休后,老江牢记着当初选择农业作为毕生事业的初心,为了实现自己人生的第二价值,他加入了市老科协任职农业分会并担任副会长。

说起来老江是个专家,但他觉得自己就是个"泥腿子",长年累月在田间奔波,两腿泥是常事,他希望自己所学有所用,为农民做点实事,用另一种方式享受余生。

老江的前妻在二十世纪九十年代就因病去世了。当时,老江在城里工作,老婆独自在农村帮他拉扯大三个孩子。老江工作忙,平时很少回家,一年到头也就是大忙季节能请上几天忙假回家帮女人干点活。老婆孩子都是农村户口,直到二十世纪九十年代初,老江当上全国劳模,才得到把她和孩子的户口转到城里的指标,结束了十八年两地分居的生活。可老婆没享两年福,就得了肠癌。

对前妻,老江心怀愧疚——要种田,要带孩子,还帮他侍候老人。老婆在病床上躺了三年,老江尽心尽力侍候她,花光了家里的积蓄,又借了三万多元,但老婆还是走了,留下老江和尚未成年的二子一女。每每跟人回忆起自己的前妻,老江总要叹口气:"她对我真好,就是命不好,户口好不容易进了城,好日子没过几天,就两腿一蹬,把我和孩子们扔下了,自己去那边享福去了。"

老江退休了,虽然还干着顾问的事,毕竟不如在职那么忙,也不用坐班。老江跟小儿子同住,每天承担给儿子媳妇做饭的任务。要说老江做饭的水平能把饭煮熟了不夹生就算不错。过去他一个人在城里,一日三餐上食堂,一个人吃饱了全家饱,能把五脏庙填实了就行,没那么多讲究。他做的寡淡的饭菜,儿子捧起碗,一口饭就一口菜,大口大口地往嘴里塞,媳妇却满盘子翻,差不多用绣花的功夫挑挑拣拣。看着自己辛苦做出来的饭菜,媳妇挑三拣四,老江心里多少有点膈应。

前妻过世后,不少好心人想要给老江张罗着找个伴,给他介绍了好几个女朋友。老江跟她们都处不来,在他看来,城里的女人太精致了,"都不像是过日子的女人"。退休后不久,老同事大陈又给他介绍了个女朋友孙晓玉,是个退休的小学老师,老江挺看中她的,晓玉知书达理,说话轻声细语。两人相处了三个月,双方都觉得合适。老江动了心思,跟晓玉提出,两人年纪都不小了,干脆一起过吧。

晓玉没点头,只是问他将来两个人在一起,是不是要单过?这个摆在眼前的现实问题顿时让老江对再婚打起了退堂鼓。他现在住的这套房是当年单位分给他的,大儿子结婚他给买了房,小儿子结婚时他就把现在住的这房子过户给了小儿子。两个儿子对老江都挺好,家里分别给他留了房间。

按理说晓玉要单过的要求并不过分:两个人真要在一起过日子,总不能带着她跟儿子一家居住。

可老江真拿不出钱再买新房。

把前妻去世前欠的治病款还上,再加上给三个孩子陆续成家的钱,老江的荷包瘪瘪的,口袋比脸还干净。

财是人的胆。老江知晓了晓玉的意思后,心凉了。不是他不喜欢她,而是一提到房子的事,他突然感觉自己矮了几分,在她面前连腰都挺不直了,说话开始气短。

给不了人家想要的生活,老江想了几天,决定快刀斩乱麻,挥泪斩情丝,跟晓玉做了了断。晓玉没想到等来的是这结果,哭着对他说,自己愿意承担一部分购房款。

老江想想没同意。两个儿子的工作都在企业,他平时多少要贴补点儿子,如果要贷款购房,他觉得都这个岁数了,再欠一屁股债有压力。

这桩本应美好的姻缘就在房子问题上,如一江春水向东流去。老江也知道,错过了这一村,永远就没那个店了,尽管他不是小年轻,但同样有追求幸福的权利,可是,毕竟实力有限。

干了一辈子农业技术推广,老江有一身的本领想要施展。这不,润州金田农庄、江苏锦湖现代农业发展公司、丹徒苗木专业合作社、丹徒何方家庭农场这些单位得知他退休的消息,都争先恐后跑来聘请他担任技术顾问。老江现场去做了规划,帮助联户组建了丹徒上党镇碧耕源家庭农场,引进了绵新油系列、水稻软香粳系列,独秆六棱芝麻、紫苏、红香芋、茶菊、紫心山芋等新品种。

做农业苦,面朝黄土背朝天。而且工作环境就在农村,刮风下雨太阳烤都必须忍受。但是老江喜欢,他热爱农业,以苦为乐。十多年来,这些农业新品种他共推广六千余亩。

俗话说,农业工作三步曲:试验、示范加推广。

老江将上党的农场做成科技示范基地,不但引进和推广紫心山芋、绵新油18、独秆六棱芝麻,还在茶园套种薄壳山核桃、黄秋葵等新品,并主持市科委"有机甘薯的研究与开发"项目,采用甘薯老蔓越冬及黑地膜覆盖等技术,协助句容天王镇戴庄村发展了有机紫心甘薯上千亩。

那段时间,不管春寒夏暑,老江每天早上6点就坐头班公交车,半个小时到达上党,雷打不动地出现在农场田间地头。每天他都要观察农作物的生长情况、病虫害情况和田里水的灌溉情况,他说:"只有对土地和作物了如指掌,我才能提前一天安排下一天要干的活。"

农技推广需要有农民配合,村里年轻人少,在农场干活的大都是中年或老年村民。王桂芳是村里的妇女队长,泼辣能干,种子种下去,要定苗、施药、浇水、授粉、除草、决选、收获等,不同时期有不同的工作。

老江只要跟她说一声该干啥,她二话不说撸起袖子召唤来村民就干起来。一来二去,两人就熟了。

老江中午有时在农场食堂吃饭,更多是在农民家吃饭,上党的农民们都把他当成自己人,喊他"江劳模",家家争着请他吃饭,请他去指导。倒是桂芳从没喊过他。

有天在农场,老江指点桂芳剪枝修枝,不知不觉就到了中午,那天干活的人少,眼看过了食堂开饭点,桂芳开口说,"江劳模,你跟我回家吃饭吧。"

老江没推辞。

走在去桂芳家的路上,老江随口问道:"你家那口子咋没见过?是在城里干事吗?"村里不少家庭都是这样,男人在城里打工,女人在家种地。

桂芳小声回他道:"我那口子不在了。"她的前夫三年前因病去世,一个儿子在镇上生活,两个女儿都出嫁到其他乡镇。

老江有些尴尬,赶紧说:"对不起对不起,我不知道。"

"没关系。"桂芳边走边说,"正好我家有几亩田,一直想请你来指导指导。"

桂芳家在村子的东头,是村里少有的平房。院子外有一棵高高的杨树,院子里有棵桂花树,有口水井,还种了不少绿油油的蔬菜。推开堂屋的门,家里很简单,家具不多,却收拾得干干净净。

桂芳让老江坐下,给他泡了杯茶,就到院子里的厨房忙活起来。

老江不知为啥,有点坐立不安。都说"寡妇门前是非多",他这一个大男人跑到寡妇家吃饭,人家会说闲话吧?他胡思乱想着。又想到桂芳说她家有几亩田,便走到厨房门口,看到桂芳在洗菜,说:"少弄点菜,简单点就行了。你家田在哪里?我瞧瞧去。"

桂芳看他过来,忙说:"没弄啥,你先休息休息。田在院子外面,吃过饭再看。"

"没事,我先去看看。"

看他坚持要去,桂芳在围裙上擦擦手,过来领他。田真的就在院子外,推开院角的门,外面有葡萄架,有桃树,还有稻田。

"一共多少亩?"

"十五亩。"桂芳指着眼前一大片田地说,"这边全都是我家的。"

老江心里吃了一惊,一个单身女人种十五亩田,这可不简单。但是田里的景象并不喜人,有不少地都荒着。老江可看不得地荒着——怪可惜的。

"你都种了啥?"

"葡萄、黄桃、茶叶、油菜、水稻。"

"碧根果怎么没种?"

"想种呢,就是想请你来指导的。"

"你先去忙,我来看看。"

在桂芳家的第一顿饭吃了啥,老江不记得了,但是他当场就给这十五亩地做了规划,"碧根果种植周期长,树形高大,一般十年才能挂果。采用碧根果和油桃套种,油桃挂果三至十年,十年后,油桃树老了,也就不会挂果了,这时候碧根果基本进入丰产期。""紫苏对环境的适应性强、易成活、产量高、生长力强,营养丰富,经济价值很高。""对大棚、沟渠等基础设施还要进行完善。"

说起种植的事,老江头头是道,桂芳话不多,只是诚恳地表态:"你是专家,都听你的。"

"干农活辛苦呢。"

"我不怕苦。"桂芳笑笑说,"我们农民不像你们城里人,有社保,我们不干活就没饭吃,就是儿女的累赘。"

老江事后常开玩笑说:"我看中的就是她家的十五亩田。"作为一位农技专家,他做梦都想着自己能有一块可以做试验示范推广的田地。

而桂芳对老江则是满满的崇拜,"水平高,田里有啥问题都能解决。

一点架子也没有,一叫就到,上哪里再找这样的好人啊。"

成了桂芳家的"特聘"专家,老江少不了要常常上门,怎样防治病虫害,怎样管理,手把手地教桂芳,他留在桂芳家吃饭的次数也越来越多。有次到桂芳家干活,天热,老江把外套落下了,第二天桂芳给洗得干干净净还给他。一个小小的举动让老江暖了心:多少年了,从没人给他洗过衣服。

他开始特别注意桂芳。

夏天在农场干活,桂芳总是拎两大瓶大麦茶,一瓶给老江,一瓶留给自己。有村民开玩笑,桂芳总是正色地回答:"江劳模来帮我们做事的,给人家带瓶水是应该的。"

桂芳做事大气,给大家分派事情常把重活累活留给自己。自家买的种子,只要有村民要她都无偿赠送。不仅教人家育苗,还把自己育好的苗分给大家。有外地的朋友来找老江学习,桂芳总是提前回家做饭,不忘关照一声老江带朋友中午来家里吃饭。

到桂芳家的次数多了,老江留下吃饭的次数也越来越多。农场主人秦总看出点苗头,有天跟老江谈心,问他:"你觉得桂芳怎么样?"

老江脱口说:"蛮好的。"

"你单身,又喜欢农业,桂芳人好,儿女也大了,不如你就跟桂芳过吧。"

秦总直截了当地说出想法。

老江愣住了,共同生活他没想过。"别开玩笑,人家也不一定看得上我。"

秦总说:"你要愿意,她的工作我去做。"

话说完了,老江也不知秦总跟桂芳提没提这事,但他自己心里盘算了一下,还是顾虑重重。两个人在一起,双方的子女能同意吗?特别是他自己有退休金,桂芳没社保,将来怎么办?桂芳会提出来要跟他到城里过吗?

那段时间里,老江说不上为什么,他有意无意地在回避桂芳,有时在路上看到她,也总是设法绕道而行。

没想到这种"欲擒故纵"的方法,竟然起到了意想不到的效果。过了惊蛰,正是加强小麦春季田间管理、促进苗情转化升级、实现稳穗增粒的关键时期。老江忙着在田间地头把脉诊治,指导农民进行小麦春季田间管理,不知不觉就忙到傍晚,他匆匆赶往公交站,哪知桂芳就站在村口的石桥边等着他。

"江劳模,你怎么才回家呀?"

老江就有些慌了,看了她一眼,回答说:"忙忘了,忙忘了。"

"明天你能来我家看看吗?"桂芳继续问道。老江连连点头应道"没问题",说完他拔腿就走。

桂芳在后面喊:"明天来家里吃饭,我今晚把咸肉泡上,明天早上买百叶,来吃百叶蒸咸肉。"

老江头也不回,摆摆手表示知道了。其实桂芳没看到,他脸上已经绷不住嘴角上弯了,盐卤点的百叶是上党出了名的特产,用这个百叶蒸咸肉又鲜又下饭,加上桂芳自己腌的咸肉,香着呢。想到这,他脚下的步子都变得轻快起来。

第二天,他没等桂芳喊,就主动进了她家。桂芳看到他抿嘴一笑,就领着他往田地去:"你多少天不来看我的田了,是准备不管你种的小苗苗了?"她开着玩笑,老江忙解释:"没有的事,你知道的,最近农场事多,小麦已进入返青、起身、拔节阶段,正是搭建小麦丰产架子的关键时期。"

"那我前天还看到你到后村老李家去了。"桂芳不客气地戳穿他的借口。

"我今天不是来了嘛。"老江不敢再多说,一头钻到了田里。

一日复一日,老江不是在农场就是在农户家,忙得不亦乐乎,都快忘了自己是个城里人。

71

夏天到了,在果园里指导农户干活的老江突然接到老同事大陈的电话:"老江啊,好久不见了,你现在在哪快活呢?""我除了在田里,还能在哪?"老江开心地回复,并开口邀请道,"我们这里葡萄熟了,你带朋友来玩吧。"

"好啊,那明天有空吗?我约朋友来摘葡萄。"

"欢迎欢迎。"

约好大陈,老江赶紧打电话给桂芳:"明天我有两个朋友要来。"

桂芳立即答道:"那你带他们中午到我家吃饭。"

"要麻烦你忙了。"

"江劳模,你跟我还客气啥啊。"

约好时间,第二天上午老江在村口等大陈,小汽车开来了,车上下来大陈和两个女同志,其中一个竟然是孙晓玉,老江有点傻眼。愣了一下,他还是快速上前,跟大陈打趣:"欢迎领导们来指导工作。"

老江对城市商场不熟悉,到了田间可就跟到自己家一样,他带着三人在村里转了一圈,村子里道路整洁,路旁花木葱茏,还有一条清澈的小河从村边穿过。到了果园,他豪气地指着一排排大棚果园说:"你们看中哪家就在哪家摘,葡萄、梨子、桃子随便摘,都算我的。"

此时,正是果实成熟的季节,梨子挂在树上像是一个个金色的小灯笼,桃子把果树压弯了腰,玛瑙般的紫葡萄晶莹透亮。风景如画的田园风光,是城里一定体验不到的景象,大陈不由得啧啧赞道:"环境这么好,难怪老江你待着不想走了。"

晓玉跟跟过去一样,话不多,偶尔轻声问老江,这些水果都是什么品种,应该采摘什么样的果实最甜。而大陈跟另一个女同志跑得远远地采摘,有意无意地让老江跟她单独在一起。

果园里密不透风,大陈不一会儿就喊热得吃不消,看看摘得差不多了,老江建议大家出来休息休息。找了个大树下阴凉的地方,大家坐下来,晓玉从包里掏出个印着字的蓝色保温杯喝水,老江一眼看出这正是自己当时送她的,是他参加会议的纪念品,心里真有些不是滋味。不想大陈看到了,一把抢过来念着上面的字"农业产品展销会纪念",故意问道:"孙老师,你咋会有这个杯子呀?"

晓玉脸红了,看看老江,老江夺过杯子,嗔道:"就你认识字!"

"不要坐这了,我们去吃饭。"

一行人沿着村里的小路往桂芳家走,路上不时有村民跟老江打招呼:"江劳模,来客人啦,到我家吃饭去。""不要不要,安排好了。"

到了桂芳家,桂芳正在厨房炒菜,看到大家进了院子,擦了手出来招呼。老江忙说:"你去忙,我来倒茶。"

不一会儿,一桌子菜端了上来,虽然没什么山珍海味,但鸡是散养的,蔬菜是自家种的,桂芳还给大家倒上自己做的葡萄酒,大陈一边吃喝一边赞不绝口。

吃饱喝足,大陈开车带晓玉她们走了。

晚上,老江到家刚洗完澡,大陈电话就来了:"老江啊,你现在还是一个人吗?"

"废话,当然是一个人。"

"那你再考虑一下晓玉吧。"

"什么意思?"老江慌了。

大陈告诉老江,晓玉还是忘不了他,再次托大陈牵线。"你们相处过,晓玉的性格你了解。她说如果不买房,那你可以住到她家里,她女儿也蛮支持这事的。"

"都分了两年了,算了吧。"老江嘴上说着,眼前浮现出中午在桂芳家吃饭的情景。中午饭桌上,桂芳跟晓玉两人并排坐在一起,老江暗自打量时,心里难免有些比较。

穿着米色小碎花连衣裙的孙晓玉气质高雅,一看就是养尊处优的文化人,而穿着蓝布衬衫,扎着围裙的桂芳一看就是个朴实的农村妇女。

"你再考虑一下,不急,过两天再回复我。"大陈挂了电话。

那天晚上,老江难得地没睡好觉,在床上翻来覆去,两个女人的身影像走马灯一样在脑子里窜来窜去,到了凌晨三四点才迷迷糊糊睡着。

这天他意外地睡了懒觉,早上8点还没醒,忽然手机响了,是农场秦总打来的:"江劳模,你怎么还没到啊?"老江一个激灵,昨天跟村民们约好一大早要去现场谈循环种养殖业的事。"我睡过了,马上就出门。""不着急不着急,看你没来,大家不放心,让我问问你。"

老江简单洗漱,拿了点干粮就出了门。到了农场,一群农民围了上来,七嘴八舌问候他:"江劳模,吃过早饭了吗?""江劳模,家里没事吧?"

"没事没事,我今天睡了个懒觉。"老江乐呵呵地回道,心里却是暖洋洋的。

下午,回镇江的公交车上,他打电话给大陈:"大陈,谢谢你关心我,跟晓玉的事就算了。你知道我天天往乡下跑,跟农田打交道,这种生活我觉得不适合晓玉。"

老江内心不是不遗憾,但他想得很清楚,自己想要的是什么样的生活。

转眼入了秋,一天,老江在桂芳家吃完饭,就到田里忙了起来,各种蔬菜瓜果都已呈现出一派丰收的喜人景象。公交末班车是下午5点,桂芳催了几次,老江嘴上说等等不急,手上却不停歇。等他忙完手上的事,突然变天开始下雨。雨下得大,还不见止,桂芳有些急了:"让你早点走的,要误车了。"

"没事,走不了我就睡在农场。"农场给老江准备了一间宿舍,平时他偶尔在里面午休。

那天,桂芳穿了件藕色的衬衫,剪着利落的短发,坐在堂屋的灯光下边不停地剥着毛豆边跟他搭着话。老江就有些动心:"要不我就睡在你这里吧。"

"瞎说。"桂芳脸红了,却不示弱,"你要睡这里,我没意见,但你以后就要天天睡这里。"

老江不知哪来的勇气,伸手拉她:"天天就天天,我不走了。"

担心儿女不同意,他开始住桂芳家可没敢跟孩子说实话,从家里带了些换洗衣服到桂芳家,只说是住在农场,省得天天来回跑。

桂芳家里家外都是一把好手,把老江侍候得衣来伸手,饭来张口。多年单身生活,整天在外奔波忙碌,老江终于有了家的感觉。可心里仍有些忐忑,他找到秦总谈了自己的顾虑。秦总十分理解,便提议,你们在一起先过着,但不妨签个君子协议。"两个人在一起了,生活费用怎么解决,住在哪里共同生活,将来遇到问题怎么解决?"

秦总把桂芳找来,问她愿不愿意跟老江过,桂芳落落大方表示愿意。秦总就说:"要不我来做中间人,给你们签个共同生活的君子协议?"

协议这样签的:老江住在桂芳家,一个月交给桂芳一千元生活费,退休金的其他支出桂芳不得干涉。桂芳家十五亩田地的收入归桂芳所有。双方子女发生费用和人情往来各自承担。

不愧是生意人,秦总的协议订得很详细,他说:"亲兄弟明算账,有话咱们摊开来说明了,签下协议以后就按这个协议执行。"

二人协商后,觉得协议可行,便签了协议,一式三份,三人各执一份。

有了这份协议,老江的心定了。2009年,他正式定居上党,倒插门落户在桂芳家。

事后有人跟老江说,这协议没公证,不算数,建议他公证去。老江把头一扭,我们不需要公证,两个人在一起图的是开心,要是公证了才放心,说明我们两个人在一起就不合适。

桂芳的子女都不住在村里,两个女儿常回来看妈,在家遇到过几次老江,桂芳虽没跟她们明说,她们也早心知肚明了。没表示反对,小女儿有次回家还送了件羊绒衫给老江。

协议签了后,桂芳把儿子喊回家谈了次话,儿子见到老江便客客气气地叫叔叔。老江看出来,桂芳一直是一家之主,儿女都听话。他寻思着要把这事找个机会告诉自己的孩子,他打算先跟女儿说,都说女儿是父亲的小棉袄,女儿平时跟他确实最亲。往日里跟女儿多次提出让他找个老伴,还跟他开玩笑说,你要再不找就老了,将来哪里还会有人愿意收你一个老头子回家,养老侍候你啊。

一天他回家,趁儿子媳妇白天上班,把女儿喊过来。谁知道,他刚说完,女儿就哭了,老江慌了,安慰说:"你不要哭,我没跟她领证。"

女儿抹了眼泪说:"我是有点难过,但是爸爸你别多想,我妈走得早,这么多年你不容易。你找个伴,只要过得好,我们都开心的。"

女儿让老江放心,两个哥哥的工作由她来做。

没两天,两个儿子分别给老江打来电话,都表示不反对,只要老江认准了人就行。两个儿子还表态,家里的房间会永远给老江留着。

常听别人说,老人想重找个伴,子女多半会反对。顺利地得到双方子女的认可,老江有点意外,却十分开心,"子女都希望父母得到幸福,只要父母过得好,他们都会支持。"

这下,他名正言顺地把自己的生活用品搬到桂芳家里了。其实跟小儿子一家住在一起,他多少有些别扭,他搬走了,给小儿子家腾出了空间,双方都更自在。小媳妇还是懂事的,临走对他说:"爸,家里的房间永远给你留着,你啥时想回家就回家,带着王阿姨一起回来住也行。"

两人在一起了,村里人是一句闲话都没有,大家真心为他们高兴。夸他们在一起是最佳搭档,老江技术指导,桂芳田间执行。

但也有人为他操心。有一天,老江接到一个电话,是个亲戚打来的,直截了当地问他是不是找了个农民,好心提醒他说:"人家是不是看中你的退休金了?你一个高级工程师退休,又是全国劳模,退休金高高的,当心人财两空。"

老江生气地回复道:"不要把别人都想得那么坏,我相信自己的眼光。"他知道自己能吸引人的不过是退休公务员这个招牌,一个月大几千的退休金,但这钱跟桂芳几乎没有关系,他在桂芳家吃住,一个月给一千元实在不算多。桂芳能图他什么？他是退了休的老人,家庭不宽裕,身体也不是特别棒。

虽说桂芳是个农民,可她吃苦耐劳,做事大气,性格爽快,老江就是看中她凡事都不计较的个性。而住在农村生活,对他这个"泥腿子"就更不是问题,他出身农民,一辈子都跟农民打交道,一辈子的梦想就是带领村民们发家致富。

老江平时喜欢喝点酒,桂芳每天总要给他准备两个下酒菜,雪菜烧鲫鱼、大煮干丝,都是他爱吃的菜。喝完酒,有时是一碗热乎乎的菜粥,有时是一碗葱油面。桂芳也有酒量,偶尔还陪他一起喝两杯。喝了酒话多,老江会端着酒杯眯着眼对桂芳说:"你是地主婆,我是你的长工。"桂芳就笑:"好酒好菜都堵不住你的嘴。"

出门有人陪他同行,衣服脱了有人洗,不管多迟回家,屋里永远有一盏灯为他开着。老江感觉到家的温暖,更感受到陪伴的幸福。

日子是自己过的,冷暖自知。自从跟桂芳在一起,老江有了自己的地,他把心思全扑在地里,种紫苏,改良葡萄,套种油桃、碧根果,忙得不亦乐乎。这十五亩地,成为他的试验田。他也常自豪地对桂芳说:"我改变了你家的面貌。"

桂芳能干,田里的活多半听老江的,有时也有自己的主意。一次为农活,两个人闹意见了,老江要插秧,桂芳要撒播。撒播的水稻在秧苗生长期间,杂草较多,发棵率低,根系不深,会影响总体产量。但撒种了种植要比插秧种植快很多,可以减少劳动力。

对种植要求高的老江见桂芳不听自己的,来火了,跟她说:"你不听我就不管了,我走了。"说完他就甩手出门。刚出门,一个村民看到他,立马上前来热情地邀请他到自家田里看看,这一看就到了中午,村民留老江在家吃饭,桂芳却从田边找过来了,看到老江仿佛啥事也没发生,说:"回家吃饭吧,我都做好了。"

村民一看,笑了:"哎,江劳模,你还是回家吃吧,我这里留不住贵客了。"

路上老江板着脸,对桂芳说:"你不听我的,来找我做啥?"

桂芳拉拉他的手说:"听你的,行了吧。"

"田里的活不听我的,你要听谁的?"老江咕哝了一句,就开始说起插秧的种种好处。桂芳不出声,只是抿着嘴笑。

所谓"老来伴",无非就是两个人好好相处、互相珍惜、理解信任,对老江来说,这是一种幸福,也是一辈子没尝到的甜蜜快乐的生活。

老江退休前忙工作,没时间玩,现在终于有了属于自己的时间,他每年都要带着桂芳外出旅游,桂林、张家界、昆明……算算他们已经玩了不少地方。桂芳上半辈子几乎没出过远门,跟着老江游山玩水,她满心感激,常对女儿说:"没有老江,我哪能去那么多好玩的地方,我们村里像我一样的老太太,还有不少都没坐过飞机。"老江则向她承诺:"只要我们身体好好的,我每年都带你出来玩。"他还跟桂芳计划出国旅游:"等以后我带你出国玩玩。"

别看老江长得像个农民,他内心还是蛮浪漫的。老两口的卧室里,放着一张结婚照,照片上桂芳穿着洁白的婚纱,老江穿着西装打着领带,尽管脸上有了岁月的沉淀,可两个人都洋溢着幸福的笑容。这是前几年老江带着桂芳到照相馆去补拍的,桂芳不好意思去,老江对她说:"人家都有结婚照,我过去没拍过,你要陪我补上。"

"看到他穿上这身西服,也让我好像看到了他年轻时的模样。"提起这事,桂芳眼含泪花,"这辈子能拍一次婚纱照,也算我们两个人做过最浪漫的事情了。"

天有不测风云,过日子也难免有磕磕绊绊。有天老江独自在田里忙活,桂芳风风火火地骑车出门去办事,没多久来了村民在门外喊,"江劳模江劳模。"老江应声出门,那村民慌里慌张地对他说:"你赶紧到前村池塘看看,你家桂芳跌跤了。"老江忙出门,原来桂芳骑车在池塘边避让对面来的一辆农用车,不慎摔倒,此时正坐在池塘边的地上,几个村民陪在身边。

看到老江过来,她撑着想要起来,明显左脚不能着地了。村里帮他们找了车送到城里医院,X光一拍发现是左小腿骨折,要手术。

桂芳的儿子姑娘闻讯都赶到医院,两个姑娘挺贴心的,桂芳在手术室时,她们就对老江说,要轮流请假来照顾妈妈,老江连说不用。他觉得照顾桂芳是他自己这个老伴的事,天经地义的。姑娘都有工作,孩子又小,偶尔来看看妈妈就行了。

桂芳从手术台上下来后,听姑娘学说了老江的话,眼眶红了,姑娘说:"妈妈呀,江叔叔对你是真不错,这么好的人给你找着了。"

在医院里,老江照顾了一个星期,桂芳行动不便,擦洗身体,上厕所都是老江帮着。桂芳趁病房没人时跟他说"谢谢",老江倒板上了脸:"下次不要再急促促了,吃苦了吧。"桂芳嘴上应着,心里暖暖的。

住院手术,加上各种检查,桂芳花了近六千元。农保报了大约三分之一,老江不声不响塞了两千元给桂芳。桂芳推辞,老江说:"你是我的女人,你生病了,我不可能不管你的。"

出院回家,当腿刚能着地时,桂芳就坐不住了,忙了一辈子的人,闲不下来。她惦记着田里的活,老江不许她下地,他找医生问了康复训练的方法,天天在家督促她做康复训练:"你要是恢复得不好,就会变成跛子,我可不要一个跛子跟在我身边。"桂芳训练怕疼时,他就拿这话吓她。桂芳嘴上说不要就不要,练得是更勤快。

在家歇了快三个月,桂芳才算彻底恢复好。田头又出现她的身影,老江远远看着,心里比啥都高兴。

两人在一起不知不觉过了十多年,老江把桂芳家完完全全当成了自己的家,极少回城里。他放心不下田里的庄稼,哪块田该施肥了,该用农药了,该除草了,他都了如指掌。桂芳怜惜老江是知识分子,只让

79

他干家里的轻活，重活要么她自己干，要么请人来做。除了在生活上照顾老江，她还是老江为农民增收、农业提质增效的好帮手。两人都是热心肠，都爱交朋友，只要有人喊帮忙，二人从不推辞，加上配合默契，每年他们都要结伴外出推广新品种，光是油菜就有三百亩。

一心一意为农民做事，老江这些年先后荣获"镇江市全民科学素质工作先进个人"，老专协授予的"先进老科技工作者"，江苏省"离退休干部先进个人"，市关工委、文明办授予的"关心下一代工作先进个人"等称号，每拿回一本证书，他都要对桂芳说，这里面有一半功劳是你的。

确实，有了桂芳无微不至的照顾，才让他有了使不完的劲。平时有事，两个人都是结伴一起去，老江要到城里开会，桂芳就骑上电动车把他带到镇上坐公交车，"下午要打几个电话问我什么时候回来，我人还没到，她已经等在车站了。"被桂芳牵挂着，老江提起来眼角全是笑。

"外人不知道，以为老江退休金有八九千。"桂芳说，"其实他收入没我高，加上他给他的孩子花得也多。"有人不了解，总以为桂芳跟老江在一起，肯定是得了老江的财产。

前年冬天，快过春节了，老江接到大儿媳的电话。"爸，家里出事了。"儿媳哭着对他说。老江一听就急了，追问了半天终于搞清楚了，老江的大孙女不慎入了网络诈骗的坑，小姑娘一共被骗了三十多万元，吓得在家直哭，闹着寻死觅活的。大儿子在一家单位做保安，媳妇是营业员，二人收入都不高，这笔巨款如无法及时偿还，将影响孩子以后的信贷信誉。老江得知后，急得在家直转。他有心帮孩子偿还这钱，可又一时拿不出。

桂芳这时显示出了她"妇女队长"的魄力，她不声不响去银行取了五万元，回家扔给老江："孩子叫我一声奶奶，这五万元就当我这做奶奶的送她的。你存的钱也别抠着，先给孩子还债，不够的我们再想办法，钱还了，大家才能安心过年。"

这回，桂芳成了老江的主心骨，他不再焦虑不安。两人商议后决定,将手上的钱先集中给孙女还债,不够的部分贷款。老江给大儿子全家开了个家庭会议,钱由他偿还,孙女由儿子儿媳好好教育,以防再次受骗。

他十分歉疚地对桂芳说:"这钱算我借你的,以后还给你。""不要说这话,孩子有事,大人能帮就得帮一把。"桂芳实在,想得也简单。

两个人在一起生活这么多年了,尽管收入一直分开,遇到事都会齐心协力。老江夸桂芳:"别看她是个女人,性格爽快得跟男人一样,从不斤斤计较。"

这事被亲戚朋友知道后,难免有人跑到桂芳跟前多嘴,认为她跟着老江吃了亏,桂芳听了,笑着说:"老江对我好,我都记在心上的。两人都不计较,这日子才过得好。"

桂芳不仅管理着两家农场,还会一手炒茶的好手艺。每年光是炒一季茶,收入就能有两万多元。

春去春来,又到了采茶的时候,来请桂芳炒茶的农户都要提前跟她预约。茶叶摘下后当天就要炒出来,上午摘,下午炒,常常要炒到夜里。那天,一家茶场请她去炒茶,茶叶多,桂芳手不停,一直炒到第二天中午才回家。老江来茶场喊了几次,桂芳在炒锅前都顾不上跟他说话,第二天回家,她累得不行,往床上一倒就睡着了。晚上9点多,老江煮了碗荷包蛋面条喊她起床吃,她迷迷糊糊起来了,老江一边看她吃,一边责怪她:"要钱不要命了,这么一把年纪,不爱惜自己。"桂芳知道他是舍不得自己,但她也有些无奈:"都是乡里乡亲的,大家信任我的手艺,不帮不行呀。"

热情的桂芳到了过年过节总让老江把孩子喊到家里来吃饭:"大家聚在一起才有过年的气氛。"开始儿子姑娘还不好意思,来了两次之后发现桂芳烧了一手好菜,话又不多,吃饭时只管给他们夹菜。临走还给他们车子里塞满了蔬菜、杀好的老母鸡、腌好的咸鸡咸鱼。桂芳是真不小气,老江嘴上说不用给他们这么多,心里热乎乎的。

孙辈们在城里长大,来到农村看到什么都好奇,他们最喜欢干的事是放鞭炮烟花,觉得农村比城里好玩多了。过节放假都闹着要来玩,一来二去,孩子们就跟桂芳熟了,真把桂芳这里当成了自己家一样。现在只要过年过节,双方子女都来团聚,一大家子坐在一起,互相尊重,其乐融融。看到老江身上穿的衣服多半是桂芳姑娘买的,他的姑娘也投桃报李,给桂芳送化妆品,买保健品。

有桂芳的陪伴照顾,老江晚年的田园生活过得有滋有味。有天桂芳跟邻居打牌,回家迟了,看见老江一个人坐在客厅看电视,便问道:"你吃了吗?"老江把头一昂:"你不在家,不烧饭,我就不吃。"桂芳笑坏了:"我把你惯坏了啊。"

这两年,老江一直在琢磨尝试把菜园搬上屋顶,通过种植瓜果蔬菜等方式,提高屋顶绿化的实用价值。这样就能充分利用城市闲置空间,缓解城市农业土地紧缺的问题。

桂芳家是人字顶的平房,虽有六大间,却满足不了老江这个设想。他想把平房推了改造楼房,桂芳开始不愿意,她觉得家里就两个人,住不了那么多房。

造房涉及资金的问题,以及房屋将来的产权问题。双方儿女都有工作,将来田地和房屋交给谁来继承?财产如何分配?对老江来说,自己辛苦多年耕耘的十五亩田地,他希望能有人继承,这是问题的核心。他们再次找到当年的中间人秦总,请他帮忙出出主意。

秦总建议他们召开家庭会议,把问题拿到桌面上来谈,听听儿女们的意见。并建议,将来谁继承房子,谁就承担他们未来的养老。

在家庭会议上,老江的孩子们表态,他们不要房子,也不要田地。桂芳的儿子不喜务农,也表态不要田地。桂芳的大女儿离退休没两年了,愿意接受这十五亩田,只要她退休了就来接手。

造房的事就这么定了,老江和桂芳在全家人的见证下再次签了补充协议,造房资金他跟桂芳各出一半,将来由桂芳女儿负责他们两个老人的养老,由她继承房屋和田地,同时注明,不得转让。

两个人一起出钱,总共花了三十多万元,造好了两层楼房,楼顶上近三百平方米的平台,可供老江实现屋顶种菜的心愿。

可是,为了屋顶平台跟房间之间开门的问题,老两口又闹上了意见。这门老江要开在左边,可直达平台,桂芳要开在右边,可以让房间看上去比较齐整。

一个小小的问题,两个人谁也说服不了谁,老江再次使出"撒手锏",气呼呼地说:"你不听我的,我就走了。"桂芳不吭声,转身找来秦总,秦总爬到楼上看看,下来劝桂芳说:"本来弄这平台就是给他种菜的,平台上的那个房间既然不住人,不如把房门就开在左边,你们自己进平台做事也方便。"

老江事后得意地跟别人说:"她最后还是听了我的。"有人打趣问他:"你就不担心你真的走了,她不拦你吗?""不会的,她舍不得我。"80岁的老江像个孩子一样笑着。

将屋顶变成田园,种上蔬菜,从技术层面来说对老江并不是件困难的事,做好足够的防水措施,铺上专门的轻质土,再加上一套排水灌溉系统,一个漂亮的天空菜园就诞生了。

老江算了账,每年在屋顶种菜的投入,稳定在四千元左右,主要用于购买菜苗、肥料还有支付水费。到了收获的季节,家中基本可以不用买菜,还能剩下许多出售。他计划做成屋顶菜园的示范基地,在本市的高科技园区、产业园区推广"空中菜园"模式,将屋顶菜园产品的生产、配送、设计、维护等打造成一条龙模式,形成城市菜园产业链,催生一个全新的城市农业品牌。

一边是寸土寸金的城市,一边是充满了泥土芬芳的田园,老江在现实与理想的沟壑间找到一条属于自己的通道,圆满了自己一生的梦想,也实现了人生价值。

近二十年来,老江先后组织各类科普活动和"三下乡"两百多次,为农民朋友发放科普宣传资料七千五百余份，免费提供花卉基质肥以及蔬菜种子价值五万余元，先后开展高效农业技术培训、五谷杂粮的营养与保健培训共计五十多场次，到课三千余人。

他主动申报农业项目，先后主持有机甘薯的研究与开发、茶园套种薄壳山核桃项目，在句容天王镇戴庄村和丹徒区上党镇各发展千余亩。推广了一千亩的碧根果，争取了六十万元的项目经费，山芋一千亩，争取到了七万元的项目经费。

新品种、新农艺、新技术，搞了一辈子农业，老江从未觉得自己老了，他手上有干不完的事。最近，他推广种植的碧根果开始挂果，前来找他学习咨询的村民络绎不绝。他不仅无偿给他们种子，手把手教他们按要求种植，还帮他们治虫、整枝。

这一年，老江已经80岁了，桂芳也75岁了。目前二人精神状态良好，能干活，生活能自理，接下来的情况难以预计。不久前，在桂芳姑娘的催促下，两个老人领了结婚证。"不领结婚证，村里人有红白喜事，都不好来喊。"从最初不想领结婚证，到最终领证，老江的思想变化很单纯，"开始怕两个人在一起不能长久，避免将来有矛盾。"共同生活了十多年，老江已认定桂芳是陪伴自己到最后的女人，他觉得自己作为男人，理应要对得起桂芳，要有担当。

领了结婚证，桂芳从60岁开始领取的低保费就不再发了。一年少了几千元，桂芳有些失落，老江劝她："现在我们都有手有脚，一年田地里能挣上好几万元，存起来也够将来养老了。万一将来有个病灾，你还有我呢。"

老江一辈子没离开过烟酒茶，去年检查身体，发现肺上有结节，医生关照他不能再抽烟，烟戒了，酒戒不了，桂芳控制他，天天只给喝两小杯黄酒。

时光荏苒，岁月的年轮一季又一季走过，转眼两人在一起便是十多年。安安稳稳的日子过着，可新一轮问题冒了出来，随着80岁的到来,从不服老的老江想到自己未来的归宿问题——百年后,他要与谁合葬? 他认为自己该和前妻合葬:"她对我很好,一个人在那边孤零零待了这么多年,我将来要陪伴她。"

桂芳不答应,她认为自己跟了老江这么多年,老江不能在百年后丢下她。

这个问题目前他们还没想好解决的办法。

从纽约到镇江,
穿越风霜雨雪的四季

华 晔

采写手记：

  这几年，叶子生活在南京的公公婆婆先后因病过世了。她的父母尚在镇江小城，父亲叶良脑中风住院十年，瘫痪在床，苟延残喘着，身体每况愈下。母亲邓兰有基础病，奔波在家和医院两点一线上照顾着老伴儿。嫁到海外的叶子在纽约和镇江之间来回穿梭，疲于奔命。她明白，每年回国探亲的日子，只能帮母亲买买菜、陪着说说话散散步、去医院看看父亲，解决不了根本问题。但只要母亲高兴，一切都值得。

  2022年12月下旬，叶良发烧反反复复，医院又一次给家属发了病重通知。邓兰半夜打来电话，让叶子做好随时回国的准备，并再一次谈及墓地和叶良的身后事。养老送终是晚辈对长辈义不容辞的责任。按照镇江当地的风俗，老人的墓地需提前准备好。在叶良突发脑溢血的2012年，叶子就回小城给父母买好了墓地，但她没告诉邓兰，邓兰也从未去看过墓地。2022年夏天，趁着叶子还在国内探亲期间，顶着38度的高温，邓兰让叶子带她去看了一眼位于镇江城郊的墓地陵园。

  任何时候谈论死亡，在叶子家都是忌讳的事情。邓兰之前很怕去墓地这种地方，但是叶良生病这十年，她在医院里目睹了太多死亡，邓兰的心态渐渐变得平和。骄阳似火，草木萎靡。走到叶子为父母买的那块墓地前,邓兰注视良久,没发一言。墓园管理员小芳恰好是叶子的旧相识,承诺如果将来老爷子办后事,他们将竭尽全力办得简朴庄重。小芳挽着邓兰说:"阿姨,这里很清静,别人都当这里埋着死人,其实这里没有孤魂野鬼,每一块墓碑下,都是一个家庭的挚爱,都是别人心中日思夜想的亲人。"

知道了自己的归处,邓兰开始直面死亡。

生老病死,是这个世界永恒的话题。死亡不是终点,遗忘才是。竞争、打拼、挫败、孤勇、磨难、考验……没有比活着更艰难的事情,为什么我们还要努力地活着?因为亲情、善良、正义、奋斗、传承、创造,总在无形中激励着我们,给予我们活下去的勇气和力量。说到底,人活着,是为了让这个世界变得更美好。叶子和父母的生活碎片,记录了子女在海外打拼,父母在国内养老的中产家庭所经历的悲欢。

又是纽约飘雪的季节,叶子即将启程回国。她说,不管多难,穿越风霜雨雪,也要回到家乡,陪在父母身边。

冬已至,春不远。

从纽约到镇江,穿越风霜雨雪的四季

叶良此生说的最后一句清晰而完整的话,是在十年前的上海,那个异常闷热的夏夜。

当时,他站在女儿叶子的卧室门口,面无表情地对叶子和外孙蛋蛋说:"太晚了,你们怎么还不睡?蛋蛋明天还要上课呢!"叶子敷衍地回应了一句:"好了好了,马上就好,你先睡吧!"等叶子帮蛋蛋收拾好作业、洗完澡上床休息时,她瞟了一眼墙上的挂钟,北京时间23点45分。

就在那天夜里,确切地说,是第二天凌晨,叶良突发脑溢血,摔倒在闵行区莘庄家里冰冷的地板上。这可吓坏了叶良的老伴儿邓兰。她急急地敲打叶子卧室的门,把睡得迷迷糊糊的叶子叫醒。可惜娘儿俩当时竟然连基本的医学救护常识都不懂,邓兰以为叶良的老毛病胆结石又犯了,于是和叶子一个人抱头,一个人抱腿,想要把叶良搬到床上去!叶良人高马大,邓兰和叶子又急又怕,两人满头大汗,折腾了20分钟也没成功。等拨打了120,救护车赶到,已经过去了半个多小时。

一个月后,叶良凭着他年轻时曾经带过兵打过仗的坚强意志力,在上海瑞金医院熬过了危险期,让一次次的病危通知书变成废纸。可是,叶良抢救过来后,再也讲不出一句完整的话,他失语、失忆,同时还失去了行走的能力。

上海瑞金医院承载着许多外地病人的抢救和治疗任务,小小的住院病房里总是人满为患。叶良的房间一共住了七个病人,男女混杂在一起,还有一些排队等病房的病人,就睡在走廊里。医生说,接下来就是漫长的康复过程了,建议家属把叶良转到老年护理院。

叶子打听了一下,上海好的护理院不多,费用却出奇的贵,而且并不适合叶良这种半身不遂的老人。家里开会商量的结果是,花钱租用一辆120救护车,把叶良送回到江苏镇江,他离休前曾经工作和生活的江南小城。

回到小城,叶良被家人安排入住康复医院。在之后很长一段时间里,邓兰常常自责:如果叶良摔倒后不搬动他的身体,如果早一点叫120来,如果抢救及时……或许叶良已经能够自己走着出院了。邓兰听人说,脑梗病人如果送医及时,恢复得好,是有生活自理能力的。

而叶子至今仍悔恨不已:把老爸送到医院抢救后,竟然还去完成了电视台当天的采访任务!这件事让叶子极度自责:工作与老爸的天平为什么严重倾斜?为了工作而忽视亲情,为了新闻而放弃老爸,叶子认为自己做了一件没有人性的事情,愚蠢。

再后来,叶子送蛋蛋赴美读书,奔波于中美之间,奔波于儿子和老爸之间。叶子既想弥补蛋蛋从小缺失的母爱,又想弥补对老爸的无限愧疚。然而现实是:儿子羽翼渐丰,老爸的身体每况愈下……

在上海打拼十五年,叶子买过三套房子,卖过两套房子。叶子以每五年置换一次房子的频率,把家从闵行区搬到黄浦区,从莘庄搬到新天地。每一套房都是经叶良之手精心设计装修的,叶子固执地实现了自己住在上海市中心的梦想。而梦想的背后,是叶良为了让叶子安心工作,省钱还贷,默默付出的时间和精力。

叶良中风后,大脑神经、语言表达、四肢功能俱损。但是每次经过飞机加高铁,当叶子突然出现在病房,叶良无神的双眼总会闪过一丝不易觉察的惊喜,微张着嘴,竟能含混地叫出叶子的乳名"多多"!有一次,叶子在书房偶然翻到一本叶良的装修笔记,看到上面记载工整的俊朗字迹,看到父亲为了节省每一分钱而做的预算、画的图纸,叶子再也控制不住自己的情绪,眼泪顺着脸颊滑落……

父爱如山。叶子自认为是个失职的母亲,她的儿子蛋蛋是叶良和邓兰帮忙带大的。那时,叶子把所有的热情和精力都投入到电视台的工作中。她疯狂地沉浸在自私的小我里,寻求着自我价值的肯定,以自己的刻苦和成绩为荣。

战士、军官、技术员、工程师、总经济师……叶良一生有过很多身份，但最让他骄傲的身份还是军人。叶良曾经是邓小平、刘伯承领导下的中原野战军中的一员，参加过解放大西南的战役，年近40才有了叶子，对这个女儿非常疼爱。他对叶子说："你小的时候，我是工作狂，父亲这个身份做得很失败。如今你成年了，做母亲了，我也老了，希望能努力做一个合格的外公。"

叶良生活节俭，一身傲骨。在位时无私地帮过很多人，却从未收受过任何人的好处，哪怕是一条活鱼、一块咸肉。叶子读小学时，有一年春节，一个受过叶良恩惠的上海人送来两盒大白兔奶糖，还没来得及退还给人家，叶子已经打开盒子往嘴里塞了两粒。为此叶良第一次大声训斥了叶子。后来，叶良把糖退还给上海人，还外加了两斤粮票。每年的端午节是叶良的生日。住院后，叶良的生日都是在病床上过的。没有蛋糕、没有鲜花，邓兰端着碗，小心翼翼地喂食着叶良米汤……和国内大多数夫妻一样，叶良和邓兰年轻时都很有个性。养家糊口，奔波事业。叶子的记忆里，年轻气盛的父母常常为经济问题和家庭琐事争吵不休。但是当他们年老时，感情却愈加深厚。特别是叶良病倒后，邓兰日日陪伴，悉心照料，不离不弃，让人动容。

父母是这个世界上，你花的时间和功夫最少，但却对你付出最多爱的人。都说父母在，不远行。可是，成年后的子女各奔东西，各过各的小日子，又有多少能常伴父母左右呢？这些年，无论是顺境还是逆境，无论是在镇江在上海还是在纽约，叶子就是父母手里的风筝，无论飞多远飞多高，风筝线永远攥在二老的手里。

隆冬时节，躺在医院的叶良经常出现发烧和肺部感染情况，家属时不时接到医院发的病危通知书。邓兰有基础病，行走在家和医院的两点一线上，步履蹒跚，动作越来越迟缓。

嫁到美国十年了，叶子像一只候鸟，奔波于纽约和镇江之间。康复医院是镇江市第一人民医院,也是小城屈指可数的三甲医院。住院十年,叶良的病情起起伏伏,苟延残喘,绝大部分时间都昏睡不醒。邓兰探视过叶良之后,焦虑平复了许多。她开始跟叶子在微信视频里唠叨家长里短,从大菜场菜价普涨,说到小区物业收费,从叶良的病情,聊到他们以前单位的老同事又走掉几个……末了,邓兰伤感地说:"希望你爸能熬过今年,至少,熬到你回来。"

叶子沉默着,还没接茬,母亲那头已经挂断了电话。邓兰总是这样,她把想讲的话讲完了,今天的谈话就到此为止。如果邓兰找叶子说话,叶子没有在第一时间接听,事后再拨打邓兰电话,邓兰就会烦躁和抱怨:"刚才你去哪里了?怎么半天不接电话?"

邓兰从80岁开始,听力就不行了,性子却愈发急躁。叶子每次与她对话,正常说话的音量,邓兰是听不见的,于是叶子扯着嗓子喊,聊上半个小时,只觉喉咙里冒烟,吃不消。不过叶子已经习惯了。隔着手机屏幕,看着母亲疲惫而苍老的面孔,只有心酸的份儿。

叶子开始关注机票信息。2020年以前,从纽约飞上海,买往返票的话,如果是三四月份的淡季,只需六百多美刀。可是近期机票价格数十倍上涨,仍是一票难求。经济舱三千五百美刀一张算是便宜的,而且是单程,要靠抢的,运气好的话,也许能抢到。商务舱倒是有,要一万五千美刀。这已经不是一个普通中产家庭能够承受的价格了。叶子的邻居玛丽是东北人,在纽约哥伦比亚大学医学院做病理研究。玛丽已经很久没回国了。前几天,玛丽住在沈阳的老母亲走了。玛丽一觉醒来,接到国内亲属的电话。得知噩耗,50多岁的女人,哭得像个孩子。她把给母亲买的衣服鞋子一件件拿出来,轻轻抚摸着,声音沙哑地说,来不及回国送母亲最后一程了。叶子也陪着落泪。她看见玛丽为母亲积攒的礼物中,那件碎花棉睡衣和藕荷色的小拎包,当初还是叶子帮玛丽挑选的颜色,可惜玛丽的老母亲永远用不上了。不知怎么安慰玛丽,叶子的心情就像那天的天空一样灰暗。回到家,叶子又是一通上网疯狂搜机票,打电话给曾经帮她订过几回机票的客服。结果,还真给叶子捡了个漏,抢到一张经济舱机票,彼时,正值2021年元旦,纽约人正沉浸在欢度新年的喜悦中。叶子开始整理箱子,和每次回国一样,吃的穿的用的,想起一样东西就抓起来往行李箱里放。给老妈买的花衬衫,给老爸买的蛋白粉……有些东西是之前就买好囤在地下室的,叶子大声喊范本,让他把地下室的东西抬上来。

范本是叶子的老公,美籍华人,纽约大学的教授。虽然叶子和范本是再婚,感情却一直很好。范本舍不得叶子回国,但也知道根本阻拦不了,只好帮叶子一起收拾东西。半小时不到,两只大行李箱就被塞满了。虽然每次回国都去医院看叶良,叶子却从未告诉过叶良,自己已经嫁给范本十年了。当初为了和范本在一起,叶子还与父亲争吵过,因为父亲压根儿就不希望叶子远嫁异国他乡。

"吃饭啦!"范本在厨房里叫叶子。他烧了一锅排骨炖莲藕,香气袅袅飘进卧室,打断了叶子的思绪。看着范本长得酷似婆婆的脸,叶子想,躺在镇江医院里的父亲,完全不知道他的老战友亲家、范本的父母范军和玉梅,在这十年间,已经先后离世了。

相识于偶然,却是冥冥中注定的缘。范本的父亲范军和叶子的父亲叶良是老战友,原西南军政大学的同学,都是解放前参加革命的。因为范军比叶良年长4岁,叶子和范本恋爱时,称呼范军为"伯伯",和范本结婚后也没改口。范军和叶良一样,一生坎坷,却又很不寻常。他们是大时代中的小人物,也是民族百年史无可替代的注脚。范军在云南军区司令部做参谋时,与在云南军区总院做药剂师的玉梅相识相爱,然后是一路相依相伴,伉俪情深,风雨同舟,荣辱与共。云南、贵州、江苏、海南,走过金婚的范军和玉梅恩爱了一辈子,把两个儿子培养成事业有成的博士(范本是大儿子)。

范军离休后热衷于旅游绘画唱歌跳舞,就像一个老顽童。然而他90岁的坎没过去。从口腔溃疡到左颊鳞癌,再通过淋巴迅速转移到肝,一确诊就是肝癌晚期。范军走得匆忙,从住院到过世,仅仅一个月时间。

范军的遗体在南京火化后,范本和他的弟弟选了一个黄道吉日,把范军的骨灰送到上海入土为安,范军和玉梅合葬在一起了。玉梅比范军早走了四年,叶子相信两个老人已经在天堂相会了。

范军去世前,让范本写了一份放弃财产的声明,并且做了公证。如此这般,范军和玉梅南京那套房子,就全部都由范本的弟弟继承了。范军留下一些股票和现金,也全都交代给小儿子处理了。范本作为家中长子,一分钱遗产也没分到。叶子心里明白,她和范本没生过孩子,范本的弟弟有一个儿子,范军当然要把遗产留给自己的亲孙子。

叶子什么也没说。她根本不稀罕范军南京的房子,只是觉得委屈了范本,公公偏心,有失公允。办完范军的后事,叶子和范本回到纽约。父母先后离世,范本与他弟弟也渐行渐远,鲜有联系。偶尔发一次微信,也只在农历新年,礼节性地问声好。

房子和票子,永远是琐碎生活里的主题。在为碎银几两奔波劳碌的日子里,房子是每个家庭支出的重头和软肋。邓兰常常在无意间谈起当年在上海的生活。叶子知道,闵行区的那套房子里,承载了她和父母以及蛋蛋太多的回忆。

叶子回国内探亲时,挑了一个空气清新的早晨,从黄陂南路乘地铁去了一趟莘庄,去了她和蛋蛋以及父母共同生活多年的那个位于莘庄地铁北广场的小区。顺着熟悉的路径,走近曾经的家,坐在小区的石凳上,叶子足足发了半小时呆。房子还在,只是换了新主人。儿子童年时亲手种植的海棠也在,如今长得高大茂盛,弯曲的玫红色花瓣似彤云密布。依稀,叶子看到健硕的父亲牵着蛋蛋的小手,在门口嬉戏玩耍……不过离开数年,一切竟恍如隔世。

这套三室两厅的房子是叶子在上海打拼的第一个家,叶良病倒后的第二年,2013年的春天,邓兰听从叶子的建议卖掉了。接下来,就是上海房价令人咋舌的一路飙升。可当时,邓兰和叶子急于出手,才卖了两百万啊,如果放到今天,少说也能卖到一千二百万!这件事俨然成为叶子内心深处的隐痛:当时家中并非着急用钱,房子也没到非卖不可的地步。如果能等几年处理,价钱至少翻几番,父母养老的保障金会更加充裕。

唉,消化一个错误的决定带来的负面情绪,如同消化一段背叛的感情带来的心灵冲击,叶子需要的不是伤心和悔恨,而是时间,是静静流淌的光阴。躺在镇江医院里的叶良,至今也不知道,邓兰和叶子背着他,卖掉了莘庄的房子,卖掉了他上海的老窝。

说起卖房,邓兰心里就有气。她对叶子说:"这都是命!如果当初你爸听我的话,去医院检查一下心脑血管,就会避免之后的突发脑溢血。上海的房子说什么也不会卖,我们晚年也绝对不会回镇江生活!"叶子明白老妈心里的遗憾。因为上海这座城市于邓兰而言,是一个特别的存在。

邓兰18岁的时候,出落得亭亭玉立,清纯可人,书香门第的气质很是吸引人。然而邓兰却在众多追求者中,独独选中了叶良。据说是当年叶良的一句话打动了邓兰。叶良说:"如果你嫁给我,婚后每月我会从工资中拿出十五块钱寄给你娘家。"邓兰祖籍上海,娘家家境殷实,是当地的大户人家,最风光时开过绸缎庄、五金店和当铺。后来邓家历经战乱风雨,病痛磨难,家道中落。出生于二十世纪三十年代末的邓兰,从小在上海崇明岛长大,性格烂漫率真。邓兰的青春,淹没在那个讲究出身成分的年代。资本家背景的大家庭没有给追求进步的邓兰带来任何政治上的好处。作为家中长女,邓兰下面还有五个弟弟,她早早地承担起了养家的重任。

叶子在成年后曾与邓兰闲聊,叶子问老妈:"如果当年我爸没说那句话,你还会嫁给他吗?"邓兰沉思片刻,说:"也许还是会选你父亲,谁知道呢,我们那个年代的人,互相看一眼,爱就爱了。"

邓兰事业心重,是个要强的人,她和叶良都在电力公司工作。45岁时,邓兰面临转岗,她去南京大学进修了金属质量检验课程,考出了江苏省第二名的好成绩。颁发证书时,全体师生为她鼓掌。要知道,邓兰当年在南大学习时,年龄比她的任课老师还要大两岁。生活中,邓兰也是个女汉子,特别能吃苦。步行能抵达的地方坚决不乘公交,能乘地铁绝不打车。买菜专挑菜市场快收摊的时候去,她说那是一天中菜价最便宜的时候。叶子和父母以及儿子蛋蛋住在莘庄时,由于媒体工作早出晚归的特性,叶子有时一连几天跟邓兰竟说不上几句话。邓兰就用写纸条的方式与叶子交流。纸条通常会放在餐桌上,内容则是五花八门:鸡蛋和花卷在锅里趁热吃;萝卜干用辣椒炒过了;裙子拉链修好了;隔壁菲菲的婆婆今天要来家里借擀面杖,你拿给她……

从江苏到上海,叶子在职场打拼的二十五年间,事业和感情经历了N次坎坷和低潮。邓兰的留言给了叶子无数的感动和鼓励。邓兰说:"世上没有过不去的坎,不要为了讨好别人丢掉你的自尊,更不要拿别人犯的错惩罚自己。"

叶子28岁时嫁给一个香港人,第二年便有了身孕。经历了十月怀胎,叶子在59岁老妈的陪护下,从镇江乘火车到了深圳,然后从罗湖口岸过海关去香港生娃。一路上,邓兰像壮汉一样,身背肩扛,把所有行李都捆在自己身上,为的是不给挺着肚子的叶子增添任何负担。蛋蛋从出生到长大的岁月里,邓兰包揽了全部家务,负责蛋蛋的吃喝拉撒,叶良则负责蛋蛋的教育。叶良和邓兰为叶子营造了一个坚强温暖的后方。住在莘庄的那十年,是叶子母子与老爸老妈三代同堂和谐共处的十年,日子过得朴素又温馨。

邓兰不懂金融和市场,却颇有战略眼光,比如购房。2000年的时候,邓兰就预言,上海未来房价一定会涨。2003年伊始,叶子手上有了一些积蓄,邓兰开始陪着叶子满世界看房。叶子相中了新华医院对面一个新开盘的小区,叫华元豪庭,当时单价每平方四千元,距离叶子工作的电视台只有一站公交,走路上班也才20分钟。叶子当即订下两套,琢磨着一套老爸老妈住,一套她和蛋蛋住,一碗汤的距离,彼此照应起来也方便。在售楼处,每套房付了一万元订金后,叶子和邓兰在控江路上的美食广场美滋滋吃了一顿,以示庆贺。

然而这件事立刻就被叶良全盘否定了。叶良骂邓兰:"简直疯了!莘庄有一套房住住已经蛮好了,还想在电视台附近买两套!虽然付得起首付,但让叶子背负这么重的贷款,怎么吃得消!"

这件事就这么黄了。因为在叶家,一直都是老爸叶良管钱,老妈邓兰说话不作数。其实叶良骨子里是不想借钱给叶子,叶良知道叶子的首付不够,要跟他借十五万。

房子没买成。叶良从此得了一个外号"老葛朗台"。邓兰和叶子揶揄叶良:钱只进不出,想借没门。后来的十多年时间里,邓兰无数次陪叶子看房。从徐汇到黄浦,从虹口到静安。只要叶子喜欢,邓兰都点头。大多数时候,邓兰和叶子也只是看看而已,因为房价上涨的速度总是远超叶子存款的速度。然而邓兰传递给叶子四两拨千斤的勇气,以及为了梦想去打拼的精神,让叶子在未来的工作和生活中受益匪浅。做了十五年房奴,叶子终于如愿以偿搬进黄浦区新天地板块,她在心中一遍遍感叹邓兰的睿智。

2010年,离异多年的叶子认识了范本,有了移民美国的打算。邓兰抱怨说,自己越来越老了,女儿却越跑越远了。一开始邓兰心里不乐意。但是她考虑到叶子带着蛋蛋,再嫁也不是件容易的事,关键是蛋蛋可以去美国读书,这一点甚合邓兰的心意。邓兰最终松口,她对叶子说:"既然决定去,就早些兑换美金吧,人民币以后会贬值的。"这十年汇率起伏不定,邓兰却比很多专家更准确地预测了人民币兑美金的汇率走向。从三十万元人民币兑换五万美元,到后来三十五万元人民币兑换五万美元,从未学过金融的邓兰,跑赢了大盘。

邓兰一生走南闯北,去过很多地方。然而她说,这一生最爱的城市是上海。叶子还在电视台工作的时候,有一次去崇明采访高考新闻。工作时间从不打叶子手机的邓兰突然给叶子来了一个电话。她问:"你是在崇明吗?没什么事,就是想让你帮我看看民一中学旁边的那块地,那里就是我小时候生活的地方啊。"叶子明白,上海是邓兰心中的一抹乡愁,它留存在邓兰童年的记忆里,更留存在邓兰的血液里。

邓兰老了,却依然有着一颗少女心,只因岁月蹉跎,她把浪漫装在了心底。有一次邓兰生日,叶子正好在国内。她给邓兰买了一大捧鲜艳的红玫瑰。邓兰说:"太浪费了!能不能把花退掉,去门口吃一碗锅盖面不好吗。"叶子说:"钱付了,花剪了,不能退。"邓兰低头嗅了嗅花香,转身把玫瑰花放在客厅最显眼的地方。其实邓兰很少过生日,叶子不提醒,邓兰总是错过了才想起。每天朝六晚五风雨无阻地照顾叶良,邓兰忙得晕头转向。她说:"就让老天爷忘记我吧!"

邓兰很想和叶子一起去美国,可是她放心不下叶良。事实上,住院后的叶良根本离不开邓兰。每次叶子返美,邓兰问得最多的,是叶子家的后院。她看了叶子发的微信朋友圈,看到叶子家后院那片土地时,目光久久不肯移开。叶子纽约郊外的家,后院足够大。养花种菜,赏秋戏雪,可以任性妄为地折腾出一个五彩的四季。有一年秋天,叶子的上海闺蜜来她家做客,看着满地金黄的落叶不禁感叹:"噶大一块地方,侬哪能不盖个大些的房子?"是的,买一个老破旧的 house,推倒后重建成一个大豪宅,自住或者高价出售,是当地的华人喜欢的生活方式或者赚钱方式。叶子说:"房子没有后院和草地,也就没有了灵魂。"邓兰自幼喜欢土地,说等将来去了叶子那里,一定把后院种成鲜花盛开、硕果累累的伊甸园。可是邓兰不知道,这些年来,她的坚韧她的豁达她的柔情,早已照亮了叶子生命的伊甸园。读书时,叶子万分崇拜那个写了《桃花源记》的东晋大诗人陶渊明,他在《归园田居》里描述了让叶子艳羡不已的景象:方宅十余亩,草屋八九间。榆柳荫后檐,桃李罗堂前。暧暧远人村,依依墟里烟……历经沧桑,漂洋过海,终于真切感受到了"久在樊笼里,复得返自然"的意境,叶子怎舍得放弃?春天的时候,叶子和范本一道开垦土地。他们施肥撒种,种植了辣椒、茄子、西红柿、黄瓜、豆角和南瓜。当秧苗一片绿油油,当爬墙虎呼啦啦攀上后院那棵大树,叶子就开始跟邓兰描述自家的花园有多美,希望邓兰早点赴美。叶子坚信:终有一天母亲会来纽约,过上梦寐以求的田园生活,与小松鼠做伴,与小鸟对话,与泥土交心……那是邓兰最渴望的晚年。然而一想到要实现这么一个小小的愿望,竟然是以瘫痪在床的叶良不再需要邓兰的照顾、不再捆绑邓兰的时间为前提:要么把父亲彻底交给一对一的护工24小时照顾,要么等到父亲不在人世。邓兰说,那时,她才能真正放下一切来美国生活。叶子在后院给花草浇水时,每每想到这些,心中一阵悲凉。

邓兰是个聪慧的人,可是一旦犯错,也很固执,一条道走到黑,十头牛也拉不回。因患糖尿病,邓兰在火车站附近的一家中医养生会所花费三千五百元办了一张会员卡,买了据说能治疗糖尿病的泽糖米。经理体贴地告诉邓兰,老人家一次只需取走一小盒米,吃完了再来取,没取完的米,会所帮客户存着。邓兰听罢,高高兴兴走了,之后又来过两次,取米都很顺利,一共取走两百多元的米。过了些日子,邓兰又去取米,却见养生会所大门紧闭,人去米空。门口围了一群义愤填膺的老人,都是已经付过款来拿米的。有个老人气得捶胸顿足,说刚办了张五千元的卡,只拿走了一盒米。邓兰报了警。警察问:"既然付了钱,为啥不把米都拿走呢?"邓兰傻了眼。从此天天拨打泽糖米的售后服务热线,电话那头再也无人接听。

这不是邓兰第一次上当。邓兰家的小区门口有一家关爱中心,里面有几个嘴巴特别甜的营销人员。邓兰特别喜欢去那里,营销人员是一群年轻的女孩子,以送鸡蛋为诱饵,每次都能成功劝说邓兰买一堆保健品。什么灵芝胶囊啊,降糖药啊,强筋健骨粉啊,花头多得很。少则三五千,多则一两万,邓兰消费了五六万之后,叶子回国,发现了其中的猫腻。为了几个免费鸡蛋,邓兰实际上吃了一堆对健康无用的高价保健品。叶子:"你觉得有用吗?"邓兰:"我知道没用。"叶子:"那你还买?"邓兰:"都是心理作用。我太寂寞了,那些孩子经常陪我聊天。"叶子:"我不是也经常陪你聊天吗,你怎么相信外人?"邓兰:"她们几个小姑娘刚参加工作,要冲业绩。我就帮帮她们。"叶子无语了。

叶良的病房隔壁,一位80多岁的邱姓老人住院多日,身体已无大碍。可邱老的儿女却迟迟不肯为老父亲办理出院手续。问缘由,原来邱老也是被家门口保健品店里的几个销售小妹洗了脑。这些年,邱老省吃俭用,却花费十多万买了一堆所谓"延年益寿"的保健品,把书房和卧室堆成了小山。只要邱老回家,那几个热情的小妹总能让老人心甘情愿地买下一堆堆吃不死人,也没有任何疗效的保健品。邱老的儿女劝阻无效,只好把邱老圈在医院里,不让邱老回家。叶子看见邱老的儿子冲着邱老激动又无奈地说:"我不晓得要怎样做,才能让你明白,这些保健品都是骗人的!"

保健品风波之后,邓兰消停了很久。倒不是因为邓兰听了叶子的劝,而是因为邓兰认识的一个老朋友突然去世了。这位老兄比邓兰还年轻5岁,生前保健品吃了一堆又一堆。邓兰恍惚地看着自己买的保健品,自言自语道:"看来这些东西对治病无用,也没起到保命的作用啊。"

又逢母亲节,微信朋友圈被"母亲"刷屏。叶子把朋友发的一篇振奋人心的文章念给邓兰听,主题是"十年之内不能死"。叶子告诉邓兰,只要再熬过十年,医学科技的发展,一定能够帮助人类活到100岁。邓兰信了,就像叶子小时候信她一样。

邓兰年轻的时候很强势,碰上同样得理不饶人的叶良,就是针尖对麦芒。晚年的叶良,还没来得及好好享受离休生活,就躺在医院里一病不起。叶良没了声音,邓兰同样没了声音,她收起锋芒,与人相处变得谨小慎微,跟叶子说话也没了以往的直来直去。那一刻,叶子的心里很不是滋味。

邓兰老了,浑身上下不是这里疼就是那里痛。当她用讨好的眼神去看世界时,内心是寂寞恐慌的。住院头两年,叶良尚有一丝力气发发脾气,用可以伸展开来的左手拍打病床一侧的护栏,表达抗议、发泄内心的不满。随着日子一天天过去,叶良的反应越来越无力,到后来,就只剩下摇头和叹息。目睹着叶良一天天衰弱,邓兰流光了眼泪,磨光了脾气,行动变得机械麻木,日子变得了无生趣。

叶良住院这些年,历经数次凶险,被送到ICU抢救。医生每次都对邓兰说,这次很危险,估计回不来,你们家属要有心理准备。死亡线上几番争斗,最终叶良就像打胜仗一般,有惊无险地被推回病房,邓兰每每喜极而泣。

邓兰对叶子说:"如今你爸已经说不出话,我回到家里也没人说话。没想到人老了越来越孤独。如果你爸身体好,我们老两口还可以一起旅游旅游,或者像以前一样,在上海过过也蛮好。"叶子听罢,黯然神伤。父母中,一个先倒下来,辛苦的是另一个。可是人人都会老的。人老了,不能动了该怎么办呢?去养老院吗?叶子曾陪着邓兰去参观过镇江两家口碑不错的养老院,邓兰回来直摇头,说就是死在家里也不会去那个鬼地方。叶子认为邓兰对养老院是有偏见的。叶子发小的父亲就住在养老院里,一个房间,包一天三顿,一个月七千元。发小对叶子说,里面有吃有玩,有护工伺候,老人们一起打打牌,聊聊天,看看电视,一天时间很快就打发了。可是邓兰并不合群,独来独往惯了。叶良病倒之后,她变得更加特立独行。几点起床,几点煲汤,几点去公交车站,几点到达医院,几点给叶良喂汤,几点给叶良翻身,几点给叶良导尿,几点返家……邓兰的生物钟异常规律,每天都像打了鸡血似的,硬生生把自己逼成了一个合格又称职的护工。

邓兰没时间跟不熟悉的老人们在一起闲聊,也不喜欢参加任何社区活动。叶子当然不会让老妈去养老院终老。她鼓励邓兰学一点基本的英语对话,为以后赴美生活打基础。去年,在护士台的小护士反复指导,手把手教学之下,邓兰终于学会了用手机拍照和转发图片。虽然大部分时候,她发给叶子的照片都是晃动和模糊的。那天,邓兰发来一张照片,叶良在黄昏斑驳的光影中睡着了。病房里白色的隔帘,白色的床单和被子,映衬着叶良带着病容的苍白皮肤。叶子不忍目睹叶良藏在被子底下孱弱的身躯。他的两条腿由于常年卧床,肌肉已经萎缩。头顶的白发稀稀拉拉,曾经英俊无比的面孔,被病痛折磨得已经变形。邓兰告诉叶子,这一年来,叶良醒着的时间越来越少。之前叶良是能喂些流食的,后来因为咳不出痰,肺部总是发炎,吞咽功能也不行了。医院就给他上了鼻饲管,将营养液直接打入胃里。从此,叶良连吃饭嚼香的乐趣也失去了。邓兰每天像个老中医一样观看叶良的脸色,担心他营养不够,征得医生同意后,隔三差五去超市买些新鲜大梨煲成汤,和营养液一起打进叶良的胃里。叶良常年卧床,身体却没有异味,这与邓兰的精心看护分不开。

刚开始的时候,医院规定家属不能随便探视。邓兰有些日子没能去医院。可怜的叶良,天天眼巴巴地望着病房门口,却等不来老伴儿,也不知道外面发生了什么。邓兰打通护工的手机,费力地跟叶良解释了突如其来的变化。她央求护工拍一些叶良躺在病床上的照片转发给叶子。叶子看了之后,心里非常难过。叶良脑溢血后,大脑神经损伤,已经不能表达他的思想。曾经身强力壮思维敏捷,带过兵打过仗,曾经才华横溢心思缜密,做过总经济师的父亲,晚年被病痛折磨至此,老天实在残忍。但是老爸有老妈不离不弃的陪伴,也是不幸之中的安慰。叶良睁着眼的时候,面无表情。叶子无法知道,父亲在失语的这些年里,脑子里究竟想些什么。可是,邓兰仅凭眼神就能明白叶良的意思。

又是周末。邓兰准备了一件格子外套去医院见叶良。视频中,邓兰问叶子:"我穿这一身好不好看?"叶子连声夸好看,邓兰的笑容里竟浮现出少女般的羞涩。

挂了邓兰的电话,对故土的眷恋,对父母的思念,千言万语涌上叶子的心头。

朗费罗在《雨天》中说:每个生命中有些雨必将落下,有些日子注定阴暗惨淡。

2019年夏天,邓兰在镇江一家解放军医院进行了膝关节置换术。邓兰准备手术的时候,叶子还没回国。叶子让邓兰等一等再做。可邓兰是个急性子,认为这是个小手术,她自己能应付。邓兰对叶子说:"我去见过你爸了,我告诉他,一个月不能去医院看他。"叶子问:"那老爸听得明白吗?"邓兰叹气:"唉,反正你爸说不出话,但他心里应该明白。我已经跟护工打过招呼了,这个月只能靠小刘了。"

护工小刘其实是老刘,已经58岁了,来自苏北农村,一直负责老爸这个病床。邓兰为了让小刘对叶良多用心,经常炒个时蔬,烙些发面饼给小刘送去。邓兰说:"将心比心吧,你对人家好,人家才会对你好。"小刘还算负责的,至少叶良这些年身上没长一块褥疮。可是,邓兰的膝关节置换术做得并不成功。术后常常疼痛难忍,滑膜也总是发炎。即便如此,她仍然拖着病腿,一瘸一拐地坚持去医院照顾叶良。

2020年叶子没回国。2021年春天,叶子克服重重困难回国了。探亲期间,叶子陪邓兰去了南京、上海、合肥。逛了公园、商场、大街……她发现邓兰行动迟缓,上楼梯胸闷,多走几步就胸痛。叶子找到上海的医生朋友,邓兰顺利住进了以心血管内科著名的中山医院。邓兰看的是专家门诊,确诊是冠心病。因为局部管腔中重度狭窄,需做冠状动脉造影,医生说,必要的话就得装支架。

办入院手续时,一个年轻的护士对叶子说:"病床一直都紧张,来得早不如来得巧,你母亲运气好,分到一个靠窗的床位。"

这间病房一共四个病人。隔壁病床是一个70多岁的老阿姨,儿媳和女儿分别从温州和广州赶过来照顾老人,在中山医院附近租了间小屋,每天三百元房租。一对中年夫妻来自河南安阳,女人之前在老家做了心脏支架,感觉不太好,这次是来上海复查的。男人买了一个行军床摆在病床旁,夜夜陪伴,很是体贴。还有一个白发苍苍的上海老人身体非常虚弱,女儿小心翼翼地伺候左右,女婿下了班就过来照应。透过病房的窗,能看见医院周边昼夜不同的风景。斜土路上绿树成荫,行人接踵,车流穿梭……叶子一边发呆,一边祈祷着老妈的手术顺顺利利。住院的头两天,邓兰做了各种术前检查。第三天傍晚,护士台终于通知邓兰把病号服反穿,去一趟卫生间,等待手术。等到晚上8点半,邓兰终于从病房被推进手术室。走过长长的走廊,叶子的心情不免紧张。两个多小时漫长的手术时间对叶子来说是一种煎熬。其间,叶子被叫进家属谈话室,医生对着电脑屏幕,简明扼要地讲解了一下病情,说邓兰心血管堵塞比较严重,前降支中段狭窄90%,必须装支架。

老天保佑,手术顺利!回到病房,大约晚上11点半,出了一点小状况。邓兰的手腕上紧箍着腕带,需要每隔两小时松一次,一个年轻的值班医生对叶子说,两小时去喊一下护士。然而护士说她不会弄这个,对叶子说:"你们夜里有事还是喊值班医生吧。"夜深。值班医生说他有些疲劳,要去睡一觉,于是提前把邓兰桡动脉穿刺部位的腕带放松了。结果一刻钟后,邓兰手腕处的血汩汩流出,渗透了枕头,染红了床铺,流淌到地面……靠在床边打盹儿的叶子吓了一跳,赶紧去护士台喊人,护士又跑去找值班医生。值班医生看了一惊,睡意全无,夜里多次来邓兰的病床前检查。邓兰反倒有些过意不去,小声说:"我没事的,医生辛苦了,去睡吧。"虽然疲惫不堪,这一夜叶子却没有合眼。术后第二天,邓兰就被通知可以办出院手续了。叶子知道,后面等床位的病人很多。

如今江浙沪皖平台互通,实现医保一卡通。邓兰住院直接刷医保卡结算。不用像以前那样,垫钱后再回参保地报销。来沪之前,叶子已经帮邓兰在镇江医保局备了案,邓兰只需支付自费部分,大约是总费用的20%。好消息是,曾经动辄过万的冠脉支架价格,如今已降至千元以下。

那次手术伤了元气,邓兰走路速度更慢了。可她根本不当回事儿,每天自己洗衣做饭去超市买菜,还时不时给住院的叶良煲汤送去。叶子陪邓兰去医院,忍不住告诉父亲邓兰心脏做过手术的事情,可是父亲却一脸茫然。

事实上,这两年叶子回国探望叶良,叶良眼神黯淡,除了点头,就是摇头,再无其他表情。叶子却坚信,父亲是认识她的。叶子关照做过心脏支架的邓兰:休息休息再休息。说也没用。邓兰要强,出院后一刻也闲不住。然而做一点事就累得不行,只好回到床上躺一会儿,起来后再干。

邓兰心脏手术后,生活又恢复了往日的平静。邓兰每天吃药、睡觉、看电视、跟叶子唠叨从前的人和事……

2021年夏天,邓兰不能天天跑医院了,就全权委托护工照顾叶良。邓兰对智能手机的使用一向笨拙,却努力学会了与护工视频对话。每天早上雷打不动要看一眼病床上的叶良才安心。叶良长期卧床,肺部感染和尿路感染频繁,胆囊发炎,身体状况一年不如一年。负责叶良病床的医生对叶子说:"来日不多,能多陪陪老爸就多陪陪吧。"

父母老了,叶子也不再年轻。但是叶子觉得历尽千辛万苦回国,仍是一件无比正确的事。

又是一年母亲节。叶子问邓兰想要什么礼物。邓兰说:"买个落地电风扇吧!"江南的夏天没那么热,开空调还要关窗子,家里空调也不怎么用。邓兰一贯节俭,劝也白劝。每次回国,叶子都反复给邓兰洗脑,让她该吃吃该喝喝,心情要保持愉快,都这个岁数了,要懂得享受生活。邓兰说,人生几多风雨,悲喜都是自己。走到山穷水尽,亦会柳暗花明。看着日渐消瘦却依然乐观的老妈,叶子内心满满的心疼。

回国后的大部分时间,叶子都穿梭在上海和镇江两地之间。江南多雨。风儿吹过,花枝乱颤。晚饭后,邓兰提议去附近的西津渡散散步。叶子牵着邓兰的手,缓慢地走过青石板铺就的小路。邓兰穿着新买的雨鞋,踩过的地方,发出嗒嗒的声响,在黄昏的雨巷里悠悠回荡。叶子看着母亲欢喜的模样,不禁感叹:我们卑微又渺小的命运,总是被时代裹挟着走走停停,无力的抗争总是被岁月打磨殆尽,除了迷惘、伤感和遗憾,还有欣慰、温暖和期盼。父母老了,能够陪伴他们的日子屈指可数……这世界那么多人,在苦短的人生中相遇、相亲、相爱,是一件多么幸运的事。父亲的坚强,母亲的坚守,他们相濡以沫不离不弃的爱情,在叶子心里,就是穿越江南烟雨的一米阳光。

日历翻到2022年底,正值流感高峰期,医院人满为患。想着邓兰没打过疫苗,又有基础病,叶子担心得不行。她对母亲说,买些食物囤在家里,千万不要外出。邓兰倒是镇定。她说:"该来的挡不住。你爸在医院里,隔三差五还是要去看看的。"拗不过邓兰,叶子只好一遍遍叮嘱母亲各种注意事项,在家里备好感冒发烧的药,即便感染,那最好也熬到开春之后。

光影斑驳,记忆婆娑,泪水昏花了纽约的夜。作为家族里的第一代移民,背井离乡、人到中年的叶子,对父母终将亏欠。她希望自己和范本能够像父母那样,在渐渐老去的岁月里,彼此珍惜,不离不弃。

冬至大如年,人间小团圆。纽约又飘雪了。叶子把行李箱装进了汽车,范本在导航仪上设置了目的地:纽约肯尼迪机场。

叶子目光坚定,满怀期待。她将再一次漂洋过海,踏上回家的路。

李桂花进城

容 岩

采写手记：

融不进的城市，回不去的故乡，大概就是"李桂花们"最真实的生活状态了。

李桂花的故事似乎普普通通平平淡淡，没有多少波澜壮阔或者曲折迷离，没有扣人心弦的矛盾冲突，这些家长里短构成了她们生活的全部，然而这才是她们真实的状态。

她们与曾经在农村一起长大一起劳作的乡邻不同，她们的晚年生活在城里重新开启，不用再上山挖地下田插秧，出门一身汗回家一身泥，在农村人看来她到城里去享福了。但她们在城里却显得格格不入，她们要不断调适自己，很多事都不能为自己考虑，也没有能力为自己考虑。

她们与城里一起鼓掌拿鸡蛋的老头老太太也不同，她们没有社保没有退休金，日常的开销都得靠儿女们每个月给的生活费和逢年过节的孝敬，她们也许攒有那么一点点压箱底的钱，就是她们可怜的底气和退路。她们或许有了新朋友，但她们处处跟人都有着距离，因为她们知道：无论她们在城里住多久，在城里人眼里，她们永远都是乡下人。那是她们抹不去的烙印。

"老漂一族",四个轻飘飘的字,旁人却很难理解她们的世界,在这个城市化不断推进的时代里,她们应该进入管理者的视野,应该进入书写者的笔下。

李桂花进城

　　李桂花进城去了，跟着小儿子到城里过好日子去了！没几天，这个消息就在村子里传散开来，就像平静水面上被投进了一颗不大不小的石子，激起一些浪花，波纹一圈圈扩展开去。当然，不多时间又渐渐恢复平静。

　　本来嘛，这是大家都能想到的事情。

　　李桂花和陈心年一共生有三个孩子，老大高中毕业后到广州打了几年工，回来娶了老婆生了娃；老二是闺女，也是打工时在电子厂遇见了一个江苏扬州的男孩，没几年就嫁了过去。小儿子陈彦的出生赶上计划生育，属于超生，罚了一百块钱的款，李桂花还因此挨了一刀结了扎，好在小儿子自小学习成绩好，就这么小学初中高中大学一路读了下去，大学毕业后来到江苏，到镇江工作，事业单位，老夫妻两人都觉得脸上有光。就在大家伙儿都觉得老夫妻俩要享福了的时候，陈心年却患了癌，两年不到就去世了，李桂花就一个人住在老屋里。

　　陈彦结了婚，媳妇怀上了，就张罗着李桂花到城里来带孙子。大伙儿都说："小儿子良心好，李桂花苦到头了。"小儿子来接，李桂花也觉得脸上带着光，到处走着跟要好的老姐妹们告别："那我肯定是还要回来的，金窝银窝不如自己的狗窝，家里我啥都有，不看旁人的脸。"老姐妹们都说："回这个山沟沟干啥？几十年太阳没晒够，还是落雨没淋够啊？"于是大家都笑了起来。

　　从湖北到江苏，绕道湖南、江西、浙江、上海，哐当哐当两天一夜的火车，李桂花带着大包小包就来到了镇江。虽然两年前儿子结婚的时候来过一回，但对很少出远门的李桂花来说，这个城市还是太大了，下了火车还要坐半个多小时公交车才能到住的地方，高楼、车流、人声鼎沸……一切都太陌生了。但李桂花心里还是充满了愉悦,到城里过日子,住楼房,这是几代人都没敢想的事,如今却变成了现实,怎么说都是一件很高兴的事。

陈彦大学毕业后就一直在镇江工作,单位不好也不差,日子也一天一天过,农家小子渐渐认识了城市生活,光鲜的霓虹灯背后是无数个灵魂和躯体在为生存而努力挣扎,年少时的雄心万丈在坚硬的生活面前一文不值。从他参加工作的那一年起,这个城市的房价就缓慢但坚定地一天天上涨着,每次看到那些"耀世巨献"的楼盘广告,陈彦都觉得眼前的大山又高了一尺,都不敢想爬山的事了。

其实,陈彦想把父母接进城也不是一天两天了,尤其是父亲走后,母亲寡居,受了不少邻里的气,最让陈彦受不了的是电话打一次哭一次,好好讲着话就会哽咽起来。可陈彦也一直没敢张口接母亲进城里来,为啥呢?很简单,没房子住。小两口结婚的时候买不起房,借住在单位的宿舍里,因为这个还受了单位某些人的阴阳怪气,让陈彦多少年后仍耿耿于怀。二十多平方米的小房子,自己改造出了一个卫生间,在阳台上搭个台子放上煤气灶,门口贴上大红喜字,就把婚给结了。多少人跟陈彦讲:"你老婆人真不错呢!什么年代了,连房子都没有就跟你结婚?"陈彦说是。

陈彦老婆姓安,公司财务,按照小两口原本的打算,结婚后先过几年二人世界,攒钱买房后再要孩子。没想到结婚第二年就意外怀上了,小两口着实一阵慌乱,商量来商量去,最终还是没舍得不要这个孩子,车到山前必有路,没有多少事是让你完全准备好了再去做的。小两口劝好了自己就开始谋划以后的日子。第一件事当然还是找房,几个新开的楼盘转了一圈,完全不是够得着的,于是又开始在二手房里转悠,转悠来转悠去,最终看中了一个两室一厅的老房子,虽然地段一般,没有物业,但功能还是齐全的,要求不能太高,高档小区不少,可谁让你囊中羞涩呢?

找房买房的当儿,小安的肚子也慢慢大了起来,谁来带孩子自然也是个重要的问题,保姆请不起,丈人老两口身体又不太好,让奶奶过来帮忙就成了自然而然的选项,况且李桂花一个人待在老家的日子也是磕磕巴巴,如今小两口房子小归小,但好歹挤挤能住得下了。于是,李桂花就这样开始了她的城市生活。

新鲜劲儿总是很容易过去的,很快,来到城市的李桂花就觉得日子太疙疙瘩瘩了,她就像一只天快黑了却找不到窝的家雀,日子过得没有方向,每天都闷闷不乐。李桂花不知道,像她这样半路来到城市跟子女生活的人,城里的话语体系还专门赋予了一个名称——"老漂一族",虽然不懂"老漂一族"这个词,但"漂"这个字儿的感觉太适合李桂花了,漂在水中,四周很美,却没有属于自己的支点。

"这一天天的没意思,过两年我就要回老家去!我在老家有吃的有住的,自由自在。"在镇江的头两年,李桂花常常这样对陈彦说。陈彦不置可否,就想着习惯习惯就好,况且小两口要上班,孩子得有人带,丈母娘一三五、李桂花二四六,缺了哪一头都难办。于是就问到底怎么了,问来问去,两个高频词的出现让陈彦大致明白了原因:

"一个是'无聊'。西西一个星期有两三天在她婆婆家,周末你们自己带,我也没什么事做;带西西也就是给她弄点吃的,也没多少事,有个头疼脑热我也插不上手,西西一睡觉我就像个木头呆坐着,唉,你说无聊不无聊。电视也不能多看,你看娃娃就要跟着看,你们又说对西西眼睛不好……"

"一个是'别扭'。难得出去走两步,半个人也认不识,在老家我随便到哪里不能扯会儿闲白?早饭、中饭、晚饭都要掐着点儿做,掐着点儿吃,有荤有素有汤,麻烦,我要是在老家,随便我怎么搞……"

听是听明白了,陈彦却也说不出什么能解决问题的方法来,只能是"嗯嗯"几声,之后便是沉默。虽然嘴上老是说要回老家去,李桂花也知道,既然来了,一年两年是回不去的,也只是说说,并没有做什么真正回家的准备。

带孩子嘛,是一天一天周而复始的事,孩子一天天咿呀学语,李桂花在镇江的日子也就这样一天天过去。到了西西能走路的年纪,李桂花就开始时不时带着在小区转转,有时也到城市广场转转,有了孩子这个媒介,李桂花跟城里的老太太老大爷们渐渐熟络起来,竟然也练出了一口方言不像方言、普通话不像不普通话的语言,虽然不少时候是各说各的,但总能聊得热热闹闹,也算一大奇迹。尤其是孩子越来越大,越来越多的人对她说:"您一看就是奶奶吧?这孩子长得可像可像您了!"于是,李桂花更加乐呵呵的了。

然而,静好的日子并没能维持太久,李桂花显然没预料到要照看好一个刚刚能跑能爬的孩子的难度。

这天中午,到了该做午饭的时候,李桂花把西西一个人放在客厅里就去厨房忙活去了。换作以往,总得把西西放在学步车里,放几个玩具在车上,可以让她一个人玩儿。也许是忘了,也许是看西西在沙发上很安静,总之就是把西西一个人放在客厅了。油烟机的声音轰隆隆的,以至于李桂花好长时间没有听见西西的哭声,想起来过来看看才发现孩子倒在地上正在大哭,旁边还有个侧翻的凳子,而孩子手指还在流血!原来,西西一个人推凳子玩儿,连人带凳子跌倒,凳子整个压到了左手的无名指上……

"天啦天啦!怎么搞的?怎么个搞法哟……"

李桂花把孩子抱起来,顺手找了个创可贴,却怎么也贴不上去,李桂花手足无措,脑子里一片空白,过了好久才回过神来,赶紧给儿子打电话!

陈彦慌手慌脚地冲回家,把孩子送往医院,然后小安也火急火燎地赶到了医院,然后是丈母娘也来了……孩子在手术室清洗伤口、缝针,整个楼道里都回荡着孩子的哭声,孩子在里面哭,三个女人在外面哭,只有陈彦一个人来回跑着没有什么声响。从医院出来,孩子的小手被石膏和纱布包得严严实实,十分打眼,哭累了的孩子趴在陈彦身上,沉沉地睡了,一直回到家放在床上都没有醒来。陈彦却趴在孩子身边低沉地抽泣起来了,几个女人在客厅里又是默默流泪,相顾无言。

孩子受伤随诊的日子,李桂花度日如年。"西西真有什么事,我也就只有死了算了!"一说起眼泪止不住地流。

陈彦也只好劝解:"没人怪你,小安也没怪你!"

"是没怪我,一句没怪我,可我心里难受啊!"

"别老想这些,也许孩子自己能长好的。"

"哎哟,要是留个败相,我要背一世的牙印子哟!"

……

孩子的伤并不轻,大半个指肚子和几乎整个指甲被掀掉,缝合后长得也并不是很好,被掀掉的部分渐渐变黑,面临指骨截肢的风险。陈彦和小安心急如焚,镇江南京上海四处找医生,万幸的是,孩子自身生命力与良医加持,最终保住了完整的手指及指甲,大半年揪着心过的日子总算迎来云开日出。

"我不会带孩子,我还是回去吧。"李桂花说。

"你现在回去,别人怎么说我和小安?再说孩子总要有人带啊!"陈彦说。

"最多最多,到西西上小学,我就回老家去!"李桂花退了一步,但语气却更坚决了。

虽然没有受到责怪,但"指劫"风波还是给李桂花留下了长久的阴影,总有些提心吊胆的意思,时常叹气,嘟囔着说还是回去的好,老了不会做事云云。陈彦耳朵根子磨起茧子也不搭茬,只是"嗯嗯"回复了事。

俗话说,只愁养不愁长。孩子仍在一天天地长,李桂花的城市生活也就一天天地过。从蹒跚学步到四处飞跑,转眼西西就该上幼儿园了,小两口四处调研精挑细选,选定了一家距离不远、设施也不错的私立幼儿园,哭哭闹闹唱唱跳跳,西西就开始了幼儿园的生活。

李桂花显然没有想到,城里上幼儿园跟乡下上小学基本上是一个意思,学拼音学汉字,早出晚归。于是,上班的上班、上学的上学,整个白天几乎就李桂花一个人在家,一来二去就动了心思,找陈彦说:"要不我就回去了吧?"陈彦还是不怎么搭腔,实在急了就拿话堵她说:"你不是说等西西上小学的吗?待在我这里就这么难过啊?!"说出口的话得作数,李桂花觉得理屈,也就不多说什么,一时间倒也相安无事。

西西幼儿园的时光按部就班地走着,李桂花的城市生活也就按部就班地过着,早上孩子起床,她虽然不怎么插得上手,但帮忙烧烧开水灌灌水杯还是可以,所以也就会一同起床甚至稍早点起床,帮着打打杂。孩子去了幼儿园,小两口上了班,李桂花就是彻彻底底的空巢老人,只要不刮风下雨,直到下午三四点,等在幼儿园门口,祖孙俩一同慢慢走回家。也就是说,李桂花一天有大半时间都是"自由"的了。

谁也没有想到,就是这段"自由"的时光,让李桂花、陈彦母子俩闹了不少别扭。起因就是被很多媒体乐此不疲一遍一遍报道但毫无改观的事——涉老诈骗。当然,这也是李桂花发现的一项属于自己的事业——听讲座、鼓掌、拿鸡蛋,与一帮老头老太太一起,今天这家明天那家,轮流着听,一场不落。李桂花觉得,反正我没钱,谁也骗不着我,还有这么一群人在一起,有说有笑还能往家拿鸡蛋,简直是无本万利,于是渐渐沉迷其中。虽然李桂花不想让小两口知道,但变化越来越大,终于引起了小两口的注意。

刚开始只是电话多起来了,每次接电话还颇有些神秘,只是说"好,好,我一会儿就来"或者"我来得及就来,你们先去"之类,往往还躲着小两口。再后来,李桂花出门越来越早,有时甚至跟西西上学前后脚就出了门,赶急赶慌的样子,问起却又说没事,再后来接连出现忘了接孩子放学的事,问她在哪里,旁边热热闹闹掌声阵阵,陈彦不傻,几下一联想,很快就明白是怎么回事了。

"这些都是诈骗!用这么些小便宜,专门吊你们的!"陈彦的嗓门少见的高。

"怎么就是诈骗呢?从来不要我们买东西,人家说了,就是让我们凑个人气的。"显然,李桂花有自己的道理。

"人家做慈善的?人家是你的儿子姑娘?"

"那我就那么蠢啊,睁着眼睛让他们骗我的钱啊?"

"你以为你有多聪明?"

……

话赶话就越来越不像话,吵得急了起来,小安就来劝:"你儿子也不是要说你,这些真的是骗人的套路,你今天不掏钱明天不掏钱,总有一天会让你掏钱的。"

"不会,我一分钱也不会掏,你知道的,我又没钱。"李桂花说,"我晓得你们怕我被骗,我又没有几个钱,我又没有社保,我不好好攒着点怎么行?我知道的,你们放心,哎哟,怪只怪,他爸爸走得早,要不然……"讲着讲着话就跑得远了,也就带了哭腔,要流下泪来。小安也就不好再多说什么了。

于是小安又来劝陈彦:"她的钱都在存折里,手上应该没多少钱,你随她去吧,天天吵,也难过,家里氛围不好。"

"手里没钱再怎么几百千把是有的。"陈彦说,"但对她来说,被骗几百几千跟别人被骗几万几十万是一个效果,真到那时后悔都来不及!"

"唉,我也真管不了你们的事。"小安决定不再插手这个事,完全保持了沉默。

媳妇的沉默并不代表事情的解决,李桂花与儿子的别扭却仍在继续:争吵、沉默、沉默、争吵……陈彦也最终选择了放弃,只是强调一条:"不管你去鼓掌拿鸡蛋拿鸡蛋鼓掌,但一条,无论什么时候,一次性超过五百的开支必须跟我商量!"接着又无可奈何补了一句:"当然你硬不跟我商量我也没办法。"

"好好好,我不会乱花钱的,我花钱的事都跟你商量。"

那么,李桂花听讲座是不是真的只领到了鸡蛋而从来不花钱呢?当然不是。一个屋檐下住着,李桂花再怎么小心,再怎么藏的东西总是会被发现的,比如帮忙铺床时发现多了一片带按摩的垫子;灶台下面柜子的最里面,多了好几瓶不知道什么牌子的洗洁剂;在床头柜最下面的抽屉里发现好几盒花茶……还有一次,陈彦在找四件套时,吊柜里赫然藏着两箱蚁力神酒!

事情穿了帮,李桂花就讪讪地笑笑,嗫嚅着不断解释:"没多少钱没多钱,他们都买我才买的,真的有用的……"那样子,像极了偷吃被发现了的小孩子。

陈彦也只能苦笑笑,把这一页翻过去,当作什么事都没发生过。

生活总是在起着变化,在西西大班的时候,陈彦小两口终于张罗着买了新房子,三室两厅一百多平方米,有了小区,环境也好了很多。原本给李桂花备了一间的,装修时床位、电视位等方方面面都准备齐全。

但是,由于老房子所在位置不错,小学初中都是小城镇江不错的学区,行情连年看涨,单价比当年买时已经翻了几倍,陈彦小两口就讨论着,搬进新房后老房子暂时就不要动,留着给孩子上学用。什么房市行情、学区之类李桂花听不懂,但老房子暂时不租不卖的意思却是听懂了,于是找到机会和陈彦探起了口风:"你们老房子留着给孩子上学用的吧?"

"嗯,你怎么问这个?"

"就问下,不租出去?还能得点租金。"

"上学时学校会家访,要人证合一的。租出去也烦,房子弄得乱糟糟的,人家才不会爱惜你的房子呢!……嗯?你怎么问这个?"

"没事,就问问。"

"到底什么事?"

"我就是想,你们房子空着不如我就住在这里?"

……

陈彦半天没有接话,其实这个方案陈彦也不是没有想过,从农村到城市,老太太有太多的生活习惯很难适应,也很难改变,虽然小安从来不说,但总归能感觉出来她很多时候的不高兴,比如看电视影响孩子,比如直接往垃圾箱里吐痰,比如烧菜不洗锅直接炒下一个菜……生活就是这些不足道的细节组成,而正是这些细节很大程度上决定了人们日常生活的体验,甚至对幸福的认定。话说距离产生美,分开住其实是不错的选择,只是作为儿子,买了新房子却不让妈妈去住,总觉得好像有一种不孝的意味。如今李桂花自己提出来,陈彦就真的动了心思。

李桂花也看出了儿子的心思,更关键的是李桂花也觉得自己一个人住着舒服,想吃吃想喝喝,自由自在。于是,陈彦就与小安商量,小安其实也很赞同这个方案,于是一拍即合,小两口带着孩子搬进新房,李桂花一个人住在老房子。

小安还是担心,既是天性善良,也是担心被人嚼舌根,很是注意与老太太的相处。如今分开住,除了每个周末都带着孩子去老房子看看玩玩之外,还经常喊老太太过来新房子帮忙收个衣服啥的,其实也不是为了做事,就是让老太太有个被需要感。另外,还敦促陈彦不时过去看看,中午吃吃午饭啥的。于是,分开住的生活极大地提高了所有人的幸福感,大家都乐呵呵的。

不过,李桂花的故事就渐渐多了起来。一个人的世界就是自由,但自由的另一面就是孤独。李桂花的"孤独"带来的变化不仅仅是鸡蛋更多了,常常不着家,更让陈彦意外的是家里开始出现一些以前不会出现的东西,直到有一天陈彦回去吃午饭,发现茶几上赫然摆着一盒颇显档次的大礼盒水果!这显然不是李桂花那些大妈阿姨朋友们会相互赠送的东西,当然也绝对不是李桂花会买的东西。

"家里怎么会有这种礼盒的?"

陈彦这一问,倒是把李桂花问得不好意思了,脸上飞了红,颠三倒四地说起缘由来:

"在广场认识的,姓张的,在镇江做生意的,非要送,我不要的。

他们是安徽人,他说的,他妈去年走了,想给爸爸找个伴。

给我看了照片,房子还挺大,屋前屋后都有地。

他在镇江做生意,在丹徒新区有房子。他还有一个哥哥一个姐姐,都结婚了分开住。他爸爸现在一个人住在安徽乡下。

他送了几次,我没肯要,这次送上门了,没办法。

他说的,没事,不管成不成功,给阿姨您送几个水果吃吃总不是什么大事。

我跟他说了,这么大的事我要跟我儿子商量。

他说了,最近他准备让他爸爸到镇江来,大家见见面。"

……

突然发生这样的事,陈彦也着实没有多少心理准备,定了定神。觉得还是应该认真地讨论下这个问题:"别他说了,你怎么想的呢?"

"我没有想法,我能有什么想法呢?就是想着要跟你商量呢。"

"你没有想法,就不能收人家的东西。"

"我跟他说了不要,他硬送来我怎么个搞法嘛!"

"这是大事,你自己得想清楚,糊里糊涂地不行。"

"我有什么义化,得你给我拿主意,我都听你的。"

"也不能全听我的,你得先仔仔细细想想,答应了你可能就要去安徽乡下生活的。"

"他说可以两边跑,安徽一段时间,镇江一段时间。"

"别他说了,关键是你自己真正要想好。你真要问我的意见,至少目前所知这个情况我不同意,但你真的想好了你要这样,我也支持。只要你自己过得好,做子女的都支持。"

"那他说马上他爸爸要过来看看怎么办呢?"

"他爸爸来不来不是你决定的,你只要想清楚自己的事。现在只要告诉对方,没有那么快决定这么大一件事的就行了。重点是,你最近自己想清楚,真答应下来你的生活会发生哪些变化,然后再做决定。不要急,事情是件大事,本来就不是一天两天、一句两句就能决定的。"

……

最终,李桂花还没开始的黄昏恋便无疾而终。

除开偶尔的一些浪花,李桂花的城市生活平淡无奇得无可叙述。西西的成长线就是李桂花故事的叙述线。西西终于上小学了,到了李桂花当初说的时间,李桂花又开始萌动了回家的想法。其实李桂花也知道,上小学和上幼儿园都一样,就是依赖她帮忙下午接放学的,但就是当初说了这话,如今就到了点儿,回家的想法就像野草一样会不管不顾地长。

也就是这一年,陈彦姐姐张罗着让姐弟三家一起到扬州乡下去过个年。商量得好好的,一大家子在江苏过完年,李桂花跟大儿子一起回湖北,以后趁身体好走得动,每年都回去几次,但多数时间还是在镇江,帮忙接接孩子烧烧饭,总归是个帮手。这个安排,李桂花很满意。

于是,老家哥哥嫂子一家驱车千里,陈彦小两口一家也自己开车,终于在腊月二十八这天晚上一起汇聚到了扬州。这也是陈心年去世后一大家子第一次聚到一起过年,自然是欢欢喜喜。除夕这天一大家子先是按照湖北老家的习俗,一大早起来热热闹闹地吃了团年饭,晚上又按照扬州这边的规矩再吃一顿年夜饭,然后发红包、放烟火,一片欢乐祥和。

随后几年,由于害怕影响西西上学,李桂花一直没有提过回老家的事。

然而,老家的一件事却始终牵挂着她的心,这在以前没有过。那就是大儿子想把老家的房子拆了,参加农房改造,国家给补贴,到集中点建房,靠着大马路,方便。

　　说起这个老房子,真是凝聚着李桂花老两口一辈子心血,由于成分不好,老两口当年是在茅草棚里结的婚,两口子憋着一股气,起早贪黑辛勤劳作,一边养育三个孩子,一边修起了这栋房子,四梁八柱六扇五间,前坪后墙,齐齐整整的,十里八乡谈起都会竖起大拇指夸赞。后来,孩子们渐渐长大,大儿子结婚时陈彦还在上学,于是分家不分屋,大儿子得东两间,陈彦得西两间,老两口得中间一间,中间并不隔开,随意走动。再后来陈彦离乡工作,自然不会去烦老房子的事,李桂花到镇江来后,家里老房子就大儿子一家住着。老房子全木结构,年代久了,免不得这里旧一点那里破一点,老两口爱惜,修修整整及时,就一直清清爽爽。如今大儿子则满心想着楼房,对修复老房子并不上心,老房子一度甚至很有些破败之相。尤其李桂花进城这几年,按照大儿子的说法:"就是个危房,别哪天住在里面垮了给压死里面了。"

　　大儿子意见很明显,趁着政策好,赶紧拆掉去起砖房,地基打好一点,可以改成小二楼,抵得上城里的大别墅。虽然李桂花和陈彦不回去住,但拆老房子还得两人同意才行。另外,李桂花的户口在老家,建新房也有她的份,只有大儿子一家三口的话房子面积就太小了。

　　这事让李桂花很闹心,如今老头子不在了,修房立屋这种本来就是大老爷们儿的事,不该她女人家做主,可李桂花对这个老房子是真有感情,那老房子里的一针一线一个木头块子,都是老夫妻俩一点一点苦出来的,用城里话说就是李桂花两口子奋斗了一辈子的事业,突然拆掉实在舍不得,于是就找陈彦商量。

　　"你不同意可能不行,老房子没人住就会越来越破,更重要的是你不支持老大修新房老大肯定会有意见的。"陈彦说。

　　"那房子也有你的一份呢。"

　　"我的那一份是说说的,口头约定的东西,再说我多少年不回去一趟,梗在中间做什么呢?"

于是李桂花最终还是同意拆除,但每每谈及,都免不了好一阵感叹,甚至感伤。但事情总是在推进,于是各种电话、各种寄证件等,在视频和电话中,老房子渐渐消失,新房子渐渐立了起来。2022年底,铁路也修到了老家县城,李桂花一个人回老家在技术上也已经没有了障碍。与几个亲戚朋友视频,大家也都鼓动她回去看看。大儿子的话也很漂亮,你回来,房子也有你的,还怕没地方住没吃的吗?陈彦也支持,孩子大了,接送也可以克服。李桂花就高高兴兴准备回家了,回去多长时间,也没说死,随意,想多久就多久,想多玩玩就多玩玩,想回来了随时回来。

于是,春节过后,李桂花一个人踏上了回乡的列车。

正月里都是年,山里的正月主打的就是拜年走亲戚,李桂花东家西家地走,东家西家地玩,再加上她多年未回,走到哪里都带着几分新鲜劲儿,亲戚们也都热情,于是一路欢声笑语,畅叙旧情,笑谈新鲜事,回到老家的李桂花最初一段时间是非常愉快的。

然而正月很快过去,亲戚们的日子也要回归常态,田要犁茶要剪,春耕农忙很快就铺开了。李桂花开始大部分时间和大儿子一家住在了一起,也开始下地干活,逐渐事情就不对劲了。

首先就是体力上已经吃不消了,明明原来百八十斤背着到处跑不在话下,如今却已经四五十斤都很难起腰,而同年纪的乡亲还一趟趟跟原来差不了多少;锄头拿不了半天手上就已经起了泡,挖地除草也找不到节奏,被人远远甩在后边。原来一起上山下地的乡邻们就笑话她说李桂花你还是适合到城里去享福,这个农村里的朝天椒你吃不了了哟。"搞不动了,真没有用了!"原本屋里屋外一把好手的李桂花服了软。

另外,一些生活上的习惯也开始显现出来。比如刷牙,山里人只有要出门走亲戚或者到镇上去赶集才会刷上一刷,而李桂花早养成了每天刷牙的习惯,于是看到她每天早上端着水杯到塔坝边上刷牙,乡邻也开始笑话说她真的是个城里人了。

其实这些倒只是些表层的事,最让李桂花难过的是婆媳的相处。在城里,小安脾气好,凡事顺着她,纵使有什么想法,最多私下跟陈彦说说,由陈彦转述。一起生活十来年,基本没红过脸,更没吵过嘴。而大儿子结婚早,大媳妇进门仪式也比较简单,后来大孙子出生时陈彦还在上学,李桂花老两口当然主要精力还在挣钱送陈彦上学上,大媳妇心里落下了不少怨气,如今看着老太太回来好像有点真要住下的意思,活儿又帮忙干不了啥,于是鼻子不是鼻子眼睛不是眼睛的时候就多了,人前人后就是开始含沙射影冒酸气了。

"再怎么刷也还是农村里的,到城里住过几天就真的以为自己就是城里人了?"

"帮他们把孩子带大了,就跑回来了?这算盘打得好呀!我们这个农村里的,怎么算得过他们呢?"

"房子修好了,有她的份呢,怕我们占便宜了,回来占住呢!"

……

刚开始还避着点脸说,渐渐当面也开始说了,李桂花是个不丢面儿的人,免不了一顿争一顿吵。大媳妇却不是让人的人,声调比李桂花要高了许多,死的烂的什么话都开始往外倒了,多年没吵过架的李桂花武功尽废,根本不是对手,吵不过受了委屈的李桂花只有一个人跑到老头子坟头嘤嘤地哭上一场。大儿子看不过去,说了媳妇两句,大媳妇又是一通:"你儿子她带过一天的?修房子她帮了一天忙的?就看不得你这个尿样子,只有来说自己的堂客!"于是,大儿子也没了声音。李桂花一负气到自己妹妹家住了好些天。

本来,李桂花并不想把这些告诉陈彦,但视频时陈彦还是很感觉出了异样,几句话一问就倒出来了。于是陈彦说赶紧回镇江吧,本来就没说长期在那边住。李桂花左左右右想了一圈,现在这个情况待在老家确实意思已经不大,但就这么回镇江也咽不下这口气,于是拿定主意:老家再住上仨月,宣示主权,完了车票一买,到镇江去。意思是房子有老娘一份儿,老娘想啥时候住就啥时候住,想啥时候走就啥时候走。

再次回到城里的李桂花,很是感触,大山里的那个家已经不是当初离开时的那个家了,城里小儿子这个家又是不是自己的家呢?李桂花不知道,只能一天天过着日子,依然跟小区的老头老太太们一起去鼓掌拿鸡蛋,依然坐着免费的公交车四处溜达,但跟以往不同的是记得事儿了,早早就会等在校门口接西西放学。如果新房子这边有什么要帮衬的会很利索地推掉老太太的邀约。置气的时候也少了许多,仿佛"明事理"了许多。但一个人的时候还是会发愣,会想起那被拆掉的老屋、那屋前屋后的果树、那些年轻时候吃过的苦置下的物件……十年弹指一挥间,李桂花感觉自己变了一个人,变得连自己都好像不认识了,究竟是怎么回事呢,李桂花也想不明白,也不再去想,洗洗睡觉,第二天仍然要帮忙接孩子,能做点事就做点事,这是她的价值和使命。

肖家三孝子

尤 恒

采访手记：

关注肖晓琳是在"今日头条"上。有一天夜里，我无意中在"今日头条"看到了一段视频，视频里是个大脸盘的50多岁的女人，记得她开头说："你们看我是不是很胖？这是虚胖，因为天天陪老母亲熬夜到天亮。人呀，什么病都可以得，就是不能帕金森病、脑梗、老年性痴呆一起得，人一旦得了这个病，就会变成一个魔鬼。"她对着镜头滔滔不绝差不多讲了15分钟。听了她的讲述，我简直不敢相信，天下竟有这样的患者，五分钟就要家人将自己从床上拉起一次，如果不拉起来，就会无休止地吵闹。

出于好奇，我开始关注她。她的粉丝有2.8万。她的头条内容更新得比较慢，有视频也有文章，但每个视频、每篇文章的跟帖都达到了数百个，基本上都是在诉说照顾病中老人的辛苦，都是与肖晓琳同病相怜的一类人。读完她碎片化的文章、看完她不经剪辑的视频，我的心情压抑得几乎喘不过气来，并得出这么一个结论：一个人若能有一个好死，也是前世修来的福分！

在决定出这本书时，我想到了这个案例，因为这个案例非常典型，老人只有在身体健康出现问题时，才会突显出老人、家庭、社会的三重矛盾。于是，我通过"今日头条"给她留言，提出希望采访她的想法。原以为采访她会很困难，没想到很快收到了她的回复，她很爽快地答应了。她在留言中说："我所发的文章和视频，都可以给你做素材。希望你的文字能唤起社会各界对养老的关注！"她还给我传来她的护理日志。

从护理日志的字里行间，我感受着肖家三个孩子对母亲的孝顺，这份孝顺令人动容，可是更发人深省的是，这份孝顺背后的沉重。

在写完这个故事后，我还在继续关注她，因为我想知道，在她的母亲去世后，她与其他家人的命运。她的文章里没有专门写，但偶然会显露一些蛛丝马迹。

肖母去世没有多久，肖父便生了一场病，住了一个月的医院。幸好不是什么要紧的病，以前的神经高度紧张，现在突然松懈了，自身身体的各种问题就显形了。出院后，两个女婿轮流陪着老人家，下棋、聊天、洗澡、睡觉，以排解老人失去老伴的孤独。

肖家唯一的儿子晓军被确诊为肺部肿瘤，到医院切除了一叶肺。医生说，看迟了，如果早点，兴许能通过保守治疗，保住切掉的肺。晓军两口子听了，只能报以苦笑。手术后，晓军在家休息了一个多月，感觉特别无聊。在征得单位领导同意后，开始上自由班，没有具体工作，当然也失去了晋升的可能性。不过，母亲的病、自己的病，使他看破了一切，只要工资、奖金不少就行。

二女儿晓萍在肖母去世半年后，决定重新就业。本想找个单位落脚，哪承想服侍母亲的那几年，自己又经历了失业。后来，她找了份拉保险的工作，兄弟姐妹们，侄儿侄女们，不管近的远的，只要沾亲带故的，都被她收罗成自己的客户，最先几个月业绩一路飙升。公司领导看她业绩不错，嘴皮子又可以，便升她做了讲师，一直干到现在。

大女儿晓琳"归隐田园"，把农村老家的老屋好好整治了一番，在园子里锄地种菜，隔三差五带些新鲜的蔬菜回城，分给父亲和弟弟妹妹。

其实,她最初是想重操旧业的。之前,她在一家民营教育机构做管理,且是这家机构的股东之一,赚了不少钱。后来她被闺蜜诓骗进了"杀猪盘",把股份的钱也撤了出来,结果被骗得所剩无几。办完了母亲的后事,她一心想重操旧业,可是这几年民营教育机构发展状况不佳,关闭的也不知道有多少,存活下来的个个都经营惨淡,如果是教师,在机构里做"一对一"的辅导尚可,做管理的就免了,不需要这么多吃闲饭的。于是,她心一横,干脆回老家,过起了"悠然见南山"的休闲生活,并开起了抖音直播,专门直播种菜做饭的日常生活,还真吸引了不少粉丝。哪承想,还没在陶渊明的日子里品出个中滋味来,自己的婆婆又摔倒骨折,住进了医院。医生说,没有半年不行。她只好开启了"医院—家"两点一线的"征程"。

春节的时候,与我高中时的班主任通电话。她在电话里说:"我现在最需要的是温暖,哪怕是一句温暖的话,也会感动得眼眶湿润。"这位老师的两个女儿全在国外,老两口在国外生活了一段时间,她爱人很适应国外的生活,不想回来,但她适应不了,一个人回国了。不想她上半年胯骨骨折,置换了胯关节,两个女儿轮流回国照顾了一段时间后,又到国外去了。现在她一个人生活在国内,年也是一个人过。她说:"到了这把年纪才明白,把儿女送到国外,自己老了将要面对什么。"

不知道为什么,我把老师的遭遇与肖家的故事联想到了一块儿,不禁自问:孝道究竟是什么?这确实是个没有答案的问题,因为有时那些写在纸上的所谓答案,在现实面前都是苍白无力的!

肖家三孝子

秋夜,已透着些许凉意,但桂花开得正盛。肖晓琳停好车,在短袖T恤外套了件薄外套,然后钻出车门。阵阵桂香扑面而来,她下意识地做了几次深呼吸,仿佛要把这沁人心脾的桂香永远留在自己的五脏六腑里。她知道自己将要走进弥漫着老人味、屎尿味、不新鲜空气混合的环境里,在那里一直熬到第二天早晨6点。她想用这桂香阻隔那个环境里的气味,可这又是怎样的妄想呢?

那是父母居住的房子,一百五十多平米的大房子。那里曾经是自己幸福的天堂,充满了亲情的爱。可这一切就在四年前戛然而止了。一向健康乐观、善良勤快的母亲患上了肌肉强直性帕金森病,这一年母亲68岁。这种帕金森病没有一点手抖或脚抖的症状,发病就是脚步无力,无法起步,但整日肝阳上亢,头颈部和胸部使劲出汗,风扇对着吹不够。卧病在床的母亲始终想不明白,自己一生勤俭持家,与人为善,为什么到了晚年这种病会找上自己?因为想不开,便成天愁眉不展,仿佛所有人都欠了她的债似的。父母的房子里从此没有了阳光,没有了欢声笑语。为了减轻父亲的负担,三个儿女商量,每天要保证一人去父母那里照顾她,做饭、喂药、喂饭、擦身、陪她说话。可是母亲还是一如既往,在她面前,别人都不能笑,别人一笑,母亲就责怪是在笑话她,于是父母的房子永远沉浸在了没有阳光的阴云里。

天有不测风云。就在两个多月前,母亲突然中风,在ICU里抢救了一周,总算把她从死亡线上拉了回来,可是落下了严重的后遗症——左侧偏瘫,这对帕金森病人来说无疑是雪上加霜,母亲完全瘫痪在床了。瘫痪不是最恐怖的,最恐怖的是美多芭(一种治疗帕金森病的药)对母亲已没有什么效果,坐着时屁股上的肌肉压痛无比,躺下时整个接触床面的身体肌肉火烧火燎得疼痛,整日整夜无法睡觉,得不停地把她抱起,放下,翻身,再抱起,再放下,再翻身……父亲也是 70 多岁的人了,本身患有肺气肿,还有高血压,一个人根本是应付不了的。

大家一合计,决定分班照料,父亲本身是西医医生,负责母亲的治疗和配药,还有日常的买菜。小女儿晓萍住得较远,开车来回得两个小时,孩子还在读小学需要接送,单位效益又差,干脆辞了工作,负责白天的照应;儿子晓军夫妻俩都在事业单位工作,工作相对轻松,晓军 5 点半下班后,直奔父母的家,照应到第二天凌晨。

三个儿女中数大女儿晓琳现在最闲,因为被闺蜜诓骗进了"杀猪盘",做生意积攒下来的钱被骗去了大半,那闺蜜便仿佛人间蒸发了一般,真正应了那句话:防火防盗防闺蜜。这个所谓的闺蜜没有抢走自己的老公,却骗走了自己的钱。现在还能信任谁呢?报了警,可警方说那个"杀猪盘"看起来是投资平台,其实是赌博的,就算钱找回来也得充公。晓琳只好断了追回钱的念头,决定重新创业,以图东山再起。谁想还没有开始创业,母亲就成了现在这个样子。晓琳是老大,现在又赋闲在家,理应多承担点,于是她主动提出负责大夜班,从凌晨 12 点值到第二天早晨 6 点。

幸好两个女婿早年做生意赚了些钱,否则两人的太太一个辞职一个破产,大家都得喝西北风。

此刻,晓琳呼吸着浓烈的桂香,走进了父母的家。刚一进门,就听见母亲在喊弟弟的名字,要求小便,那声音仿佛从地底下传出,幽灵般的。她听见弟弟呵斥说:"妈,你能不能不这样磨人?"

以前,晓琳曾批评过弟弟恶劣的态度,责问他为什么不能站在患者的立场考虑问题,妈妈不断要小便并不是故意,而是病痛使然,还开玩笑般对弟弟说:"请你拿出你对猫咪的温柔对待你的老母亲!"弟弟家里养了只蓝波猫,基本上全是弟弟在打理它。现在,对于弟弟呵斥母亲的行为,晓琳心里虽然有些不满,但还是能理解的。毕竟两个多月了,大家都没有睡过一个完整的觉。值大夜班的晓琳有着切身的体会。自打中风后,母亲的睡眠成了碎片化,前一秒还在打呼,后一秒突然喊她的名字,那喊声很突兀,冲劲很大,昏昏欲睡的自己受这一刺激,心脏瞬间"砰"的一下被炸裂开了,心脏里面的血液有种喷出去的感觉,随后心脏停跳空转,供不上血的无力造成了一种憋闷感,气透不上来,便有了濒死的感觉,虽然只是瞬间,却很可怕。这种可怕不是一次两次,而是一夜上百次,有好几次她服用了速效救心丸,才缓过劲来。

弟弟几乎是沉默着、阴沉着脸离开了。晓琳突然发觉弟弟的脸越来越像母亲了,都说儿子像娘,其实从五官来说,弟弟更像父亲,但现在的神态成了母亲,都有些压抑,母亲是因为病,弟弟则是因为不得志。弟弟原本是单位的技术骨干,很有前途,但自打腾出精力来照顾母亲,他失去了一次又一次晋升的机会。前段时间,单位提拔了一批正职中层干部,按资历和水平,应该有他的份,可是这几年因照顾母亲而疏于业务,业绩不够,错失了机会也在情理之中。弟弟压抑的心情可想而知了。他对母亲有怨气,就化作了粗暴的语言和行动。

已是凌晨12点,是给母亲服用美多芭的时间。美多芭一天服用四次,早晨6点、中午12点、晚上6点、夜里12点各一次,每次一片。刚得帕金森病那会儿,这药还是挺管用的,服用一次可安安静静、舒服舒服睡上三四个小时,可现在睡上三四十分钟已是谢天谢地,甚至二十分钟便又闹腾起来。

晓琳给母亲服下美多芭,按照母亲的要求,让其平卧。现在,平卧是母亲最舒服的体位。服下药,母亲很快睡着了,并打起了鼾声。睡在床上的母亲瘦得像根竹竿似的,仿佛一折就要断了。原本红润而饱满的脸庞,如今苍白得失去了血色,连嘴唇都是苍白的,布满老年斑的皮肤裹着清晰可见的骨头,如果涂上荧光粉,关上灯,就真的以为见到的是一具骷髅。这就是病痛的能量!望着睡梦中的母亲,晓琳伤感得流下了眼泪。

母亲的床边摆放着移动坐便器,灰色的,像椅子一样。床头柜上摆放着各种药瓶、药盒,还有一只白色的保温水杯和一个笔记本,笔记本用于记录护理母亲的过程。床尾是一把折叠椅,供值班的人坐。母亲一醒来,平均五分钟就得叫一次人,抱起,坐马桶,清洗下身,抱上床,喝水,不住翻身。值班的人一刻也离不了母亲的房间。

晓琳坐在床尾的折叠椅上,翻阅妹妹和弟弟留下的当天护理日志。

16:01　要求平躺。帮助翻身平躺。

16:05　要求右侧卧。帮助翻身右侧卧。

16:08　要求拉起来小便,然后躺下,右侧卧。

16:14　要求平躺,并说怎么都睡不下来。帮助翻过来平躺。

16:17　要求小便。拉起小便,然后喂几口温水。

16:20　放右侧卧躺下来,说浑身疼得吃不消。

16:26　要求平躺。又帮助翻身到平躺位,放好手脚。

16:32　要求右侧卧。帮助翻身到右侧卧。

16:41　帮助平躺。

16:43　要求右侧卧。帮助右侧卧。

16:52　帮助翻身平躺。

17:55　服下药。要求平躺。

……

19:00　帮助平躺,按摩其左侧手臂。

19:08　喊不舒服、浑身疼痛,要求右侧卧。

19:10　叫我帮助翻身,为其按摩双脚。

19:15　为其测心率,100次/分钟。

……

21:00　呼叫按摩并侧卧。做短暂交流,盼望能小眯一会儿,抚摸脸庞,希望母亲能安下神来。

21:10　要求起床解手。这是一个深秋下雨的日子,抱起来要迅速穿棉衣棉鞋,还要喂好几口热水。因为母亲自己无力,上下床全要人,长期下来,腰已累垮累散架。安顿好她上床侧卧。

21:20　刚以为妈妈入睡了,我也准备上床躺几分钟。结果妈妈又叫起来,帮其翻身平卧,随后再为其按摩双腿。

21:30　呼儿将其侧卧。我感觉有点累。

21:36　母亲依然是极其难受,全身筋骨疼,要求平卧。

21:40　刚把妈妈安顿好,还没记录完,她又呼儿翻身。我只希望母亲能安神5分钟。快10点了,深夜了。

21:55　短暂的休息。母亲又呼儿平卧。

22:00　妈妈呼儿要侧卧。将其安顿好。甚觉劳心劳累。病人的痛苦自不必说,这照顾的人也是备受煎熬!漫漫长夜,又将继续通宵达旦。

22:10　主动帮妈妈平卧,并给其适当按摩。随后,妈妈要求下床解手。这次一抱,费了很大的劲儿才将她抱起来,是我的腰累了,妈妈也知道的,但没有办法。解完手,我倒了点温开水给其润润嗓子。安顿好母亲,突觉眼冒金星,头晕目眩。

22:21　刚缓过神来,妈妈要求平卧。我帮其轻轻按摩,她却说疼。的确,妈妈的身体是何等的虚弱,全身是僵的,一碰就疼!可怜的妈妈!随后妈妈要求下床解手,我劝她喝几口温水。如此反复,每一次都怕她受凉,毕竟天凉了!

……

晓琳最关心的是服药后安稳的时间,最担心的也是这个。果然17:55服药后,18:15就开始闹腾了,时间间隔了20分钟,这意味着自己今晚只能有20分钟的安稳时间。这种病很奇怪,服完一次药,如果第一次安稳的时间半小时,那么另外三次服药后也是安稳半小时。母亲巴望着这四次服药,为了能持续小睡一会儿;大家也巴望着,因为趁着母亲小睡的这段时间,大家可以补个觉,给自己的体能充个电。

母亲在00:23醒来,要求右侧卧,过了1分钟,又要求小便,抱起坐上坐便器,可只有3—5滴尿液。就这样反复折腾了整夜,晓琳已累得不行了,恨不得马上就睡下去,任凭母亲如何喊叫也置之不理。

早晨5点,父亲起床了。他来到母亲的房间,跟女儿说:"这里交给我,你先去床上眯一会儿,否则开车会有危险。"还是父亲知道心疼女儿。

晓琳扑到父亲的床上,仿佛扑向了天堂,很快就睡着了,但也不敢多睡,一小时候后条件反射似的就醒了。下一班是妹妹的,但妹妹要送完孩子上学才能赶过来,最快也要9点。

晓琳到厨房开始准备早餐。冰箱里有熟肉泥,有芹菜,还有胡萝卜,她打算拿这些包饺子。忙活了不到1小时,饺子就下锅了。这次包得比较多,中午和晚上的也有了,父亲再到菜场买点熟菜回来,午饭和晚饭的问题就解决了。晓琳的手脚麻利完全遗传了母亲,母亲身体好的时候,家务活一手包办,把家打理得井井有条,又烧得一手好菜。

饺子还在锅里煮着。父亲来到了厨房,说:"你妈脑子还是清楚的。她让我不要嫌烦,还说对不起我。我说我没事,你是我老婆,以前都是你照顾我,现在轮到我照顾你了。你猜你妈听到这话怎么着了?"

"怎么着?"

"哭了。"

晓琳看到,父亲的眼眶是湿的。

饺子出锅了。但是,母亲说饺子不好吃,却一口气吃了五只,一边吃一边有口水流下来,弄湿了好几张纸巾。自打母亲病后,没有一天说过家里的饭菜好吃,可是这些饭菜的做法都是女儿们从她那里学来的。后来,也从饭店订了几次,但母亲还是说不好吃。父亲说,病痛已让母亲的味觉退化了。

这年年底,母亲的情况越发严重起来。那时,距她中风那天,已经过去四百多天。原因是服用了森福罗,这是另一种治疗帕金森病的药物。那个美多芭在母亲中风大半年后,对她的病已经没有任何疗效,全家人已被她折磨得到了崩溃的边缘。这期间,妹妹晓萍的丈夫因为胃出血进了ICU抢救,缓过劲来后,再没有精力打点生意,只好关了公司,妹妹一家只能坐吃山空。晓萍两口子算过一笔账,孩子的各种学费、补课费,家里的车位费、物业费、水电气费、保险费等各种费用,杂七八拉加起来每月得一万出头,现在全家没了收入来源,妹妹焦虑得几乎夜夜失眠,可失眠了,第二天还要强打精神开一个小时的车,去照顾母亲,这哪里是什么照顾,简直就是一种煎熬。为了让妻子多睡一小会儿,大病初愈的妹夫承担了接送孩子和做饭的事儿,一个小老板就这么成了一个家庭主夫。

在妹夫住院的那段时间里,妹妹照顾母亲的事只好由姐姐晓琳去做,白班加大夜班,人累得成天神思恍惚。有一回,困得实在不行,伏在床尾就睡熟了。朦胧中听见母亲在叫喊,一声又一声,意识告诉自己得赶紧醒来,可是身体却全然不听使唤,跟遇着"鬼压床"无异。母亲无休止的叫喊惊醒了隔壁的父亲,父亲冲进来,把母亲抱下床,放到坐便器上,然后把女儿推醒。晓琳这才一个激灵直起身来,可眼前的景象让自己惊呆了,床上全是屎,臭不可闻。在屎的恶臭的冲击下,晓琳的脑子顿时清醒过来。她想起来了,母亲已经有十几天不大便了,主要原因是不肯吃叶菜,说那吃起来没味道,只要哪一天吃得素一点,她便会闹起来,说是大家全在欺侮她,连一口好饭都不让吃,那委屈的样子像足了一个被人抢了糖的小孩子。现在不吃蔬菜只吃鱼肉的报应终于来了,积累了十几天的大便出是出来了,弄了一床弄了一身。父女俩合力,花了个把小时才把大便清理完毕。但大便问题并没有就此结束,之后的十几天里,天天遗屎,老人又拒绝使用尿不湿。母亲依旧是隔个三五分钟就要叫人,不是小便就是大便,但往往大小便一起来,动作稍慢一点,大小便就弄床上和裤子上。晓琳只好不断替母亲擦洗、换裤子、洗裤子,严重时还要换床单、洗床单。

有一回,晓琳实在做不动了,轻轻地在母亲的头上拍了两下,说:"妈,你为什么这样折磨人?"这下捅了马蜂窝,母亲边哭边说:"我造了什么孽,生了你这么个忤逆不孝的女儿。我就知道,你们都巴望着我死。我偏不,看你们能怎么着吧!"母亲的发飙,晓琳又是觉得心疼又是觉得好笑,不得已哄着母亲吃了一颗佐匹克隆片,以平息她激动的情绪。

服下药,母亲终于安静了下来,这安静可能会持续四十分钟,好的话也可能一个小时,但是这种药不能常用,只能在万不得已时才用。瞅着这空当,晓林给自己冲了杯速溶咖啡,一气喝完,精神立马好了不少,然后去找父亲,想把给母亲实施中医治疗的想法说开去。哪知,一听说要中医治疗,父亲立即反对。父亲是位有点小名气的内科西医医生,打心眼里抗拒中医,认为中医那一套太玄,不靠谱。

晓琳跟父亲讲了中医博士罗大伦用中医治帕金森病的事。罗大伦的父亲也患有帕金森病,他没有让父亲服用西药,而是用自己的中医医术进行治疗、护理,老爷子一直活得很好。

"这不,人家患病十年了,还能每年去海南过冬。"说着,晓琳拿出了听讲座记下的好几个罗大伦医治帕金森病的药方子。

父亲看都没看,直接丢了回去。

父女俩终于发生了一场激烈的争吵。

其实,在三个儿女中,晓琳虽是老大,但总是处于最弱势的一方,与父母发生口角时,弟弟和妹妹总能用撒娇的方式化解一切,但晓琳不行,她不会撒娇也不能撒娇,她是老大,老大得有老大的样,那就是得逆来顺受,为弟妹做一个孝顺父母的榜样。但这回,她硬气了一把,明知自己辩不过父亲,却手握"撒手锏"。

她说:"我受够了,不干了!"

当然这完全是气话,她哪能真的不干?她之所以说这话,是因为已快到弟弟接班的时间点,今天无论如何得回家一趟。掐指算来,已经有四天没有回自己的小家了。

负气出了父母家的门,头昏昏沉沉的,她知道这是长期缺觉的结果,得赶紧回家补觉。正逢下班的时间点,路上的车子如蚁群出动。以前,她总是在夜里驱车去父母的家,路上是空荡荡的。这会子,路上的车子拥挤得像夹扁豆一般,走两步停两步。本来心里就有气,再加上因缺觉而导致的昏昏沉沉,她肝火"腾"的一下就蹿了上来,后背燥热,眼睛早已睁不开了,烦躁,无助,绝望,神魂颠倒。只觉魂魄在差使自己连人带车飞入了仙境,自由,轻松,飘飘然……但是,她终究没有飞出去,车还堵在那,如蚁爬行。她不禁悲从中来,泪流满面。

家里空无一人,孩子还没有放学,先生还在忙着生意。几天没有回来,总觉得对不起他们。打开冰箱,里面还有些食材,于是就地取材,撑着做起了晚饭。

女儿终于回来来。放下书包,也不叫一声"妈妈",自顾自回到自己的房间。

先生也回来了,还带了几个熟菜。看来这么些天不着家,父女俩基本上都在吃这些。

吃饭的时候,先生给自己和妻子各倒了一杯红酒,说是解解乏。女儿则一声不吭,冷着脸扒着饭吃,晓琳明显地感觉到她对自己的敌意。

晓琳耐着性子问:"怎么,在学校里遇着不快乐的事了?"

没想到女儿脱口而出:"和你在一起就是不快乐!"

刹那间,委屈和愤怒一起向晓琳袭来,她不假思索地怒喝着女儿:"不快乐就给我滚!"女儿冷笑了一声,丢下饭碗就进了自己的房间,"砰"的一声关上了房门。

见此情形,晓琳禁不住对先生抱怨说:"瞧,这都是你给惯的!我管着她,你总是顺从她。现在好了,都不把我这个娘放在眼里了。"说着,流下泪来。

先生说:"这也怪不得孩子。这几年,你母亲的病把大家给拖得,你哪有多少精力放在她身上?你知道她每回来例假时,常常痛得直哭吗?你知道你在照顾你妈时,我们常常吃速冻饺、煮面条吗?"

听着先生的唠叨,晓琳无话可回。

两小时后,晓琳走进女儿的房间,心平气和地问:"刚才妈妈说得过头了,伤了你的心,是妈妈不对。可你现在为何对爸爸妈妈说话如此豪横呢?不是大嗓门就是横眼睛。哪来的坏脾气?"

女儿龇牙咧嘴地说:"班里的同学,现在都这脾气!"

晓琳终于明白,女儿已到了叛逆期,最需要父母的教育引导。而这个时候,自己这个做娘的在哪里?从父母那回到自己的家,除了做饭,就是补觉,哪还有精力管其他的?看来,无论如何也得说服父亲换药换治疗方式。

到了夜里,她还是准时去接弟弟的班。本来想着再劝一劝父亲,哪想父亲却主动说让母亲服用森福罗。"这药副作用大,但起码可以保证让你妈和大家都有一个充足的睡眠。"

母亲在服用了森福罗后,果然不再像过去那样三五分钟就得喊人做这做那,她睡得好,家人也睡得好,仿佛一切都皆大欢喜。

但是,问题就出在这里。

服用森福罗两个月后,母亲慢慢陷入昏迷不醒的状态,仿佛到了弥留之际。醒后,要么断断续续跟父亲交代后事,表示死后要葬回农村老家,后事要在农村办;要么把两个女儿叫到跟前,让她们不要难过,不要害怕,等她断气了,一定要女儿们亲自给她穿寿衣;要么把儿子单独叫到身边,说等她死后,让他用自己攒的钱送孙子出国留学。原以为,这只是她的脑子不清楚时说的一些胡话,可她睡醒时反复说,大家就当真了。

遵照母亲的意愿,买好了寿衣,开车把她送回了老家。车到大门口刚一停下,迅速围上来了几个邻居,大家伸着脖子看向车里躺着的母亲,默默无语,有人想到母亲在村里时对他们的好,还流下了眼泪。晓军把母亲抱下来,搬到老屋的床上躺下。母亲闭着眼睛一动不动,似乎已经剩下最后一口气。

第二天上午,村里的人陆陆续续来探望母亲,带上自己的一点小心意,来见垂死的人最后一面。这是农村人多年来的一种自发的淳朴习惯。晚上,母亲的娘家人都来了,舅舅和姨娘他们一看到母亲的样子,悄悄地说最多也就几天的时间了。第三天,村里人已经传开了,说是过不了几天肖家就要办后事了。

既然等着咽气办后事,干脆把所有药都停了,什么森福罗,什么球蛋白,各种各样的西药。三天过去了,五天过去了,一周过去了,肖家并没有动静。停药后的母亲慢慢活过来了,当她自己自主拉了一次大便后,父亲兴奋地说:"这下好了,活过来了,这是死里逃生,以后必有大福!"

一家人高高兴兴地又开车把母亲带回了城里。就在这一天,村里最有钱的一个老头走了。母亲来村里的当天,他还揣了二百元钱来探望过,那会子他还是精神抖擞的,哪有丝毫死亡即将来临的迹象?哪承想,才几天的时间,一个活蹦乱跳的老头就从地球上永远消失了。听说,在死亡的当天上午,他还在自家的小菜园里忙活着,中午午睡就再没有醒过来。老头的儿子是大公司的老板,老头自己也是村里最早的养猪大户,房子是村里最大最豪华的,钱自然是用不完的,可再有钱,也逃不出死亡的结局。

回城的路上,大家都在谈论这个刚刚死去的有钱老头。有意思的是,母亲很安静。母亲的安静,让大家心情异常愉悦,以为母亲在鬼门关过了一回,已脱胎换骨。

可一到家里,母亲又开始折腾了。

141

大家一合计就做了一个实验。都谎称有事要出门,让她安静等半小时,实际上全躲在厨房。这半小时里,母亲在床上把家里所有成员包括孙子、外孙、外孙女的名字都大喊大叫了一遍又一遍,那惨叫声似乎是掉在井里的人,拼命在呼喊寻找有人路过救她一把。大家实在不忍听下去了,纷纷跑进她的房间,发现她已喊得大汗淋漓。一看到家人,她委屈得大哭起来,那哭声伤心欲绝,仿佛被亲人抛弃了一般。

一切又回到了原点!

因为有了服用森福罗的前车之鉴,还是给母亲服用美多芭,服用一次只能安静15分钟左右,然后就是每隔三五分钟就拼命使唤亲人。三个儿女对她的态度稍有不好,她就会反应激烈,大哭大叫,大骂忤逆不孝。如果哪天孙辈们过来探望她,她就开始跟孙辈们告状,说他们的爸妈打骂她,还压低声音对他们说,让他们以后不要孝顺他们的父母,也要打骂他们。母亲的情商智商已经退化成了3岁幼儿。

这到底是什么病?

老父亲从没抱怨过,还不断劝儿女们别跟一个病人一般见识。其实父亲也挺可怜,做医生时,因为不愿意与同僚们一起吃医药代表的回扣而遭受排挤,正高一直没有评上,一气之下提前退休,还没过上几天自由自在的日子,老伴又病倒了,刚得帕金森病那会儿,基本是他一人在照顾。有一回,帮助老伴起夜,没有给自己加衣服,结果得了肺炎,差点要了他的命。后来,老伴又中风,拖累两个女儿放弃工作来照顾她,那个宝贝儿子没有一天在夜里12点前睡过觉。做父亲的看在眼里疼在心里,时不时拿出钱来塞给儿女,一次不是三千元就是五千元,说是值班的辛苦费。做儿女的哪能拿这种钱?照顾病中的父母是做儿女义不容辞的责任和义务呀。可是不拿,父亲又不高兴。有一回,趁着父亲发钱的机会,三个儿女一起向父亲提议,将母亲送到专业机构去,这些钱也够母亲在养老院的花费了。父亲一听,立马发起火来,骂道:"你们以为养老院是什么好地方吗？你妈这种情况，谁愿意服侍？无非就是让她吃安眠药，天天嗜睡。服用森福罗的后果你们也看到了，进了所谓的专业机构，这等于拿钱买促寿。"

三个儿女无言以对。

"你们不要再出什么点子。你妈活一天，你们就忍耐一天，顺着她就是最大的孝！这个家再经不起生额外的事了！"父亲说得语重心长，三个儿女却听出了其中生死离别的悲凉。

俗话说，怕什么，来什么。

晓军每年的例行体检结果出来了，医院怀疑他的肺部有问题，让他去复查。可是复查结果并不乐观，医生的诊断是疑似肺癌，但还不能最后确诊，叮嘱他继续观察，保持丰富的营养和充足的睡眠，以提高免疫力。

这个结果对肖家无疑是晴天霹雳，这意味着家里又多了一个重症患者，这意味着母亲这边又少了一个帮手。父亲在得知这个消息时，伏在桌上哭出声来。一时间家里陷入了无底的深渊。

晓琳到底在生意场上打拼过，风浪经历得多，最先平息了自己的情绪。她提出了个建议：把乡下的小姨接来，分担大家的一些负担。是呀，小姨比母亲小10岁，现在才63岁，年轻时是干农活的好把式，身强体壮，再说小姨吃的是低保，一个月才一千多元，母亲时常接济她，姐妹感情挺好。现在姐姐这种情况，请妹妹帮忙照顾，每月补贴她四千元，她应该愿意的。亲妹妹照顾亲姐姐，总比通过中介找一个陌生的保姆强不知道多少倍。

这确实是一条好路子。为何以前没有想到呢？如果以前就把小姨找来分担一下，晓军也不至于身体被拖垮。

父亲给小姨去了电话，小姨听了满口答应。于是，晓琳开了两个小时的车，把小姨接到了城里。大家的如意算盘是，小姨负责下午6点至夜里12点的事，这段时间里，父亲还可以搭把手，毕竟小姨是60出头的人了，也不能太劳累。白天还可以帮着做点家务，比如买菜做饭、打扫个卫生什么的，这样可以分担大家不少的负担。以前白天的家务活主要是父亲在做，但父亲是个男人，又70多了，做事做不到位，晓琳晓萍还得承担一些。现在小姨来了，两个女儿可以不用插手，家里就能打理得井井有条，她们就可一门心思照顾母亲，母亲吃了药睡着时，还可得闲眯一会儿。

第一天由晓琳现场示范带着她做，教她把母亲从床上抱起的技巧。其实此时的母亲已瘦到只有70来斤，只要将她的两手搭在对方的肩上，两手轻轻用力一托，她就能起床坐在床边，替她套上拖鞋，再用先前的方式将她抱起，移至移动马桶上坐下，等她好了，再把她抱至床边坐下，轻轻将她放倒在床上，按照她的要求摆到她觉得舒适的体位即可。晓琳示范了一遍又一遍，可小姨就是学不会，要么用力过猛，母亲喊疼；要么自己与母亲一起扑倒在床上。

晓琳心想，还是技巧没有掌握到火候，过几天应该就行了。

谁想，接下去的几天，小姨一直做不好，动不动就喊父亲帮忙。小姨当班时，父亲倒成了最辛苦的一位。

到了第五天的早晨，小姨起床后，突然提出要回家，而且态度非常坚决。小姨可是母亲的亲妹妹呀，而且姐姐对这个妹妹不薄，大家都指望着她能与大家一起齐心协力照顾好母亲，没想到，她连搭把手的技术还没有学会就要跑了。肖家的人心都凉了，所谓手足情也不过如此。晓琳塞给小姨一千元，便驱车送她回乡下。

一路上，两人都沉默着，彼此有了隔阂，说一句都是多余的。快到村口时，小姨突然抽泣起来，说："晓琳，不要怪你小姨，不是我不想服侍你妈，她对我的好，我压根儿就没忘记过。可是，她这样子，我实在做不了，再这样下去，她不走，我得先她一步走，就算她先我一步走，我也得脱层皮。我还想自己多活几年呀！"说着说着，她有一搭没一搭的抽泣变成了暴风雨般的稀里哗啦。

从情理上说,小姨说的没什么错。"久病床前无孝子",不要说是自己的妹妹,就是做儿女的,被病中的父母无休止地折腾,也会受不了的。

晓琳安慰着痛哭流涕的小姨,说:"小姨,我们理解你,不会怪你的。"

打这以后,他们与小姨一家基本断了联系。

送回了小姨,大家面对的是谁来替晓军值班的棘手问题。就现有的家庭成员,临时顶一下还能应付,长期肯定不行。于是开了个家庭会议,摆在面前的只有两条路,一条是进专业养老机构,二是找个住家保姆。父亲依旧是反对,可又拿不出什么好办法。最后大家投票,以三票同意对一票反对,决定走那两条路。

在一个双休日,晓琳晓军开着车到城里各个养老机构逛了一遍,结果是空手而归。当他们把母亲的情况对养老机构说了,大多数都一口回绝。倒是有一家说可以住进来试试,但一开口就是五万一个月。

"这么贵?!"姐弟俩惊得张大了嘴,他们的心理价位是一万五至两万。

养老院的人替他们算过账了。"令堂时时刻刻离不了人,而且需要付出极大的体力,没三个护工不行。我们是一个护工照顾三至五个人,现在是三个护工围绕着一个人。在我们这里,一对一服务的起步价是一万五一个月,现在是三个护工才能搞定令堂,而且令堂的情况是三五分钟就要叫人做服务。你们说是不是需要五万?这个价并不高。"

每个月多出五万的支出,对一个普通家庭来说确实很难付得起,如果仅仅三五个月至半年还能应付得过来,如果是三五年,谁能吃得消?父亲也需要养老呀。问题是母亲还能活多久,没人能预知,十年八年甚至更长也不是没有可能。于是,晓琳晓军向养老院提出了另一套方案,早上6点至晚上10点由家人负责,剩下的时间由养老院的护工负责。其实,送母亲进专业机构,主要目的就是为了大家能睡个安稳觉,毕竟将近两年,一家人的睡眠全是碎片化的,再这样拖下去,全家都得被拖死。

"这不行!"养老院的人一口回绝。

"没有商量的余地了?"

"没有! 令堂住我们这里,我们就是责任方。现在家属掺和进来,出了问题到底谁该负责? 一件事,如果有多个责任人,就是等于没有责任人。你们说是不是?"

出了这家养老院,姐弟俩又跑了几家中介找住家保姆,结果又是乘兴而去,扫兴而归。在回去的路上,晓琳的耳边萦绕着一个中介老板的话:"服侍你妈的人,现在还没有出生呢!"那口吻中充满了嘲弄和鄙视。晓琳不禁悲从中来:等自己到了父母现在这个年纪,偏又遇上母亲这样的病,谁来照顾自己? 自己这一代人的子女可全是独生子女呀!

但是,不管心情如何悲凉,眼前的问题也得解决。晓琳瞄了一眼正在开车的晓军,他的面容还很年轻,但表情是那种要喘不过气来的压抑,越来越像现在的母亲了。这个弟弟比自己小了一大截,按常理,正是事业往上走的黄金期,家庭和身体的双重拖累,使得他已失去了前行的精力,再看看他的那些同学,个个意气风发。没有比较就没有伤害,弟弟的压抑可想而知。压抑的心情只会加重病情,如果哪一天弟弟的身体像母亲一样彻底垮了,他的儿子、妻子该怎么办?

晓琳思来想去,做出一个决定:由自己替代弟弟,自己是家里的老大,老大应该成为家庭的脊梁!

时间一天天过去,晓琳已坚持了两个多月,从下午 6 点至次日早晨 6 点,支撑她的只有咖啡,天天三杯浓咖啡。她也知道,如此大量饮用咖啡,对身体没有任何好处,但是没有办法,总不能扔下母亲不管吧? 总不能把所有的压力全扔给父亲吧? 唯一庆幸的是,父亲和弟弟妹妹都体谅自己的不易,除了 12 小时一刻不停地服侍母亲,其他的家务事都不用她插手了。

由于长期的熬夜,晓琳胖出了一圈,只是气色很差,灰灰的,没有一丝朝气。有一天,她该来例假了,但是没有来。她认为可能是身体太过疲劳,影响了内分泌,推迟些时日也是可能的。但是,下一个周期还是没有来。她突然明白,自己的更年期到了。虽然47岁到了更年期,也不算太早,但是现在的人,营养普遍很好,更年期还是到得早了点,这意味着自己已成了一个老人。于是,她抱着母亲哭了。

母亲问:"你哭什么?是不是糖果被你妹妹抢走了?"

晓琳无言以对,只是一个劲儿地哭。

母亲突然将嗓门提高了180度,叫喊着:"晓萍,晓萍,你给我过来!你为什么抢你姐姐的糖?你给我过来,看我怎么教训你!我的尺子呢?我的尺子呢?"

晓琳赶紧抹了把眼泪,说:"妈妈,妹妹没有抢我的糖,你赶紧睡一会儿。"

晓琳知道,如果不赶紧制止母亲的行为,她将会叫喊一夜。于是,她狠下心给母亲加喂了一颗佐匹克隆片。在药物的作用下,母亲很快有了睡意,口里喃喃地说:"乖女儿,别哭。妈妈这里还有糖,是巧克力……"

母亲睡着了,估计会持续半个小时左右。可晓琳在母亲的鼾声里,泪流不止。

第二天一早,妹妹晓萍过来接班,看到姐姐的眼皮是肿的,赶紧问怎么回事。

晓琳叹了口气说:"到更年期了,我终于老了……"

走出父母的家门,看见小区里的桃花开了。晓琳奔过去,像奔向一个新的希望。粉红的花瓣在晨曦中随风颤动着,娇艳欲滴。她凑近那些花瓣,贴过去,深深嗅着来自桃花的清香,禁不住陶醉其中。原来这就是幸福!幸福其实如此简单!

回到家里,她在自己的朋友圈发了这样的感叹:

　　幸福就是在瘫痪母亲病床前待了24小时后回到自己小家,啥也不干,只是倒在被窝里沉沉睡去,醒来发现已经深夜,肚子饥饿,家里还有鸡汤、菜粥、老干妈辣油。肚子填好后,发现那些压抑痛苦的情绪散了。
　　幸福就是自己再抑郁还能爱睡觉,醒后烦恼不再。
　　幸福就是在身体休息后感觉有了力气,有了点精力,有了想干活的愿望。
　　幸福感还因为一个生活习惯的改变。比如,几十年不习惯用洗衣机,手洗的习惯终究随着年龄精力问题感觉力不从心。自从买了洗衣机,解决了一家人的脏衣服问题。比如,有了微信、支付宝,再不用担心假币的问题。这真是太棒了!
　　幸福其实就是如此简单!

在母亲脑梗中风快三年后,在自己走向老年的第一步的时刻,在一个春天的早晨,一朵盛开的桃花,突然让她感悟到了幸福的含义。她在对幸福的感悟中,睡了过去。

这一觉,睡得很深很沉。如果不是妹妹打来的电话,她大概会睡到日落西山。

妹妹在电话里告诉她,妈妈感冒发烧了,让她赶紧过去。

晓琳赶到时,弟弟已经到了。父亲已经给母亲挂上了水。母亲如往常一样躺在床上,一脸愁容,只是呼吸异常,气息像是从井底传来的声响。父亲说这是感染了肺炎,挂三天水应该会好转。

但是,三天水挂完,母亲依然在发着三十八度的高烧。姐弟仨合力把她弄到中西结合医院,做了头部和胸部CT,查了血常规。当天傍晚就接到医院医生的电话,他说已经在电脑上看到妈妈的片子,肺部情况不好,严重胸积水,疑似肿瘤!他让明天去挂急诊,先给母亲抽水。

很奇怪,母亲去医院检查的这两个小时,出奇地配合和安静,不怎么哭闹,偶尔会小声地哼哼唧唧。大家都觉得不可思议。但是回家后又恢复了常态。躺床上几乎是一分钟闹一次,不断要求拉起,放下,再拉起,再放下,无穷无尽。两个小时便把晓萍给累得头晕眼花,站立不住。无奈,只好给她喂了一颗佐匹克隆,终于安静了四十分钟。这四十分钟里全家人都补了个觉,疲惫的身心得到了休息和补养。

姐弟仨带上老父老母一起去了医院。父亲身体严重不好,走一步喘三喘,在大家的劝说下,他终于同意去做肺部CT。姐弟仨兵分两路,晓琳负责陪父亲挂号做检查,晓萍晓军两人负责母亲做胸腔积水抽取。

检查显示,母亲的左右胸腔都有很多积液,左侧有一千多毫升,右侧大概有两千七百毫升,但只抽了右侧七百毫升,医生说,如果一下子抽光,母亲的身体会吃不消,得慢慢来。抽积液的时候,母亲一直小声哼哼唧唧,那种痛苦的表情难以言表。医生说,只有身体痛,病人才会如此哼哼唧唧。

诊断出来了,母亲基本上可确诊是晚期肺癌,而且已经转移到了骨头。但是,作为西医医生的父亲固执地认为,这是医院的误诊,如果老伴是肺癌,应该有咳嗽,有胸痛,而以上症状她都没有,怎么可能是肺癌呢?

医生说:"肖老医生,您说的不是没有道理。我想,我们还是要相信科学。如果要百分百确诊为肿瘤,必须得穿刺活检。"

大家都知道,穿刺活检的痛苦是常人难以忍受的,何况帕金森+脑梗+老年性痴呆的老年病人?肖家人一合计,决定放弃穿刺活检。

医生说:"对老太太这样的身体状况来说,放弃穿刺活检是明智的选择。也就几个月的时间了,回去好好陪护她。"

前后折腾了六个多小时,全家人都精疲力竭了,姐弟仨都住在了父母这里。

母亲却一改在医院濒死的状态,精神百倍地闹腾起来,差不多一分钟就要喊你喊他。极度疲惫又肺气肿发作的父亲终于被激怒了,他对老伴大吼:"你要死就好好地死。死有什么可怕的?三年了,一家人从来没有一个晚上睡过一个安稳觉,白天黑夜24小时地折磨人!你可怜可怜大家好不好?"

父亲越说越激动,呼吸也急促起来。晓琳赶紧把父亲拉回客厅,安慰说:"您别生气!医生说,妈妈是因为身体难受才这样的,不是故意的。"

父亲粗重地喘着气说:"你以为我的身体不难受吗?我现在都有了窒息的感觉。"父亲伏在桌上哭起来。

父亲的哭声把晓萍晓军都吵醒了,都一起跑到客厅里安慰着父亲。晓琳去了母亲的房间,却见母亲在流泪。大概父亲在客厅里说到弟弟,她听见了,也猜到不是好事。说她是痴呆,可是说到她心里最疼的人,她就变得十分清醒。这一晚,母亲变得很安静。大家都睡了一个好觉。

以后的日子,就是在家至医院的两点一线上往返。抽积液、挂水、喂药,可是母亲的脚肿得透亮,跟过了油的馒头似的,袜子、鞋子都穿不上了。晓琳只好把旧汗衫裁开,做了两双特大的袜套给母亲穿上,再套进大号的棉拖鞋里。每次抽液,母亲都是鬼哭狼嚎般惨叫。

每到这时,晓琳就跑到外面去哭。有一回,妹妹跟了过来,很冷静地说:"如果妈妈真的走了,对她自己是解脱,对全家人都是解脱,不是吗?"

晓琳哭说:"是的,我是说过,以后若干年,我不会想念妈妈。可是一想到,妈妈遭受的这些病痛,想到妈妈就要离开我们,我心里还是受不了……"

晓萍说:"好吧,你就哭个够吧!"

这样折腾了半个月,医生把肖家人都喊到了办公室,说:"老太太太痛苦了,还是放弃吧。对不起!"

但是,父亲还是心有不甘。回到家里,自己替老伴做起了治疗,抽积液,挂球蛋白和维生素。每次挂完,母亲就难受得大喊大叫。一到这时,晓琳就跑进厨房哭泣。有好几回,晓琳对女儿说:"如果妈妈也像外婆这样,你千万不要给我治疗,我不要忍受外婆的痛苦,让我好好地死吧。如果你替我治疗,我不但不会感激你,反而会恨你!"

"妈,你是不是累糊涂了?怎么说起胡话来?"女儿说。

没有经历过,女儿怎么能理解呢?

几天后的一个下午,母亲走了。走的时候,晓萍在场,父亲在场,还有母亲最疼爱的晓军也在场。

母亲死在晓萍的怀里,她是一点点看着和感受着妈妈生命的消失,那会儿,父亲还在替她抽积液,断气的时候,积液还在往针管里渗。

晓萍讲述着母亲的弥留时光,号啕大哭。可她之前却说,母亲走了,她不会哭。但在之后的葬礼上,她却成了哭得最厉害的一个,几乎哭到了走不动路的程度。

从得知母亲去世的消息一直到葬礼结束,晓琳一滴眼泪都没有流。

父亲说:"你哭你妈几声,好送她上路。"

晓琳说:"正因为要送妈妈一路走好,我才不哭,如果哭了,她将一路坎坷。妈妈一辈子与人为善,可是生前遭受了这么多痛苦。不能让她在另一个世界再痛苦下去。"

头七那天,姐弟三个家庭的所有人都聚集到父亲那里。这些天来,晓琳的老公一直陪着岳丈,吃饭一起,睡觉一起,还帮老人洗澡。吃饭的时候,晓琳突然扑向母亲的牌位,跪在遗像前恸哭起来,很久,很久……

八个月后的天,一家人去墓园祭奠母亲。老父亲习惯地用手机播着好听的轻音乐《山茶花》给老伴听,点上香,烧完纸,叩拜完毕,一家人在旁边的亭台下坐着晒着太阳聊天,也是静等着那一炷香烧完。

看着墓园里还有年轻人的墓,晓琳突然觉得人生如梦,恍恍惚惚,空空荡荡,一切是那么虚无。

　　晓军的儿子突然指着天叫起来:"快看!"

　　大家抬头,看见太阳被一层光圈包围着,美丽极了,神奇极了。

　　父亲说:"那是我的老伴,你们的妈妈,你们的奶奶、外婆在天上看着我们。善良的人,应该上天堂的!"

乐在节俭进行时

王桂宏

采访手记：

小时候，最喜爱唱的一首歌是《勤俭是咱们的传家宝》，而且越唱越有力，越唱越高亢。那时候物资贫乏，生活艰难，想不勤俭也不行。现在想起来，儿时唱这首歌铿锵有力，是发自内心深处的感受，更是父母的言传身教，精神美德的基因传承。

一晃五六十年过去了。现在的生活条件极大改善，似乎《勤俭是咱们的传家宝》这高亢的歌声渐渐消失了。父亲早已离开了我们，母亲已经91的高龄。但母亲的勤俭精神似乎一直保持着。90往百数的年龄，该是享享清福的时候了，但母亲在享清福这个问题上跟我们总是唱不到一个节拍上。我们生活在镇江，住的是联排别墅，条件比较好。我爱人性格温和，为人善良，她多次跟我商量，把我母亲接到镇江来养老。但是，每年把母亲接到镇江来住，谁知，不到一周，母亲就烦躁起来，吵着要回老家去。不管我和爱人怎么劝说，母亲就是听不进去，坚持要返回。每次来镇江小住，不会超过十天。母亲生活上更是很挑剔，说穿了就是看不惯我们的生活方式。洗菜洗碗不能流水；客厅房屋的灯不能同时亮着；吃饭时总是嫌菜太多，一边吃一边唠叨："你们这几个菜，我在家吃一个星期也吃不完，这样吃下去，非吃穷不可。"最后，回到她的主题,吵着坚决要回家。我们拗不过母亲,只能多买些食品、日用品,开车送母亲回家养老。只要说送母亲回家乡,她就跟小孩似的开心起来。

母亲从80到90岁生日,一直在自己家里生活,过得自由自在。弟弟、弟媳妇在庄上开了一个小超市,她还常常去看看店门。听弟弟说,母亲在乡下养老,就跟鱼儿在水中一样,生活得很自在,心情很愉快。只是省吃俭用的习惯一直改不过来。说得难听一点,有点抠,但抠得开心。我对母亲在自己生活一辈子的环境里养老,慢慢放下心来。爸妈养老,生活方式很多,顺着他们的心愿就是最好的养老方式。孝顺孝顺,顺着爸妈的心愿就是孝。

我常常在夜深人静时,会想起弟弟讲的母亲在家乡节俭的故事,忍不住会笑出声来。母亲的节俭是传统,也是老年人的美德传承,是长寿的基因。

我的脑海里浮现出母亲在家乡养老的快乐节俭的故事。

乐在节俭进行时

我的家乡在泰州市姜堰区的淤溪镇三垛村。谁不说家乡美。从我们家出大门,无论朝哪个方向走,不出五六户人家,只要一抬头,就能见到水。清澈的河水静静地环绕着房子台阶下的河沿。河沿坡上是高高矮矮的杂树,隔十米八米会有一簇茂密的竹林。竹杆弯倾,竹叶翠绿。河风一吹,河浪拍岸声和竹杆竹叶摇曳的沙沙声交织在一起,飘荡在炊烟袅袅的村庄上空。在这样的环境中生活令人神清气爽。

父母一生养育了四个孩子,两个男孩,两个女孩。我是老大,当兵提干,转业从政,一直安居在镇江。两个妹妹,小妹在扬州安家,大妹搬到了泰州市区,只有弟弟王双宏没有离开家乡。

二十一年前,父亲因病离开了我们。我很悲痛,更是自责。我是父母养育的长子,也算得上是有出息的。平常因忙于工作,很少回家关心父母。直到父亲离开的那一天,我的心突然感到一种说不出滋味的刺痛,脑子里一片空白,心里空落落的。我在心中深深地自责:父亲,做儿子的对不起你。父亲走了,母亲还健在。母亲,姓郝,名秀英。那年,母亲近70岁了。我发誓:一定要报答父母的养育之恩,把母亲的晚年照顾好。

我和爱人商量,决定把母亲接到镇江家里。我和爱人虽然工作很忙,也要把妈妈带在身边。城里居住环境好,医疗条件优越,母亲过上安逸幸福的晚年生活,我们有经济承受能力。

父亲去世后,遗憾一直留在我的心里。我不想在母亲身上再留遗憾。说干就干,父亲去世后不到一个月,我亲自去三垛村把母亲接到镇江家里。

父亲去世,母亲很悲伤。我们下班就陪伴在母亲身边。爱人做出最好的可口饭菜招待母亲,但母亲吃得不多。我理解母亲。父亲离开了这个世界,母亲的心里有多悲痛,我们当子女的能从母亲悲伤的眼神里感受到。晚上,我与母亲拉家常,和母亲回忆过去那苦难的日子父母吃的苦。我深情地对母亲说,这些苦,这些累,我们子女都深深地记在心里。我是写文章的,不愁找不到好言好语来化解母亲心中的悲痛。一个星期过去后,母亲心情似乎平静了一些。我和爱人十分高兴。

一天吃早饭时,母亲第一次脸上有了淡淡的笑容。母亲对我和爱人说:"我来镇江快十天了,给你们添麻烦了。我想回三垛村去。"

我和爱人一听,大吃一惊,愣愣地盯着母亲慈祥的脸庞,大惑不解。爱人用筷子碰碰我的胳膊,轻声说:"桂宏,是不是我们什么地方做错了?"

母亲虽然大字不识一个,但勤劳聪慧。她把手中的瓷碗轻轻地往桌子上一摆,把筷子搁在碗上,笑笑说:"我知道,你们要留我在城里养老。你们的好意我心领了。但我的家在乡下,那里有我熟悉的街巷,有我熟悉的人。我虽然是奔七的老人了,但我身子骨硬朗,到老家去与老熟人在一起,心里会舒畅些。再说,你爸还在村里安息堂呢!"说完这句话,母亲的眼眶明显地红了。不一会儿,一滴晶莹的泪珠从眼眶里流到腮帮上。早晨的霞光从窗外映到堂屋里,泪珠泛着灼灼的光芒。

我和爱人没有说话,千言万语只能变成微微的颔首。我们知道,这个时候说什么话都是多余的。孝顺孝顺,顺着母亲的心思,这就是孝。

母亲名秀英,其实个头高挑,体格健壮,并不秀气。繁重的做豆腐活儿让她练就了不怕苦累的习惯,泼泼辣辣。村里人都知道我母亲虽不识字,但能说会道,心直口快。也许因为她的直爽性格,母亲年轻时就抽烟,这个习惯一直延续着。我赶紧起身从桌角拿起一包红中华,拆开烟盒,弹出一支,凑到母亲的嘴边。爱人机灵地从厨房拿来火柴,"嗤"的一声划着了一根,把母亲嘴上的烟点着了。

母亲似乎憋着劲吸了一口,吐出一缕长长的烟雾,心满意足地笑笑:"母亲就好这一口。你爸不抽烟,不喝酒。应该是男人抽烟的,我把你爸一辈子的烟都抽了。你们这些子女从不说我。"说到这里,母亲又长长地吸了一口,满足地吐出烟霭:"我这辈子满足了。让我回乡下去,我会好好地生活下去。大半辈子都过来了,你们不放心?"

"放心!我们放心!"我和爱人连连点头,顺着母亲话说。

母亲高兴。做子女的遂了她的心愿,这就是孝顺。

三天之后,我专程把母亲送到家乡三垛村。

从那天起,奔七的母亲开始了她的农村养老生活。一晃二十一年过去了。去年母亲度过了90岁这个人生大关。今年三月,母亲仍在乡村养老的环境中,在她的91岁的生涯中安安静静地生活着。

母亲在老家的宅子里愉快地生活着。我们开始每年都会把母亲接到镇江过些日子,尽尽我们当儿子、儿媳的孝心。母亲年轻时和父亲开了家个体豆腐店。世间三大苦,捕鱼打铁磨豆腐。父母年轻时吃了多大的苦,我们这些当子女的心中有数。母亲抽烟也可能是在当年苦累的生活中,为了排解烦闷养成的习惯。母亲还有一个习惯,性子特别急。什么事儿她说了就要做。她到镇江来,每次没有超过十天。我们只能顺着她。我和爱人只能每年逢年过节回去,看望母亲。每次回去,弟弟总跟我们抱怨说:"哥,你回家要说说妈妈,不要过分节约了。你在我们当地多少有些名气。乡亲乡邻们知道母亲脾气习惯的,可以理解,不知道内情的,还以为我们这些子女不孝顺呢。"

我一听,心里一惊:"母亲节俭干什么?我们家不缺吃少穿呀!"

弟弟双手一摊说:"我也没办法,只能顺着她。我担心过分节俭会伤了身体。你们都不在她身边,万一有个三长两短,我这贴身服侍母亲的人可没法交待。"

我听在心里,目光挺认真地注视着弟弟那无可奈何的脸庞。突然,心头一动,仿佛点亮了一盏明灯,长期萦绕在心中的一个难题似乎找到了答案:长寿,难道节俭也是长寿的秘诀?母亲一生辛劳,奔七的年龄在乡村养老,一晃二十一年过去,今年91岁了。这算不算长寿?这肯定算长寿呀!她没有生活在城里,没有优雅的环境,没有富足的生活。她长寿的秘诀是节俭。想到这里,我迫不及待地打断弟弟的话问:"母亲在哪里?"

弟弟哈哈大笑,他手往门外一指:"妈这个时候在村北头的田里挑野菜。听说你们回家,一大早就去挑野菜,让你们尝鲜。"我听了心里一激动,泪水盈满了眼眶。母亲90往上数的年纪,还去田里挑野菜,还惦记着儿女。弟弟把我拉到院子里,一五一十地给我讲起母亲这些年在家乡养老生活中节俭的笑话故事。

弟弟推心置腹地说:"大哥,自从父亲过世后,母亲一直跟着我们过日子。其实,严格地说来,应该是我们跟着母亲过日子。母亲从年轻时就吃苦受累,但练就了一副硬朗的身板骨。家务活儿几乎是母亲全包了。我们生孩子比较晚。父亲去世那年,我家姑娘还小,她几乎是母亲带着长大的。你经常打电话,问家中生活开支宽不宽裕。我常常电话里跟你开玩笑说,别以为你是个城里人,别以为你是个大干部,拿工资的,其实我们乡下人都富裕起来了,我开个小超市,挣的钱不比你少,养母亲绰绰有余。其实,这话中有话,母亲根本不需要钱。她处处勤俭节约,有时还为这个家省出不少吃的用的物品。这不,钱就省下来了。

"秋天到了,高高的艳阳把大地抹出一片灿灿的金黄。秋天的田野里,到处是丰收的景象。芝麻秆熟了,村民们会把芝麻成捆成捆地收上来,运到巷子的朝阳墙角处晾晒。黄豆熟了,整个街巷上都铺满了黄豆秆。你的车子停在村西头的公路边,拎着行李往家里走的时候,无论从大路来,还是从小路走,你的鞋子不会碰到路面的砖泥碎石,只能行走在厚实实的黄豆秆上,就像走在一片硬扎的褐色的地毯上,脚下会发出放小鞭炮的响声。棉田一片白茫茫的时候,家家户户收棉花。现在乡里人家都富足了。棉花收完后,棉花秆像小树似的留在田野里。一场重霜过后,加上冬天的太阳不停地照晒,棉秆脆嘣嘣的,一点能着火。

村上不少人家早已用上了液化气,前些年又用上了天然气,柴火多了去了。芝麻秆、棉花秆、黄豆秆不少丢弃在墙角边、田野里。

"母亲喜欢柴火灶。家里柴火灶一直未拆掉。立秋过后,母亲就忙碌起来。从立秋到霜降,这几个月母亲是闲不下来的。这些日子母亲也不去和相熟的老太太打纸牌了。她要忙的事有三大件:谁家黄豆秆、棉花秆不要了,她会用绳子一扎运到家里草房里。黄豆晒在大街小巷上。人家把黄豆秆、黄豆收好了。砖缝里、墙角边卡进去的黄豆不少,她就拎着一只小淘箩,弯腰在大街小巷拾黄豆。棉田白茫茫的季节,左邻右舍会忙不过来,她会主动去帮忙。帮邻居摘棉花她从不要工钱,她只要棉花秆、棉花的根。"

弟弟说的母亲的这些事我信。我几次中秋节回家都有亲身体会。母亲确实是这样一个闲不住的人。

有一年中秋节的前几天,我抽空回家看母亲。那天,秋高气爽。秋天的天空特别高远,秋天的阳光特别明亮。天气已经有些凉了。从卤汀河上吹来的秋风带着浓浓的豆香,沁人肺腑。我把车子停在村西头的公路旁边,拎着行李踏着厚实地毯似的黄豆秆往家里走过去,脚下留下"噼噼啪啪"的响声。过了村上的夹河大桥,是一条往日在三垛村上算是最繁华的小街。当年村上最大的"超市"三垛供销社就开在这条大街上。下了大桥,往左一拐,街上的黄豆秆已经收光了。又转过一条窄窄的小巷子,老远就看到自家门前的台阶了。我停住步子一看,巷子上的黄豆已经收走了。有一位年纪大的老太正弯着腰,背朝东,不停地把地上的东西捡起来,丢进左手拎着的小淘箩里。看背影,有点儿眼熟。我抬脚往前走,目光紧紧地盯着鸡啄米似的老太背影。没走几步,我猛然一愣:前面的老太竟然是我母亲。我加快步子,直往前跑,边跑边喊:"妈!妈!我回来啦!"我三步并作两步走到母亲跟前。母亲直起腰,把刚从砖缝里抠出来的一粒圆鼓鼓的黄豆丢进左手拎着的淘箩里,转过身,有些惊讶地说:"是桂宏呀!你怎么下午回来啦?"

我放下手里的行李,顺手地从母亲手里接过有些沉甸甸的小淘箩,目光盯着淘箩里的黄豆,不停地抖抖,又掂了掂问:"妈,你咋还在巷子里捡黄豆呢?"我一边问,一边打量着母亲。母亲这年应该82岁了。母亲虽然80多岁的年纪,但腰不驼,头发也不白,只是古铜色的脸庞上留下不少深深的皱纹,这是岁月锋利的刀刃刻下的印记。看到母亲在街巷里捡黄豆,我心里有些发酸,也有些不理解。我们家里也算得上是一户不愁吃穿的小康之家。父母生育了四个子女,个个日子都过得挺自在自足的。母亲这么大一把年纪了,虽然身子骨还算硬朗,但毕竟是奔90岁的老人了。俗话说得好:人生七十古来稀。母亲已经80多了。虽说现在日子富足了,人的寿命延长了,但奔九的老人也不是太多的呀!何况这把年纪,这样富足家庭的老太还到巷子里捡黄豆,这不让村邻亲友笑话呀!

母亲拉着我的手直往家里的台阶走,边走边说:"这些黄豆个个鼓鼓的,一个个像小珍珠似的,丢在砖缝里、墙角边怪可惜的。我在家里养老,也没啥事做,捡些黄豆将来晒干后,你带到城里去打豆浆,好喝着呢!再说,这些黄豆怎么种出来的,我们都知道。"

"知道!知道!环保,原生态!"我掂掂手上的小淘箩,夸赞地对母亲啧啧嘴,似乎嘴里已经溢出来黄豆粒的扑鼻清香。

母亲拉着我的手进了家门。我把淘箩往方桌上一放,又快速出了门,把路上的行李拎回家。我顺手从口袋里掏出一包红彤彤的中华烟,手脚笨拙地拆封后,掏出一支往母亲嘴上一递说:"抽烟。"

母亲有些激动,脸上露出了难以形容的满足神色。母亲自己掏出打火机,打着火后,挺熟练地点着烟,深深地吸了一口说:"儿呀,你不抽烟,咋还带着一包烟呀,再说这烟贵着呢!下次不要带烟。我抽烟都在你弟弟的小超市里买。"听到这话,我心里苦涩涩的。我知道母亲这一辈子一直抽着几块钱一包的烟。母亲是从不抽价钱贵的烟。逢年过节,我会带几条好烟给她。听弟弟说,母亲在我离开家后,总是把好烟送到弟弟的超市里去,换回来一大堆几块钱一包的烟。现在看来,也许人的长寿跟不抽烟没有太大的关系,似乎跟不抽劣质烟也没有太多的关系。我母亲今年已经91岁的高龄了,她没有戒烟,她仍然抽着她喜欢的五块钱一包的淮安产一品梅或者山东产七元一包的将军牌,这些香烟都是低档的。我心疼地看着母亲抽烟那愉悦的神态,把一包已经拆封的红中华塞到她的围裙口袋里说:"妈,抽好烟,不要老抽劣质烟。"

母亲笑笑:"抽习惯了!"说完,母亲拎起小淘箩抖了几下,心满意足地说:"今天一下午,捡了有一斤多黄豆。告诉你呀,这几天正是收黄豆的季节,天又好,已经捡了近十斤黄豆粒了。你回去时,别忘记带上。这新打下的黄豆磨豆浆香着呢!"

我听了母亲的话,心里说不出的滋味。母亲这么大的年纪了。让她去城里跟着我们养老,她说什么也不去。让她留在乡下养老,听弟弟常说,母亲是个闲不住的人。即使闲下来,她也不会蹲在墙角晒太阳、打瞌睡。闲下来时,她会约几个熟悉的老太打纸牌,悠闲地度时光。弟弟说的是实话,这次回家总算让我碰上了。我心里一思忖,借着这次母亲在街巷上捡黄豆的事,得说说母亲,也帮弟弟说说话,让母亲能在乡下安静地度日子。再说,我家是缺几斤黄豆的人家吗?

于是,关于母亲在巷子上捡黄豆的事儿,我跟母亲有了一段意味深长的对话。

"妈,你干吗到街巷去捡黄豆粒?"

"我不忍心看粮食给糟蹋。你看,这些人家黄豆收上来,以为丰收了,黄豆多了,掉进砖缝里、墙角边的黄豆粒就懒得去捡起来。这多浪费呀!"

"浪费就浪费呗,又不是我家的,你干吗去捡?"

"浪费粮食,会天打雷轰。我去捡黄豆粒,那也是积德呀!我这么大年纪了,有的是时间。一天捡个斤把黄豆粒,值不了几个钱。再说,有你们这么多子女孝顺,我养老也不差钱。但我去捡黄豆,心里愉快。

我觉得我在做好事。"

"勤俭是传家宝,国家都提倡,但你年纪大了,还是享享清福。弯腰捡黄豆,一捡就是几个小时,会累坏身体。"

"不会。我们虽然身体老化了,但还要活动活动筋骨。你不要担心,我有分寸。累了我会收手的。"

"妈。你说的这些我都理解,但我还是不主张你去捡黄豆粒。"

"咋啦?"

"你这么大年纪在街巷上弯腰捡黄豆粒,我们做子女没有面子。"

"没有面子?"

"是的。这乡里乡亲怎么看我们这些子女。你都是奔90的老人了,还去街巷捡黄豆粒,人家还以为你这是为了生计才去捡的。不知内情的会想歪了。"

"怎么想歪了?"

"你看,郝秀英这老太奔90的人,养育了四个子女,个个都有出息。几个子女除了二儿子在家开小超市,都在城里生活。老母亲在乡下,还到处捡黄豆。听弟弟说,你还把人家不要的黄豆秆、棉花秆成捆成捆往家里背。村上大多数人家都用上了液化气、天然气了。郝秀英这老太居然还把烧草的土灶改造好,继续烧草。妈,这样影响不好!"

"影响不好?"

"是呀!本来让你在城里养老,你说什么不肯离开家乡。我们听你的。但你在家乡养老,就要安安静静地养老,不能处处节约。这样,左邻右舍会误会我们子女的。"

"桂宏,我怎么觉得你说的话不在理呢!我捡黄豆粒,根本不是为了钱,更不是生活过不去。我捡黄豆粒至少有三大好处:一是活动筋骨;二是减少糟蹋粮食;三是让你们吃上环保的黄豆。"

"环保的黄豆?"

"这么说吧,你在城里买到的黄豆,施的是化肥,我们这里施的是猪粪,施的是农家肥,也不是转什么因。"

"转基因。"

"对。转基因。我是希望你们能吃到好品质的黄豆。"

我全明白了。母亲虽然大字不识几个,但理儿心里明着呢!可怜天下父母心。母亲的心里永远只装着子女,而我们当子女的永远难以理解母亲心里究竟怎么想的。我无话可说。母亲不到城里养老,其实母亲是不想给我们这些在城里生活的子女添麻烦。母亲在乡下生活,她把节约粮食看成天大的事儿。这不是富裕和贫穷的概念,这是几千年中华美德的精髓。我此时想起了一句话,但不知是哪位名人说的:吃饭是为了活着,但活着不是为了吃饭。也许,母亲捡黄豆粒,把邻家丢弃的黄豆秆、芝麻秆捆背回家当柴火烧,这里面蕴藏着母亲内心深处愉快的源泉。母亲开心地去做些常人不敢想的勤俭的事儿,母亲快乐了,我们反而想不明白。听了母亲一番话,我算是明白了,母亲没文化,但知理儿。她去做她想做的事儿,她高兴,她的内心充实,她愉悦地生活着,也许这也是她在家养老能够健康地活着的一个小小的秘密。

有了这次中秋回家与母亲的黄豆粒主题对话,我的心豁然开朗起来。母亲有时甚至节俭到常人不能理解的地步,但我不埋怨。相反,我倒很想知道这十几年在乡下养老更多的节俭趣闻。我把想法与弟弟一说,弟弟爽朗地笑起来:"哥,你要听妈妈勤俭节约的风趣故事,我讲给你听,三天三夜讲不完。"

我也哈哈大笑:"老弟,你有点夸大了。哪来这么多的节俭笑话?"

"我们天天与母亲生活在一起,有时为母亲节俭的事儿还争吵起来,有时会争得面红耳赤。告诉你,有时母亲真的生气了。说我是败家子,好几天不理睬我。你弟媳只好从中说和。"

"母亲这么抠?"我望着弟弟有些认真的神情,半开玩笑说。

"说个咸鸭蛋的故事,你听听。"弟弟摆摆手。

"咸鸭蛋?"我听了有些纳闷,咸鸭蛋能有什么故事?想到这个时代,谁家吃不起咸鸭蛋？节俭？母亲总不会把咸鸭蛋切成四半,家里人分着吃吧？我不解地问："老弟,咸鸭蛋能有什么节俭的风趣故事?"

弟弟把脚边的凳子往我面前一蹬说："你坐下,听我慢慢说。"

我一屁股坐到凳子上,神情好奇地朝弟弟点点头。

弟弟叫王双宏。弟弟嘴甜,为人宽厚,人缘好,嘴巴子很灵光。他说起妈妈节俭的故事,可能是亲身经历,听起来特别风趣。

弟弟先回忆起儿时吃咸鸭蛋的事儿。那时候家里虽然开个豆腐店,但每天做不到十斤豆子的豆腐,一天下来没有多少进账。家里平常根本没有见过咸鸭蛋。早饭始终是一大盒臭咸菜搭大麦粉米粥。这在当时村里面已经算得上是殷实的人家了。吃饱肚子那是硬标准。咸菜在农家的桌子上那是标配。见到咸鸭蛋,在儿时,那可是望穿双眼的事儿。吃上咸鸭蛋的日子,一定是端午节。到了端午节前一天,母亲会亲自裹上装满一尺八的锅的粽子。那时,煮粽子的时候,我们会围着锅台转来转去。我们亲眼看着母亲把粽子放入锅里,然后拿起锅台上一只水瓢,从水缸里舀上一瓢一瓢的清水倒进锅里。像斧头一样青绿色的粽子淹没在清澈的水中。妈妈轻轻地把水中的粽子理顺排列好,然后变戏法似地拿出鸡蛋、鸭蛋,小心翼翼地放进煮粽子的锅里。粽子的空隙间有鸡蛋,有咸鸭蛋。褐色的鸡蛋、雪白的咸鸭蛋伴着青绿色的斧头形粽子,构成了一幅美丽似乎还飘出香气的图画。说实在的,弟弟说到这里时,我竟然情不自禁地咽了几口唾沫。我记得,那时的心里都快沸腾了。看到母亲把锅盖轻轻地盖上,跑到锅膛灶口去生柴火,我们才依依不舍地离开。

弟弟掐灭了手里的烟蒂,然后不紧不慢地又点着了一支烟,连吐了几个烟圈。我的眼前仿佛飘起了几只咸鸭蛋大小的气球。弟弟突然从凳子上站起来问我："哥,你还记得妈妈端午节煮粽子的锅里有几只鸡蛋几只咸鸭蛋吗?"

我也起身从凳子上站起来,忍不住笑出了声："四只鸡蛋,两只咸鸭蛋。"

弟弟笑笑说:"妈妈不识字,但数字概念很清晰。"

我打断弟弟的话:"爸爸妈妈开豆腐店,哪能不会算账?"

弟弟若有所思地想了想,声音有些低沉,好像在自言自语:"那时我们兄弟两人,还有两个妹妹。兄妹四个人。妈妈端午节煮上四个鸡蛋。端午节这天早上,妈妈会将鸡蛋装进彩线织成的小网兜中,然后一人一只网兜往胸前一挂。每当我们胸前挂有装鸡蛋的网兜,心里别提有多高兴了。两只咸鸭蛋,每人分上一只,那是绝对奢望。家中爸妈,加上我们兄妹四人,一共六口人,要让大家都能平均吃上咸鸭蛋,那还真是个技术活儿。"说到这里,弟弟提高了嗓门:"哥,你还记得妈妈怎么分吃咸鸭蛋的吗?"

我当然记得。儿时记忆最深的就是吃东西了。那时家里穷,其实也不单是我们家里穷,而是整个村上都过的穷日子。当年,端午当天吃早饭时,母亲给每人盛上一碗照得见人脸的稀粥。每人碗边放上一只斧头形粽子。然后,她跑到厨房里,将两只咸鸭蛋切成八小块,放在一只小瓷盘里。端上桌后,母亲不用筷子,直接用手将带壳的一块咸鸭蛋摆到每人面前的粽子旁边说:"今天端午节,大家吃粽子,喝粥吃咸鸭蛋。"

母亲话音刚落,我和弟弟两人已经将面前的一角咸鸭蛋整口咬进嘴里,手上只剩下一块带弧形的三角形白色蛋壳了。每当这时,母亲总是拿眼神瞅我们。我和弟弟几乎不咀嚼,会狼吞虎咽地就把咸鸭蛋咽进肚子里。我记得很清楚,当时,我和弟都顾不上母亲的眼神,目光几乎同时落到小瓷盘里多出来的那两块咸鸭蛋上。每当这个时候,憨厚的父亲总是一笑,不紧不慢地对母亲说:"瓷盘里还有两角咸鸭蛋,你做主分了吧。"

母亲生气归生气,总是偏爱我和弟弟,但母亲很会做人。她拿起一角咸鸭蛋朝两个小妹妹眼前晃晃,然后放到我的面前说:"你们两个哥哥个子大了,多吃一角。等你们长大了,等家里条件好了,以后过端午节,每人一只咸鸭蛋。"就这样,母亲给我们两个男孩一人一角剩下的咸鸭蛋,给两个小妹妹承诺,让两个小妹妹有了美好的盼头。

说到这里,弟弟指指凳子让我坐下来,然后,他把烟头往地上一扔,用鞋底碾了碾,深深地舒了一口气,感触颇深地说:"分咸鸭蛋的日子早已一去不复返了。哥,你知道吗?母亲在家养老,吃的穿的什么都不愁。其实,生活富足的也不是我们一家,村上的人谁家吃咸鸭蛋还会分着吃?到了二十世纪九十年代,我们家吃咸鸭蛋再不用刀切。早上吃早饭,拿上一只咸鸭蛋,往眼前一照,就着咸鸭蛋的空头往桌子上轻轻敲几下,用手剥开壳,露出咸鸭蛋内里,然后用筷头轻轻地掏着吃。你那小侄女,小时候吃咸鸭蛋只吃蛋黄不吃蛋白。她怕奶奶说她,总是偷偷地将蛋白塞进掏空了的蛋壳中,然后悄悄地扔进垃圾桶。谁知道,当奶奶的惯孙女,隔代亲。母亲总不说孙女,而是悄悄地从垃圾桶将塞了蛋白的蛋壳捡回来,将蛋壳中的蛋白又掏出来,悄悄地吃了。那时,家里咸鸭蛋每次不是买几只,而是一买十斤。每天早饭,只要你喜欢,随时拿上咸鸭蛋当小菜。说实在的,什么东西多了,吃起来似乎味道就变了。咸鸭蛋没有以前香了。前些年,每到春暖花开的季节,特别是桃花盛开的时候,你知道的,隔壁邻居家就是养鸭大户,我就会去邻居家买上几十斤桃花蛋,然后用老方法腌咸鸭蛋。我们用泡灰泥土拌上盐,洒上白酒腌制。现在家家户户吃咸鸭蛋不仅仅是端午节前后,而是一年四季都吃。"说到这里,弟弟似乎想起了什么兴奋的事儿,哈哈大笑了起来:"说起咸鸭蛋,母亲又闹了个大笑话。"

"那是快立秋的日子。我走进家里的厢房,总会闻到一股臭味,仔细一找,原来厢房杂物角落里,有一只蛇皮袋。我拎起蛇皮袋子,沉甸甸的。我晃了晃,顿时明白过来了。这蛇皮袋子里装的是咸鸭蛋呀。那时,每到端午前后,你们住在城里的亲戚朋友来看母亲。乡下没啥好东西,送上六十只咸鸭蛋,这可是时鲜货。怕你们到城里腌咸鸭蛋麻烦，我总是请人加工腌制好。这袋咸鸭蛋忘记送人了。炎热夏天一闷，咸鸭蛋全臭了。我二话不说，拎起蛇皮袋，直接扔到东门口垃圾堆上了。傍晚从超市回到家正准备吃晚饭，我嗅嗅鼻子，又闻到早上熟悉的臭味。我目光在屋子四周扫了扫，看到那熟悉的蛇皮袋子，感到很纳闷，但还没有往臭了的咸鸭蛋上去想。我只是觉得那蛇皮袋很熟悉，那是每年装咸鸭蛋用的。我想当然，会不会养鸭子的邻居又送鸭蛋来啦。现在日子好过了，中秋节也时兴送咸鸭蛋的。我用手指指那墙角边的蛇皮袋子，问母亲：'妈！是不是邻居刚才来过啦？'"

"母亲在灶台边盛饭，随口应道：'养鸭子的小陈？他来干什么呀！没见谁来呀。'"

"'那蛇皮袋子谁拿来的呀？'我用手朝墙角边的蛇皮袋子一指。"

"母亲一见，把盛好的一碗饭端到桌子上，有些开心的样子，笑着说：'今天捡了个大便宜。'"

"'什么大便宜？'我不解地问。我边问边站起来，朝墙角边走过去。"

"'我下河口去洗菜，路过东门口的垃圾堆。看到有一只蛇皮袋。我走过去一拎起来，很沉。解开封口的红扎绳一看，你知道袋里装的啥？'母亲还有点自豪感。"

"'不知道。'我随口说道。其实，我已经猜了个八九不离十。气味已经告诉我，墙角边的那个蛇皮袋肯定是我上午扔掉的。"

"'一袋鸭蛋，而且是咸鸭蛋。'母亲笑着，有点儿不解，'谁家这么阔气，把咸鸭蛋扔垃圾堆？响雷要打头的！'"

"我全明白了。我有点生气地拎起蛇皮袋，解开封口扎绳，朝母亲眼前晃晃说：'这些咸鸭蛋全臭了！'"

"'臭了？'母亲朝蛇皮袋跟前走了一步，嗅了嗅，似乎明白了什么似的说，'咸鸭蛋臭了也能吃的！'"

"我认真地把蛇皮袋往地上一丢，真拉下脸：'妈！我再说一遍，以后垃圾堆、垃圾桶的东西不准往家捡。吃了会生病的!'"

"母亲盯着蛇皮袋,似乎也有点气,一句话不说。"

"我缓和了口气,故作轻松地告诉母亲:'这蛇皮袋里的臭咸鸭蛋是我们家的,春天丢在厢房墙角杂物里,端午节忘记送人了。一夏天过来了,全闷臭了。我上午发现后丢进垃圾堆的。'"

"'噢!'母亲吸了一口气,没有再说话。我拎起蛇皮袋,出了东门,再次将装咸鸭蛋的蛇皮袋丢进了垃圾堆。"

听到这里,我虽然感到弟弟说母亲关于咸鸭蛋的故事很幽默,但我更想到咸鸭蛋里凝聚着母亲那节俭的好习惯、好传统,透出母亲那厚人薄己的宽阔胸怀。母亲年纪大了,她这大半辈子都是在苦水里泡过来的。现在过上好日子了,她还真的不太适应,这情有可原。她当年,为了让子女吃上咸鸭蛋,只能一只咸鸭蛋切成几块,分着吃。现在,她路过垃圾堆,突然发现半蛇皮袋咸鸭蛋,她能不眼前一亮吗?她能不激动不已吗?她能不把蛇皮袋拎回家吗?母亲在乡下养老,有她的愉悦之处。她节俭,她不浪费,她也不敢浪费。因为母亲是从苦往甜处过。节俭对母亲来说,不仅仅是物质的欲望,还是一种高尚的精神享受。看来,节俭已经深深铸刻在母亲的心坎里,融化在母亲的血液中。节俭是母亲一生中食之不完的美筵。节俭给母亲带来快乐。这能使母亲愉快地生活着,这也是母亲不愿意在城里跟着我们过日子的原因之一,母亲在乡下可以自由自在地节俭着过日子。父亲离开我们二十一年了,母亲始终节俭地生活在乡村里。这快乐来自节俭进行之中。这应该是母亲长寿的一个原因吧。

弟弟常跟我说许多母亲在乡下节俭过日子的故事。他夸海口说,三天三夜也说不完。弟弟并不是吹牛。许多节俭的故事听他说多了,在我的脑海里留下了深刻的印象。我在城里生活,似乎有一个基本概念。日子过得快乐不快乐,生活过得开心不开心,跟钱有关系。舍得花钱,什么事都好办,当然心里顺畅,没啥心思想。尤其是有些城里人,穿衣服喜欢名牌。同样一件衣服，一百元一件似乎脸上没面子，五十元一件好像脸上不光彩。要是一件衣服花一千甚至几千元买的，整个人都像春天里的菜薹长高了，飘飘然，说话声音也粗了。说到底，是有底气，自我感觉了不起。

母亲不是这样的人。她不图虚荣，她图实惠，图生活正常地进行。只要正常地生活下去，花钱越少越顺心。农闲时节，村上的老头老太没啥田里的活儿干。闲着没事，打麻将、纸牌的人不少。几个人凑一桌，打个麻将，打个纸牌，消磨时光。母亲想得很明理。大家凑一起就是乐呵乐呵，不必要跟钱拼命。于是，有人背后说母亲的坏话：这个郝秀英，一辈子做小生意的，就会算小账。老了，都这一大把年纪了，口袋里又不是没有钱，还这么抠！

不仅人家背后说母亲抠，弟弟也经常说起母亲用钱"抠"的故事。

母亲在家乡养老，她是个年纪大了不服老的人。平常家务事儿她总是忙里忙外，身子骨还算硬朗。但是，母亲毕竟是上了岁数的老人，受凉发烧是难免的事儿。母亲有哮喘，一旦受凉发作起来，话都说不清楚。弟弟经常打电话告诉我，话中充满了对母亲的埋怨。他说母亲这个人挺好强的，身体有些小毛小病，她总是瞒着，不肯说，硬挺着，非要到喉咙里发出咕咚咕咚的声音，话也说不清楚的时候，才想到吃药。吃药有时没有效果，这时，她才会同意到乡卫生院挂上几天药水。母亲虽然是90多岁的人，但体质还是很棒的。几天药水一输进身体里，效果很快出来了，哮喘明显地好起来，说话的声音也响了。母亲喉咙只要能说话，就问这药水多少钱挂一瓶。刚开始，弟弟照实说了，挂一瓶药水一百二十元。母亲一听，被子一掀，二话不说就要出院。弟弟一看，心里着了急，才挂了三天药水，按医生的要求，得挂一周，才能巩固疗效。无论弟弟怎么解释，母亲都不依不饶，坚持要出院。弟弟是个聪明人，灵机一动，想了一个小点子。他让母亲在病床上躺好，然后对母亲说："我去问一下医生，头三天挂药水一天一百二十元，后四天巩固挂水会不会打折。"说完,弟弟去医生办公室找医生。乡卫生院的医生弟弟熟得很。他跟医生一商量,医生连连点头,跟着我弟弟来到母亲的病床边。医生按照我弟弟的要求不动声色地对我母亲撒了一个善意的谎:"大娘,你身体真棒!才挂了三天药水,就见效果了。不过,你这哮喘是个老顽症,还得再挂几天药水,这样会好得彻底一些,也不容易复发。"

"谢谢医生,我回家吃些药巩固巩固就好了。"母亲朝医生笑笑,显得很自信。

医生与弟弟早已串通好的,也不拐弯抹角了,直截了当地说:"大娘,你已挂了三天药水,每天一百二十元,共三百六十元。后面还要挂四天药水,这是一个疗程。一个疗程四百元。再挂四天药水,每天十元。挺合算的。"

母亲听了,朝医生愣愣地看着,有些将信将疑,但细细一想,医生说得也有道理。一个疗程七天,人家医院按疗程配药。后面是巩固挂药水,可能药量少。每天只收十元,也有道理。弟弟也在一旁添油加醋地对母亲说:"医院收费大头在前面。你病情好转了,挂药水只是巩固疗效,值不了几个钱。放心。"

母亲安静下来治病,脸上也露出了笑容。弟弟心里也明白了一个道理,老人从苦处来的,花钱都细算着呢,能节俭就节俭。既然母亲这样节俭,今后凡是花钱给母亲办事,弟弟就留了个心眼。只要母亲从节俭中得到快乐,善意地撒谎有何不可呢?再说,母亲拾柴火,捡黄豆粒,把垃圾堆里的臭咸鸭蛋往家里拿图个什么,还不是图个节俭,节俭是母亲的传家宝。这个传家宝可不能去掉。谁家去了传家宝能开心?弟弟明白了这个理儿。

母亲在乡下养老,衣服穿旧了、穿破了总是要更换添置。弟弟、弟媳是有心人,只要去泰州城里办事,总不忘到泰州一些大商场去逛一逛,看到适合母亲穿的衣服,不管价格高与低,只要尺码相符,式样适合母亲穿,他们就买回来。弟弟每次把购买回来的衣服交给母亲时,母亲从不挑剔。

前几年,母亲的房间就装了空调。但空调的使用频率很低。为开不开空调的事儿,母亲常常跟弟弟怄气。夏天,天气炎热,母亲总是扇子不离手。弟弟把空调打开,母亲总是抱怨这呼呼地吹空调,电费怎么付呀。弟弟感到屋子里凉爽了,就去小超市看店。谁知,母亲在弟弟走后不到十分钟,一手拿起方桌上的扇子不停地摇摆,一手操起方桌上的遥控器,很用力气似的摁下关闭空调键。屋子里凉气渐渐地散去,外面的热气从窗缝门隙中慢慢地渗透进来,不一会儿工夫,屋子里像蒸笼似的。母亲有她的土办法,把窗户、门全部打开,让空气对流。然后,打盆凉水擦一把脸,走出门,来到门南边的河边大树下。大树下面好乘凉。大树下不少上了年纪的老太太,自带个小凳子坐在树荫下的小河边,边拉家常边乘凉。小河上不时吹来一阵阵的风。风夹着凉气,母亲和这些上了年纪的老太太都感到很惬意。其实,这些老人在过去没有空调的年代就是这么过来的。他们适应这种原生态乘凉方式,关键是不花一分钱。难怪母亲不愿意跟我们在城里养老,在这凉风习习的小河边的树荫下乘凉多惬意,城里可没有这令人心旷神怡的佳境。

夏天到小河边的树荫下拉家常纳凉,大冬天怎么办呀?有时弟弟回家开空调,屋里暖洋洋的。可是弟弟往超市走后,母亲一个人总会把空调关掉。实在冷得不行了,母亲也有办法,她索性坐到床上的被窝里。但冬天不是几天就过去的,母亲总不能天冷就坐进被窝。弟弟和弟媳到泰州一家大百货商场羽绒服柜台,挑了一件超长超厚超大的羽绒大衣。有了这件羽绒大衣,就是再冷的天,母亲出去走走也不会感到寒冷了。特别是冬闲季节,田里什么农活儿也没有,村上的老太老头们会东家凑一桌,西家喊一桌打麻将、玩纸牌,母亲有几个固定的牌搭子。弟弟、弟媳心里很高兴。从泰州回到家里,当晚,弟弟、弟媳把羽绒大衣拿到母亲的房间里,两人手脚忙乱地帮母亲试穿。母亲穿上这件加长加厚的羽绒大衣,在房间里踱了几步。弟媳妇又不失时机把领子抹抹,把帽子翻上去戴到母亲头上。母亲穿上这件羽绒大衣后,浑身暖烘烘的,随口问道:"这羽绒大衣挺暖和的,在哪儿买的?"

"泰州大商场里挑的。颜色合适吗?"弟弟心里早有准备。只要母亲不问价钱,他就照直说。

"这么大把年纪了,这深灰色合适。"母亲拉了拉下摆,然后把帽子从头顶翻下去,满意地笑了笑说:"大小很合身。有了这件羽绒大衣,明天可以出去玩纸牌。"这是母亲最开心的事儿了。这跟城里的人一样,吃饭前要掼蛋。饭前不掼蛋,等于不吃饭。其实母亲在乡下养老,也有母亲自己的兴奋点。就在母亲喜洋洋地脱下试穿的羽绒大衣时,突然想起什么关键的事儿,眉头皱了起来,把羽绒大衣往弟弟手里一递说:"双宏,我都奔90岁的老太太了,你怎么跑到泰州大百货店买衣服?店大欺客。这件羽绒大衣得花多少钱呀?"

弟弟早有心理准备,知道母亲迟早会问羽绒大衣的价格。弟弟心里有了报价折扣表。凡是母亲添置衣服,一律一折或二折报价。只要报价便宜,母亲心理会平衡,能接受。这件羽绒大衣买时价格是一千二百元。弟弟将母亲递到手上的羽绒大衣往床铺上一丢,哈哈哈地大笑起来,边笑边从口袋里掏出一盒烟,抽出两支。一支给母亲,自己叼上一支,打火点着后,对母亲说:"今天和你二媳妇乃贵去泰州城里大百货店进货,赶上羽绒服大甩卖,你二媳妇一眼就看中这件羽绒大衣。折扣打得大呢!"

母亲吸了一口烟,将信将疑地说:"赶上打折?有这么巧的事儿?"

"冬天个把月就过去了。冬天一过,谁还买羽绒大衣?再说,现在家家有空调,羽绒大衣派不上大用场。不打折,卖家傻呀!"

"这件羽绒大衣多少钱?"母亲朝床铺上的羽绒大衣瞅了一眼。

"你猜!"弟弟也长长地吸了一口烟,有意给母亲吊胃口。

"三百元不会少。"母亲从床铺上拿起羽绒大衣,抖了几下。

"贵了!三百一件,谁要呀?"弟弟嘿嘿地笑了。弟媳妇把脸转向门

173

外,偷偷地笑。

"两百元一件。"母亲想了想,把烟灰朝桌子上的纸杯里一弹,果断地说。

"再往下猜。"弟弟知道母亲的心理接受价位。对于长期生活在农村的母亲来说,超过一百元一件的商品,甭管你是什么商品,母亲总会嫌贵的。她心里的价位就是这个数。超过这个价格,母亲不太能接受,子女送的也不能接受。她是从穷日子过来的,节俭是母亲的传家宝。现在社会物质丰富起来,商品价位肯定高上来了。但母亲的心里对物品的定位还是停留在原来的价位上,要不然穿在身上会不自在。穿衣服是件爽心的事,但穿在母亲身上,她老是觉得太贵了,太奢侈了,心里就高兴不起来。母亲把羽绒大衣往床上一丢:一百五十元一件。"

"猜得差不多了。告诉你,这次我们去泰州拣了个大便宜。打折!打得狠啦!一折多一点。这件羽绒大衣挂牌价是一千二百八十元。我们与卖家讨价还价,一百二十元成交。"

母亲听了,脸上露出满意的笑容。母亲把嘴上的烟头又快活地吸了一口,端起桌子上的纸杯,把烟头朝纸杯里一吐,若有所思地拉了拉弟弟的袖子,恳求地说:"双宏,近几天还去泰州进货?"

"去呀!你有啥事顺便办,方便得很。"弟弟点点头。弟弟孝顺,他最高兴的事就是母亲让他办事。

母亲不慌不忙地从衣兜里掏出一沓纸币,拿了一张一百元的往弟弟手里一递,又抽出两张十元纸币,塞到弟弟手里说:"这是一百二十元,买羽绒大衣的钱。"

弟弟愣住了,说什么也不能收母亲的钱呀。再说,这件羽绒大衣花了一千二百元买的,收母亲一百二十元,这一百二十元有啥意思呢?弟弟把钱又塞到母亲手里。

母亲愣住了一会儿,她心里一盘算,这么好的羽绒大衣,这么便宜的价格,太合算了。母亲想到了自己远在外乡镇的妹子。妹子也是奔

80的人了,何不请儿子再买一件,反正一百二十元一件。母亲想到这里,心里怦然一动,把一百二十元钱又塞到弟弟手里,声音高了八度:"双宏、乃贵,你们孝顺我心里有数。这件羽绒大衣我不给钱了。这一百二十元你们拿着,代我再买一件,送给你姨娘。"

弟弟直愣愣的目光盯着母亲的脸庞,好久好久没有说话。弟媳妇乃贵机灵些,赶紧凑上前来,笑笑说:"过几天去泰州进货,给姨娘也买一件。"

弟弟回过神来,又把钱往母亲手里塞。母亲推着弟弟的手说:"给我买,让你们破费!再给我妹妹买,怎能让你们再破费一百二十元?不行!不行!"

弟弟拗不过母亲,只好把钱递到弟媳妇手里。弟弟、弟媳互相望望,心里有一些说不出的滋味。但两人看到母亲一副乐呵呵的样子,脸上露出了笑容。在他俩的心目中,母亲高兴,他们就高兴。尽管这次买羽绒服吃了暗亏,倒贴了几千元,但只要母亲快乐,弟弟、弟媳心里是愉快的。

母亲不到城里养老,放弃到镇江养老的优越条件,坚持在乡下跟弟弟一家过日子,她有自己的想法。而母亲的想法是我们这些城里的老头老太想不通的,随着时间的流逝,一晃二十一年过去了。父亲离开我们二十一年,母亲这二十一年勤劳节俭地在乡下一天一天地过日子。90岁的老太,仍然听得见,看得清,还能生活自理,时不时地为了节俭做出一些让常人难以说得清的事。母亲节俭,这几十年跟弟弟经常交流,特别是逢年过节回家乡看望母亲,我的心里也慢慢地释然了。我心里明白:母亲要过她熟悉而又乐意的乡村生活。这样,母亲的晚年顺心、幸福。人们追求幸福的兴奋点是不一样的,各人有各人的追求。年龄、经历是追求幸福的兴奋点不一致的主要原因。母亲跟着弟弟在生活习惯了的地方养老,日子过得顺。虽然闹出不少节俭的笑话来,但母亲是乐在节俭进行时。节俭能给母亲带来心灵的快乐。做儿女的,何不顺着母亲的意愿？何不顺其自然呢？有一个道理我似乎完全明白了：人所产生的快乐都在完成某件事儿的过程中。节俭是母亲的传家宝，也是中华民族的传家宝。母亲在节俭的过程中产生愉悦的心情，这是母亲长寿的一个原因。

我们生活在镇江。香醋可是镇江鲜亮的城市品牌。回家乡看望母亲，我总不忘带上几盒镇江香醋。带香醋送亲朋好友，总要买些包装漂亮的香醋礼盒，每盒一般一百多元。有一次，应该是清明节前，我回家乡祭祖。中午吃过饭，我跟母亲聊了一会儿。一家人谈笑风生，其乐融融。母亲身体好，一家人都开心。我给亲朋好友每人送上一个香醋礼盒。一会儿工夫，母亲把我拉到院子里，悄悄地跟我说："你送我的两个礼盒，你还拿回去。你帮我换成单瓶装的醋。"

我听了母亲的话，心里有点纳闷。母亲要单瓶装的醋干什么？现在单瓶醋超市有卖的，送人谁也不会送单瓶装的。我不解地望着母亲慈祥的脸庞，还没有等我说话，母亲又补了一句："就是像洋河酒瓶那样的瓶装醋。"

单瓶醋一箱里面装上十二瓶，每瓶只有十几元。我问母亲："要瓶装醋干什么？"

母亲回答得很直白："送人。我在乡下生活，这些左邻右舍对我可好了，大家处处相互关照。春天送野菜，夏天送茄子，秋天送瓜果蔬菜，满院子都是，吃也吃不完。你那礼盒醋，我也送不起。再说，送多了，人家也不好意思。逢年过节送些单瓶装醋，乡下人实惠。"

我连连点头。这就是乡下养老的母亲。她总是处处为子女着想，但她也不亏待别人。也许这是母亲的美德：礼尚往来。

后来，我记住母亲的话。每次回家乡看母亲，总不忘带上三四箱大箱镇江香醋。我把几大箱香醋放到她的房间角落，并打开箱盖，拿出一瓶，在母亲眼前一晃。每当这时，母亲的脸上总会浮现出满意的笑容。

节俭是一个人良好的个人修养的体现，是我们民族世代相传的精神财富,是我们每一个人都应当努力继承和发扬的。从母亲的乡下养老经历,我明白了这个道理。有人说,过去贫穷,应当节俭;现在富裕,应当享受。这句话是不对的。丢掉美德,贪图享受,并不一定快乐。勤俭节约是一种远见,一种战略眼光,一种智慧,一种习惯。母亲乡村养老节俭的过程告诉我这个道理。

母亲节俭,母亲朴实,母亲宽厚待人。母亲在乡下生活,心里充实惬意。总之,母亲做自己想做的事儿,把节俭的过程看成是一个快乐的过程。母亲乐在节俭进行时,心里自始至终充满了欢乐。

妈在，幸福就在

柳筱苹

采写手记：

"我又爬上长城了,四十年前我带我妈来到这里,我想我妈了,我的愿望就是今生再爬一次长城,现在终于实现了,今生无悔,我很激动。"我83岁的老母亲登上长城一边挥手,一边兴奋地说着,她在回忆和她的母亲在一起的美好时光。

我妈让我传给她视频,她要发微信朋友圈,她要发抖音。长城上好多人围着她,一路听到的赞扬声不断,很多人伸出大拇指夸她老人家真的很了不起!真棒!

事情要从今年"三八"妇女节说起,我回家陪婆婆、妈妈过节,我妈携着我的手说:"你带我回北京吧,我行李都准备好了,我保证哪里都不跑,不给你添麻烦,就是换个地方歇几天。"

哪知道到北京的第二天,我一早刚醒来,她就说:"女儿,我今生的愿望就是再爬一次长城,你吃完早餐,我们就出发吧?"

"啊!妈,这工程太大了,我完成不了,去长城我没有预约,车又没开来北京,我们怎么去啊?"

"你不会打车吗?一直打到长城,然后再坐缆车,我们不用走路,你不要担心。"

她昨晚还对我说,哪儿都不跑,就在家休息,今天就又变了?不过,百善孝为先,老妈任性必须支持!

长城游在担心、开心、劳累中圆满结束了,我默默为自己的胆大点个赞。

我以为妈妈会消停了,没有,周日她又提出:"你明天就要上班了,我们今天再找个地方玩玩。"我妈喜欢花,我就带妈去了玉渊潭,刚好遇上"北京玉渊潭公园樱花节"开幕,那儿人山人海,妈妈不敢走路,我哄着她边走边歇,一直到玉渊潭湖边。公园好大,没有观光车,我真的不敢想怎么才能走到出口,此时此刻我多希望能买到一辆轮椅车,可以推着她走路。

经过这次教训以后,我连夜在网上买轮椅车,妈妈没到北京时我就预先买好了,因为没有经验,以为越贵越好,第一辆轮椅车太轻,她坐上去后人就往前倾摔倒了,手指受伤了。她说:"你给我买一辆自己可以手推或电动的轮椅车。"我没有答应她,我上班,她自己一个人乱跑我怎么能够放心啊。第二辆、第三辆车还没收到货就看到网评有摔伤,我吓得深夜退货。第四辆车购买成功,很满意,出门将轮椅车折叠好带上,先打车到目的地,然后再让她坐在轮椅车上我推着她走,总算解决了她跑不动路的问题。

老妈是劳碌命,我一上班她就开始忙碌,到菜场买菜做饭,到屋顶收我晒的衣服。我上班心总是不安,各种担心,但我也体会到了,有妈的孩子像块宝,早上有人催你上班,中午回家有人热饭热菜等着你,晚上有人在路口等你下班。我可以有事没事地叫着:

"妈,妈,妈——"

"哎,来了,来了。"

有妈的孩子像个宝,没妈的孩子像根草。人都很害怕失去,而我们每天都在失去一些东西,失去童真、失去青春、失去容颜、失去美丽、失去热情、失去身体的某一部分……

婆婆、妈妈还在，我要尽最大可能地多回家看看，多陪陪她们。其实她们的需求很简单，就是能够看到我们生活得很好。在她们眼里，无论年龄多大，我们都只是她们的孩子，她们能给予的就是无尽无私的爱，而我们给予她们最好的就是陪伴与懂得。

妈在，幸福就在

时光仿佛又回到1996年。

那一年我们买房了。我在娘家住的是一楼，站在院里踱步，稍不留意就被楼上扔下来的不明物击中，心里感觉真不舒服。结婚后买房我毫不犹豫地选择了没有电梯的七楼顶层，还给它起了个雅名"七重天"。每次上楼高跟鞋一脚一脚踏得水泥楼面咚咚响，就像踩在楼下人的心尖上，我兴奋的心儿在飞舞。

谁料"七重天"给我们带来了许多的不方便：我奶奶已爬不动楼了，她只能在照片上看我的新家。东西拎上提下不说，冬天奇冷，夏天奇热，更让我们没考虑到的是随着时间的推移，年迈的公婆、父母每每来一趟是多么的劳累。

2000年，我爸退休了，我就请他住到我们家，帮我照顾儿子陶陶的饮食并辅导他画画，我们下班回家还能吃到爸爸做的饭菜。

父亲可算是美食家了，他是中国食品协会的会员，又精通绘画、书法。父亲很自信地就答应了。

早晨父亲下楼买来豆浆、油条、烧饼。儿子问："这是什么？"父亲说："你妈小时候最爱吃的。"

儿子的头直摇晃道："我从没见妈妈吃过，我也坚决不吃。"次日早餐换上牛奶、面包。他连声"NO！NO！"说是没有沙拉、牛排不吃。第三天早餐是面条外加一只鸡蛋。

他说："我只吃楼下那家的肉丝面……"

父亲再教他作画，他说："你那一座山、一棵树画半天，山水画太没创意了，你看我画的卡通画。"父亲看着外孙画的"拳王"，一脸的迷惘。

我打电话回家，陶陶抢着话筒直嚷："外公不许我吃方便面，不许我买肯德基、土豆条,他什么都要自己做,他在房间不开空调,不开灯……"

我心疼地对父亲说:"这么热的天,你不要怕电费贵,注意身体,饭菜做简单点,不行就吃方便面,或叫快餐,你累倒了我怎么办?"

父亲愣了一会儿:"吃方便面、快餐要我在这做什么?我病倒就回家,决不连累你们!"

我握着话筒,心里一阵酸痛,也许我表达的方式不对,但是我真不想让他劳累。

也许人老了,退下来,做点家务活才能体现他生存的价值吧。

放下电话,我总是想着这么热的天,父亲抽着烟,喝着浓茶,舍不得开空调,孤独地坐在沙发上的模样。

他每天为我们忙碌着,料理家务,做着可口的饭菜,整个心全系在了我们这个家。"爸爸,你太辛苦了,谢谢!"我心里总想这么表达一下,可是我却从没有说过。

我妈总是很勤快,只要我一不小心衣服乱放,她不管是脏的还是干净的,统统洗了,而且是手洗,用搓板肥皂那种,不管你是什么名牌,多么值钱就是不让你出门干洗。

每次拿出衣柜里皱巴巴的被老妈洗得不成样子,怎么烫也回不来的衣服都很无语。先生的毛衣领子不知道变形成什么样了,穿身上还有一股怪味。我们家有全自动洗衣机,她却要手洗,她以为是省水省电节约了,我不敢说我妈不好,我爸会护着她。

一次我让街道家政服务到家里来打扫卫生,怕父母心疼钱就告诉他们,人家是为人民服务的。等我下班回家,爸爸说:"他们将我们厨房搞乱了,他们来我们更累。"妈妈说:"你剥削人家劳动力,现在挣钱不容易,我蒸了包子给人家吃,让他们走了。"我只能默默无语。

我爸爸和我公公以前是同事,我妈妈和我婆婆是小学同学。我不在家的时候,家里四老一起帮我们做吃的,干家务活。我爸负责做饭做菜。我妈就像田螺姑娘,帮我洗衣做饭打扫房间。我公公浇花、喂小狗、给金鱼换水。婆婆喜欢帮我们做手工,缝补衣服。他们分工不同,各尽其责。他们也一起聊以前的事,还是很热闹的。

如果知道我休息在家,家里老人们更是要聚到一起,和我分别告状。妈妈说:"你爸爸怎么也不肯出门,让他到门口广场散散步锻炼身体,他最多只肯在家走动几步,还找各种理由拒绝运动,你找他谈谈吧。"

婆婆说:"你公公将窗台上放满了花盆,那天风大,一只花盆从楼上摔下来,还好没砸到人,你让他将花全放在你们家院里吧,我们怎么劝他都不听,你和他谈谈才行。"

老人们对我充满了信任,也充满了依赖。

和婆婆相处就感觉我是她亲生的一样,我们都是三十六码的鞋,体重也差不多,我的衣服基本下滑给她。她还特别喜欢和我一起逛街买衣服。

一日和婆婆毫无目的地在百货店闲逛,她指着墙角无人问津、几元一米、很乡土味的蓝底碎花布,建议我做条背心长裙。经她比画,我在心中"默"出成衣的式样。回家我裁她制,穿在身上很顺眼,感觉特别好。后来我就常和婆婆逛街买些价廉物美的面料,制成独一无二的衣衫。

"七重天"一住就是十二年,公婆住在我们家前面一栋楼,他们家在三楼,我们家在七楼,一次楼上楼下就要爬二十层楼梯。婆婆在家是总管,每次做了好吃的菜,总要令公公送到我们楼上来。逢到大下雨了,又见公公急匆匆赶来帮我们关门窗。公公特别喜欢晒被子,他隔三差五地跑上楼为孙子晒被子,有时来来回回楼上楼下不知跑了多少趟。有一天我下班上楼,正遇见公公大包小包提着晒干的衣服往楼上拎,公公黑色的头发上冒出越来越多的银丝,他气喘吁吁地说:"你们没人在家,我担心下雨就将东西拎回家晒了。"看见他衣襟满是汗渍,我站在楼梯上,鼻子酸了。

我一直在心里懊悔,当初为何要买这么高的楼,哪天等我发财了,我再买房,即使楼上扔"炸药",为了老人们,我也要选一楼,那时我没有电梯房的概念。

2007年我父亲搬到自己的新家后,开始拾起丢了好多年的画笔,重新作画。

每天午休后父亲都是很开心地绘画,只要有亲朋好友来,他总会拿出自己的作品,让人家欣赏,肯定会得到一致认可:"好!"

他便会立即说:"你喜欢什么画我送你?"

于是我小姨要鱼,我姑妈要花,小朋友来了也要大公鸡,父亲都一一画好后,让我送去装裱。

我妈说:"就装裱一下吧,不用再装框了。"

哪晓得我刚从娘家出门,父亲就在家生气发火了,一连串问我妈:"我画得不好吗?没有你弟画得好?"我妈说:"你画得比他好,我就喜欢你的画。"我大舅是很出名的画家,我爸的画肯定比不上他的,但是我妈就这么哄着他。

每次我将父亲的画裱好后先拿回家让他检查过目,然后再帮他送亲朋好友,送画时我总是很舍不得的,都会拍下照片以作留念。

父亲有点过意不去了,盯着我问:"你喜欢猫,我画只猫送你好吗?"

我不知道怎么回答,说不好他生气,说好我又要不停去裱画装框了。

每每看他一边哼着小曲一边将多年不碰的画笔再次挥舞起来的时候,我心情也为之轻松愉悦。

我爸年轻时很封闭自己,不喜欢说话,老了就感觉有时候他心理很有问题,性格越来越奇怪,有时不停地要和你说话,有时会为一件事很固执。你和他说话时他很听话,你刚走他又想不通。

父亲每天都要喝点小酒,然后就盯着我说话,一会儿吹他的"想当年",一会儿要为我画一幅画,还非要为我刻印章。我只好顺着他,只要他开心就好。

父亲好静,他喜欢闲庭信步,知足常乐。在他的感召下我也学会了与世无争,做一个平凡的人,学会了为一朵小花的生命而惊呼,为一幅画而陶醉,为一件平常事而感动。即使生活充满了艰辛,我也从未沮丧过。

2008年大年三十晚,我邀请四老来家吃团圆饭。

我妈说:"你爸上楼都很吃力了,也许以后不会来你家了。"我听了心里很难受,他才过70岁,人家80多岁的老人还比他精神呢。爸妈和我相偎相依走到了今天,说心里话,我不想看到他们衰老的样子,但是我必须面对父母衰老的现实。

爸爸退休后很少出门,我妈退休以后就想将全国大好河山看个够。我爸的爱好是画画,我妈的爱好是旅游。我爸喜欢看书,我妈喜欢唱歌。这一静一动也不知道怎么过得如此地安好。我感觉爸妈把他们生命中最优秀的部分都遗传给了我,让我喜欢读书、喜欢写写画画,更喜欢旅行。

我妈每年都要去旅行,每次出门她都兴奋得哼着小曲道再见,每次回来都是哭哭泣泣喊累得要命。

她晕车又失眠,还舍不得花钱。那次去庐山,导游说不走回头路,山比较高,她一边哭着一边往上爬。

回家后她腰酸背痛,再次宣布:"我从此以后再也不出门了,我就在家陪你爸,哪儿也不想去了。"

可是,亲爱的老妈没有保证几天就又出门旅行了。

记得爸妈搬新家才过了一个多月,我妈就又开始折腾了,为了买房我妈耽搁旅游这件大事了,突然间她就想要出门,并约了我小姨、三姨说一起到杭州去玩。

那天周五,我妈要去买火车票,我爸说好的,但是建议她最好等孩子们上学、上班，周一再出门玩。我妈说好。

谁知道中午妈回来就说，火车票买了，是周六晚上的，我爸一听就生气了，认为是我妈欺骗了他，没重视他的意见，是先斩后奏……总之一句话，就是想不通。

突然间我爸就摔倒了，还撞倒了热水瓶，我妈吓得叫了起来。我在楼上睡觉没听到，我的孩子扶起外公，没有抓牢，我爸又一次摔倒了，等到我从楼上下来，一切都恢复平静了。我妈问我："关键时候你怎么不在？"我回："在，我又能怎么样？"

周六一大早，我妈来我家，说："昨晚你爸一夜没睡好，摔倒后身体很疼痛，腰肿了，我让你爸去医院，他却不肯。"就在这种情况下，我妈还是周六晚上唱着歌离开了家，我就想不通她怎么有心情玩的？再说那个景点她都不知道去过多少回了，有什么好玩的？我们都知道她回来肯定是哭哭泣泣的，什么累啦，没睡好啦，没有在家好啦，不出门啦……我也知道我爸会没事人一样依着她。

2009年春天的一个双休日，我回娘家看爸妈。

我带着新买的血压仪给他们测着玩，小姨也在我们家，我一一给他们测量。我一边和他们聊天，一边玩着血压仪。测到我爸时，血压是109 mmHg/210 mmHg，心跳每分钟101次，我吓了一跳，反复测，我们都正常，唯独我爸的高，我认真了，让他到医院，他坚决不去，说没有感觉到不舒服。

劝不动他，我就自己跑到他家附近的社区医院咨询医生，医生说："高了，快到医院吧。"我又跑回来，对我爸说："你不到医院我就不走。"我爸被我说得没办法，同意去社区医院。医生测出了110 mmHg/220 mmHg后，立即说："你退了挂号费，赶紧到大医院。"这时，我爸说："我什么医院也不去，医生你给我配降药片吧。"医生不肯。

和爸妈一起到医院后，我爸的血压到了260 mmHg，医生什么话也不说，让我爸躺床上，立即进抢救室，挂降血压的药液，10分钟自动测一次血压。我爸这时才相信自己血压是高了。

从晚上6点一直挂水到早晨6点,血压从260 mmHg降到了148 mmHg,在我爸的强烈要求下,医生终于同意让我爸回家了。

接下来的几天,爸的血压仍然很高,高压基本上在160 mmHg—180 mmHg,低压80 mmHg—100 mmHg。我的心没一天安定过,我一直在想如果他的血压还是居高不下,那就不是原发性高血压而是继发性高血压,那问题就麻烦了,那可能就是他的肾出了情况。

晚上我从书上和网上查找有关高血压应该注意的事项,白天整理并打印出来,迅速送到二老手中。买了决明子、菊花、山楂,还有花生米,能够降血压的都往他们那里送。

我和儿子说:"我不能接受我们家中四老有一个身体有问题。"儿子很懂事,他说:"有一天我做梦,也是这个问题,我醒来大哭,亲情太可贵了。"

爸血压高后开始每天一早吃药,血压保持偏高一点点,我妈妈身体却大不如前。身体不好,心情也不好,面对着她的哭诉,我感觉自己很无力很心痛,既不能代替她的疼痛,又不能医治她的病痛。

爸妈越来越像小孩,还常发脾气,我只有顺着哄着。那个我曾经依靠的爸妈变成了需要依靠我的人,我现在只能转变观念,和他们的角色互换了。

那时的我就是不知道珍惜自己正在经历的,不知道这是一生中最幸福的时刻,整天无病呻吟的,脑子里想的、手中写的都是如此。

2010年5月,我失去了我生命中最宝贵的财富,我的孩子陶陶突然永远地离开了我们。我也不想活了,想跟随他一起走。我妈我爸突然间头发就白了,妈妈常常一边哭泣,一边安慰着我。

有一天,她说:"我在家看电视,苏州太湖西山风景区,游玩快艇撞上货船,四名男生突然就失去了生命。"妈妈劝我说:"人生无常,还有很多家庭像你一样的悲伤,女儿,往前走,不要回头,好好吃好好玩,开开心心每一天。"

我开始强迫自己忘记一些东西,后来自己习惯了不再记忆,结果,慢慢地就什么也记不住了,我十分地沮丧。

早晨起来煮咖啡,冲洗咖啡机时竟然忘记再装上滤网了,我还这么糊涂地继续煮。

失去了儿子陶陶,我感觉失去了全部。我常常中午骑电动车去看陶陶,常常迷路,站在十字路口,我不知道走向哪里。

记得那年中元节,我骑着电动车,不知道走了多少冤枉路,才找到栗子山。天好热,路上没有行人,我只能追随自己心灵和直觉向前走。其实去与不去都一样,我还是见不到他,只是心里一直惦记着今天是一年中他那边最重要的节日。一早我就不想吃早餐,每到这样的日子我都没力气,不想吃东西。

回到家时,发现我来回骑了90分钟。这样的日子我不知道要熬到什么时候才是头,也许是一辈子。

陶陶的离开,让我从天堂一下就到了地狱。我对所有的痛、病真的没有感觉了。我的生活还能再坏到哪里?我已走到了生命的最低谷,我现在一点点努力着想回到地平线,一脚踩在地狱,一脚又想往上爬,没有什么欣喜,只是想舒服地站在地平线上呼吸一下地球上的空气。

我每天重复着告诉自己:面对、放下、忘记、前进!生就好好活,死就安静息。

我告别了绝望灰心的生活,渐渐又回到简单平静地工作生活的日子。每天我都如实地记录着平淡如水的日子,只是怕忘记。我的记忆越来越退化,常常害怕有一天早晨醒来,不知道自己是谁。

2012年4月的一天,快下班时,妈妈带着烧好的鸡、野菜……等我下班,让我带回家晚上吃,我心里感觉暖暖的。同事也总是羡慕我有个时刻想着我的好妈妈。

妈妈告诉我:"你爸激动呢,明天就要看到他童年住的地方了。"

下班后,我一一打电话给两边爸妈,通知明天出发时间。心里还是担心啊,如果明天找不到那个"真君寺巷"怎么办?

　　事情是这样的,前两天爸和我说起他童年的往事:

　　1939年我的爷爷住扬州真君寺巷10号,父亲随我爷爷在那住到8岁,他的记忆中家里有汽车、勤务兵和私人医生,那医生姓杭。后来他们家房子就卖给了那个杭医生。父亲说:"杭医生的后人应该还在。"

　　他记忆里有国庆路、皮市街、真君寺巷、菜根香这些地点。

　　我和我先生便在网上查找我爸说的这些地址。

　　据《扬州大事记》记载:1965年9月17日,扬州市更改街巷名称六十七个,并确定了一些新路名。"真君寺巷"改名"新民巷"。近日古城恢复八处里巷原名,其中有一处"新民巷"又恢复为"真君寺巷"。

　　晚上我们将扬州地图及我们明天要去游玩的公园地址一起打印出来,期待明天的结果吧。

　　2012年4月6日,我们一行七人,开车前往扬州,中午在爸爸亲点的菜根香吃完饭后,我们开着车,一路寻找真君寺巷。

　　车从国庆路到皮市街就不知道怎么走了。我们这几天功课做得再好,地图上没有标出地名,我们还是找不到。

　　我们问路:"请问新民巷还有多远?"

　　路人回答:"还有五公里。"

　　弟弟说:"找个巷子让爸爸随便看看吧。"

　　妈妈说:"太远了,我们还是回家吧。"

　　爸爸说:"几公里路,远什么啊?"

　　我知道他们是担心,怕找不到真君寺巷10号,爸爸心里难受吧。

　　我说:"我们今天的任务不仅仅是来游玩,主要是帮爸爸找童年回忆,我们继续找吧。"

　　话是这么说,我心里没底,都六十多年了,这是多么长的岁月啊,我们小时候出生的地方都拆了,他童年的家可能还在吗?

车继续向前开着,突然我大伯子喊道:"我看到真君寺巷了。"不会吧?还真有路牌啊。

我们将车倒回头,在巷口停了下来。

巷子很窄,爸爸、妈妈手搀着手走,我爸告诉我妈,他童年时走的就是这青砖路。我们找到 2 号、4 号……在爸爸记忆中的真君寺巷就是"一人巷",巷内每天有人请香,以前大户人家建房时,都建个敬香台,供祖宗。

他一边回忆一边向前走,出了巷口往右拐有一条宽敞点的巷子,我们终于看到了墙上有个蓝色的标着 10 号的门牌,爸爸一路走一路叽咕:"我们家以前有小汽车呢,这巷子怎么开进来啊?"爸爸有点儿失望,连声说:"不像不像。"

快走到巷子尽头时,我们看到只有一户人家了。房子很特别,外墙全部用三角形水泥柱撑着。这时,爸爸走到前面停下了,激动地说:"就这家,房子还在呢。"说着话,我们看到他脸红了,眼泪掉了下来。

我看到了很老的房子,铁皮包的门都生锈了,门槛木头也腐朽了。爸爸说有铜门槛。

站在门前,我敲敲门,问:"屋里有人吗?"

爸爸立即阻止了,说:"我们能找到真君寺巷 10 号就很满足了,不要再打扰人家了。"

就在这时,我听到门内有人喊:"你们找谁啊?"

我说:"我们是六十多年前住这里的,想进来看看。"

门里一位阿姨伸出头,问:"你们姓什么?"

我爸爸回答,姓柳,还加了一句,我们不是坏人。

门开了。阿姨告诉我们她姓朱,杭医生是她舅舅,是她姨父买的柳家房子。我爸爸又问:"你姨父是不是南校长啊?"

回答:"是啊,是啊。"

朱阿姨说,她听她姨父讲过,我爸家那时很富足,有汽车、勤务兵、私人医生……

谈话间,我们慢慢理清楚了。我爸爸出生时,我的爷爷从朱阿姨舅舅杭医生手中买下扬州真君寺巷 10 号,后来我爷爷回镇江又将房子卖给了朱阿姨的姨父南校长。

朱阿姨那年 67 岁,她从 3 岁起就住在这里,一住就是六十三年。

交谈中,我理顺了关系,朱阿姨的姨父那时在镇江清华中学做校长,我老爷爷在那教书,后来我们家房子便卖给了南校长家。现在南校长不在了,他的家人有的去了美国,有的留在了镇江。

朱阿姨说:"我们杭医生的家人也来看过房子了。他们的家人也基本到了国外。"

爸爸为我们讲述他的家,以前书房在这边,睡觉在那边,这儿有什么,那儿放什么……

爸爸还记得他小时候有个种着葡萄、养着金鱼的花园。我们随他来到院子,看到了他小时候坐的石凳和黄杨树还在,爸爸说,这棵黄杨树,他生下来就有了,这是多少年了呀。

爸爸依依不舍地和老屋告别,站在巷口我能感受到爸爸此刻的心情,离开这里六十六年,还真让我们找到了。太完美了,我们和爸爸在此合影,纪念他寻找到了出生的地方,我寻找到了生命之根。

2014 年初夏,我带着妈妈开始了二十多天的云南旅行。旅途中,她肾盂肾炎发作,血尿,卧床。她休息五天后继续要求去西双版纳,妈妈喜欢玩。

旅游回家后的一大早上,我下楼看到餐桌上妈妈留下的字条,准确说,应该是一封信,开头有称呼:女儿,最后有落款:妈妈。信写得很长,写满了一张纸,大致内容是,晚上我来看你,你睡觉了,你睡眠不好,我一直担心,你吃的安定有没有过期呢?现在看你熟睡的样子,我就担心吵醒你。炖了一碗汤放冰箱里了……

我心里感觉很温暖,一碗汤的温暖。第二天早晨,天下着小雨,妈妈又来了,她担心我是不是病了。

从云南回来后不到半个月,妈妈去医院做了CT,结果是椎间盘突出。妈妈由于受病痛折磨,老了好多岁。医生说她以后不能外出,不能摔跤,要卧床休息,这就等于关她禁闭。

她原本就是性格外向的人,喜欢旅行,有时间就爱在外闲逛。如果不再能行走了,她该有多难受啊。

我妈疼时喜欢哭,开心时喜欢笑,感情表达方式比较直接。生病了,她为了立即好,病急乱投医,人家说什么能治病的药她都信。

每天腰疼得厉害,她又不肯卧床休息,提出要针灸。

妈妈只要和我说的事情我都会依她。一早我就带她去看专家门诊、针灸,并和医生约好每天中午送我妈来针灸,我真的想她好起来,能继续陪她去旅行。每天来回路程加上治疗时间需要近3小时,折腾我两天以后,我先生主动要求他来完成任务。我们坚持了一周,不知道老人家什么时候肯不扎。

家有四老,事情多多,必须一件件落实。婆婆老年大学上课的歌曲,我按照她的要求一一下载,全部拷到U盘中。

公公喜欢的随身听,我要帮他找到。

买了一台面包机给爸爸,哪知后来见到面,爸爸就声讨全自动面包机。

我安慰他:"你就当玩具玩玩吧。"

谁料这句话点燃了他的愤怒。他说:"什么玩玩啊,学什么啊,傻瓜都会做。工艺、流程、配方……这么长时间发酵,水分都没了。"他说了一连串我不懂的话,我突然就明白了,我应该再帮爸爸买个烤箱,让他自己动手做面包再烤,而不是像这种不动脑子的傻瓜面包机。

爸妈越来越像小孩,常发脾气,我只有顺着哄着。

又是一年重阳节来了,我们接家中四老一起吃晚餐,第一道菜,是上红包,我公公婆婆、爸爸妈妈一人一个,老人拿着开心哩。菜以清淡为主,不甜不辣为原则,老人吃得开心哩。

饭后,朋友送我两盒重阳糕,我还订了两笼上海小笼包给老人一起带回家。每个节日我都希望他们开开心心的。每个可以表达我对他们爱的日子我总是"小恩小惠收买人心"。

可是,我怎么都没有想到这次四老的相聚成为我人生中最后一次美好回忆。

2014年爸爸突然就中风了,只有右手能动,他每天坚持坐在床边自己吃饭,双腿很肿,筋骨疼痛,常常呼吸困难。

爸坚持在家疗伤,不肯请保姆,不要陌生人照顾,只盯着我妈一个人。

我虽然很赞同爸这想法,我也想等我老了,只要还有意识,也会选择在家中走完自己的生命旅程。但是我又舍不得我妈,那么爱旅游的妈妈哪儿都不跑了,静静地守着我爸。她腰疼加重了,走路拄着拐杖累弯了腰,我很心疼。

娘家小院雪后地滑,妈妈摔倒了,我主动要求晚上留下来照顾我爸,我妈虽然答应了,还是让我先回家,说如果有事夜里会叫醒我弟,也肯定会打电话让我们过来,但是我妈依然夜里不打电话给我,也舍不得叫醒我弟。她夜里没力气拖抱我爸,就哭泣。她说:"我只要有一口气都要让你爸坐到椅子上,我舍不得你爸爸,也舍不得你们不睡觉。"

我爸拒绝生人碰他,拒绝去医院,拒绝吃药,拒绝敬老院,脑子特别清楚,自主意识强,我们做子女的不知道怎么办。

2016年,父亲中风再次发作,他很固执,依然不肯住院,那天下着很大的雪,他坚决要我接他回家,他血压很高,吃药降不下来,我天天提着心放不下。

父亲生病以后不能行走,每天喝茶、吸烟、喝酒,而后就是回忆往事,电视上放什么保健品他都会让我妈记下来,然后让我去购买,我骑着电动车在大市口邮局边上一家小药店买到"长生不老"药,我明知道是假药，却不敢不买。

老人喜欢保健品，总是相信能够长生不老。我妈同样相信保健品，她喜欢一早5点钟悄悄起床，去红玫瑰舞厅参加早场保健品讲课，听课后还发鸡蛋发牙膏什么的，她就像中了大奖，欢天喜地地拿回家，然后再送她的朋友，最后肯定是买一堆保健品回来。

2017年1月公公因胃癌再次病倒了，家里全乱套了，每次公婆、爸妈只要有一个人生病，我们都是全体进入一级战斗状态。

我们排了医院值班表，保证家人白天都在，安排好谁休息谁去医院报到，一直到晚上老人睡觉才离开。

请的24小时的护工让人很不放心，晚上下班我到医院却看到公公在哭，他脑子很清楚，急得哭但发不出声音。我立马明白了，让护工回避一下，公公握着拳打头，告诉我们护工夜里打他，给他喝冷水。我们一致决定换护工，谁知道必须通过中介安排。快过年了，到哪里找护工才能让我们放心呢？

最后我们决定，护工换不了，只有做儿子的辛苦了，晚上我先生和我大伯子轮流守医院，盯着护工。

每次看我大伯子很有耐心地照顾老人，我心里感觉很惭愧。大嫂也是善良细心的女人，看公公抬手她便起身帮他脱外套，公公想站起来她立马搀扶，公公吃鱼时她细心地将鱼刺挑出来。这些小细节自然得体，都是我做得不够要学习的。

谁也没有想到公公住院没几天就离开了我们。送走公公，我们一片茫然，我们拥抱着哭泣，相互取暖。

接婆婆住到我们家后，姑子每天来做饭，大伯子也常送菜过来，原本冷冷清清的家变得有了生气、温暖。子女都不放心婆婆，都用自己的方式轮流和她谈心。

我一边吃早餐一边再一次和婆婆交谈。

我说："爸太想念陶陶，去陪他了，愿他们在天堂快乐！思念一个人会心碎心痛到自己活不下去,妈,我有时不打扰你是给你空间,让你一个人哭泣一个人想念,但是到我们这样的年龄必须学会面对、学会接受、学会死亡。你难过,他会走得很不安的。我们要好好享受鲜活的生命,享受生活的每一天,我们要勇敢向前,我们也要相信轮回。"

婆婆很认真地听,并同意了我的观点。

忙忙碌碌又到春节,因为七七重孝之内不可以探亲访友,一大家人商量,我们选择去旅行,逃离自己身处的环境,选择一个陌生的地方,让身心疗伤、放松。我婆家一行七人去韩国旅行了。

光阴似箭,岁月如梭,走过春夏,跨到秋季,我像许许多多平凡的人一样,默默地承受着生活的重压,怀揣着生活的疲劳,重复一天又一天的日子。

2019年刚过完年,我爸离开了我们。

我爸瘫痪在床这六年,我妈哪儿都不跑,一心照顾我爸,累弯了腰。我爸一走,我妈整个人就垮了,她不停地对我说:"你爸没有离开我,他还在我身边。"

我和妈妈坐在小院一边赏花晒太阳,一边听她讲和我爸的爱情故事。

"我就是被你爸家几根冬瓜糖给打倒的。"时光回到二十世纪六十年代。妈妈说,小时候她娘家很穷,弟妹们吃野菜,甚至还吃过一种红色的土。妈妈回忆第一次到我奶奶家时的情景,那天妈妈吃到了冬瓜糖,走的时候,爸爸还用手帕包了很多糖让她带回家吃。

在妈妈心里能够嫁到有饭吃有衣穿的人家就很满足了。妈妈和爸爸曾经在一个单位工作,共同爱好也是他们走到一起的重要原因,然后生下了我和弟弟。

妈妈满满的回忆、满满的后悔。她一直说:"不应该听你爸的,不应该依着他不去医院。"

一直到现在,一想到爸爸,我也很难受、很后悔,当时应该坚决让他在医院接受治疗。

爸妈习惯了付出,总是拒绝别人的帮助,我想为他们做点什么,他们都是说自己很好,不需要。以前总认为,孝顺就是先孝后顺,就得顺着老人的心意,现在我发现,我真的错了,人老了,就是"老糊涂"了,父母想法不对就不应该顺着,如果真心为他们好,就必须强制他们服从。爸妈要学会给予爱,也要学会接受爱,如果他们肯接受子女的爱,也会让我心里好过一些。

日子还要继续,调节心情的方式就是去旅行。我不能看着妈妈一直在痛苦的回忆中度过,"三八"节休假我和我弟带着我的婆婆、妈妈去了越南。

有一年最火热的夏天,我和我弟又商量着带老人们去度个假。去哪里呢?看海,我们全家都喜欢海。

平时自己的旅行,都是很随意的"世界那么大,我想去看看""来一场说走就走的旅行",带老人旅行,却不敢大意,旅途不能劳累,行程中大巴时间还不易长。

我认真做旅游攻略,最后选了美国塞班岛。

我妈推荐《惜别的海岸》给我婆婆,说在家与天猫精灵学的。婆婆说:"我也下载了。"于是从高铁到机场两人欢歌笑语都在唱这首歌。妈妈们开心就好!

塞班岛有一小段路很颠簸,旅游车一直开到山顶,站在塔帕丘山顶,可以俯瞰塞班岛全貌。它的海拔只有473米,却是塞班岛最高的地方。这是由于五十千米外就是世界上最深的马里亚纳海沟,所以从某种意义上说,这里是"世界第一高峰"。

婆婆、妈妈这年龄远行不容易,只要有适合她们的项目,我就找当地导游报名,那晚是夕阳游船晚餐,景色不重要,吃什么不重要,两位喜欢唱歌跳舞的妈妈,关心的是能否由她们来唱,我弟关心的是船上有什么酒,于是我一个人安静看景自拍。

旅游回来我会再一次关注适合妈妈们的旅游线路。

又是一年夏天。"开学啦！放价啦！看芽庄、岘港、柬埔寨、普吉岛……"反正什么广告词都是特价。我们全家都喜欢看海，我定了普吉岛，并电话我妈带她看人妖，老太太兴奋地说："我行李早就妥妥地整理好了。"

晚上将护照发旅行社，回答是："收可以，但是怕老太太年纪太大，万一有风浪，颠簸吃不消，普吉岛快艇颠呢，不能出海。"不出海去普吉岛没意思了，我立即电话告知妈："你年龄大了，人家不带你。"我都能想象得出，我妈是坐在行李箱上哭泣了。

整整一个晚上，我捧着手机寻找适合我妈的行程。旅游真的要趁早，身体不等你，风景不等你。现在65—70岁基本都要子女陪同，我没子女，属于我的愉快时光还有多少年？很多时候我都在考虑，是不是我就不工作了，陪着妈妈在外浪迹天涯呢？

2019年11月的一天，老妈突然腰疼，到医院检查，说是腰椎间盘突出。

我说了一句："那么我们就加紧现在出门游玩吧，长线我没有时间，我们短线游吧。"

说者无心，听者有意。

接下来的日子，老妈先是亲朋好友到处嘚瑟一下："我女儿带我出门玩，你们说到哪里？"然后各旅行社跑跑，看路线。

等待旅行的日子老人是激动的。头发烫成了圈圈，零食装了一包又一包，我怎么也不好说不去了。

老妈79岁后，旅行社跟团旅行适合她的线路就很少了，当时又是旅游淡季，线路很少。她又一直在旅行中，江南水乡几乎都去过，周边城市也常来常往。我对妈说："我很难再找到你没有去过的地方了。"

我妈一听就急了，宣布：只要能出门玩，到哪里都行。

我立马选了横店。一份出团通知书在手，我竟然看了好几遍，生怕遗漏了什么小细节。带着妈妈出门责任重大啊！

接下来我又带着妈妈去俄罗斯远东深度游，我反复研究行程，一直看到会背诵。从上海浦东直飞符拉迪沃斯托克（海参崴），参加了所有自费活动项目，让行程丰富充足，每天睡到自然醒，轻松悠闲的半日旅。

我妈妈特别喜欢俄罗斯导游Olga，和她合影的亲密度超过亲生的闺女，我不生气，按人家的年龄可以做我闺女，在哈尔滨上的大学。

随着年龄的增长，我发现在旅行这件事上我像极了我妈。我对空间转换早已没什么感觉了，但在一个地方待久了，我需要换个陌生的城市、陌生的面孔透透气。只要能去别处，无论乡村或皇宫我都喜欢，只要离开家我就满怀欣喜。

很多时候我无路可走，很多时候我心烦不安，很多时候我悲哀难受……我也都是选择放下一切，去旅行。带着妈妈一起飞！渐渐地，妈妈成为我旅行的最佳搭档。我衷心祝愿她老人家健健康康、千岁万岁。

陪伴着妈妈的日子是愉悦的，一起追逐一段最美的落阳，或看一朵花开，趁着她们还可以行走，我会一直坚持陪她们去旅行，就如小时候她们带我去旅行一样，给自己一个陪老人的时间。

陌生城市、陌生面孔，最亲的妈妈在身边，这就是我想要的生活。

可是，为了协助我老舅北京画院的工作，我在单位办了早退，并在北京开了一家书画文化艺术公司，工作很忙碌，很少有时间回江南了。

我一边工作一边和老舅学画，我拿着很多名家为我刻的印章，老舅一一看过后对我说："以后就用你爸爸为你刻的大大小小的印章，非常好看，也很适合你。"

那时我才有点懂印章，原来印章作为艺术品与自己用是两个概念，就好像一件自己穿的衣服，无论是多有名的设计师，甚至用玉、金、银等材料制作，都应该是"名如其人""适合"才行。现在我画画用的印章都是我爸当年为我刻的。

为了我舅的画展和公司业务，我不停地奔波在各国各地，没有时间再陪伴婆婆、妈妈,甚至二老80大寿我都无法回江南,我很难过。

2021年,老舅突然离世。以前不管是我爸还是我舅,只要他们要教我画画,我都选择逃跑。现在他们都离开了我,我开始能清晰地弄明白人生是有尽头的,懂得了时间的宝贵,但是不管收获多少成就,都不如来自家人对我的肯定。万千光环,都不如父亲轻轻弹着烟灰对我的画说声:好。

我很想念很怀念和他们一起生活的美好时光。

现在,我要的生活简简单单,下班回家,烧一碗鲫鱼汤、炒一盆豆苗肉圆,一菜一汤,有鱼有肉。躺在沙发上,听着音乐,和智能小艺聊聊天就感觉很满足了。

喜欢旅游的妈妈由弟弟陪着在国内走走。我弟陪我妈去了黄山、三亚、新疆等好多地方。妈妈白天基本不接电话,晚上我就等着我妈发微信朋友圈,看她旅行的照片成为我一种愉快的期待。我妈只要走在旅行的路上,什么病都好了。用她的话说:你们谁也阻挡不了我旅游的步伐。

那天看到我妈终于来到天涯时,我激动得想掉眼泪了。"天涯海角必须去,其他的一切你听安排。"这是我给她重复说的话,到"天涯海角"更多是一种"仪式感",也是我妈一直要圆的梦,谢谢我弟弟陪着她。

来北京工作五年了,很多时候想回家,但身不由己。2023年春节,我回家过年,再一次坐在娘家小院,院里盛开着蜡梅花,闻着花香、嗅着那久违的亲情、叫着妈,那种幸福感一直久久留存在我心里回荡。坐在院子里,翻读以前父亲节写给父亲的信,热泪盈眶:

"在人生旅途中,不管我历经几许沧桑、几多坎坷,不管我活得多沉重、多辛苦,然而,当我仰望蓝天白云,吸一口大自然的新鲜空气,就会禁不住发出欣喜的感慨:拥有生命,真好!"

妈妈还在,我就永远是孩子,心理上就有了稳稳的依靠感。此刻我最幸福的事就是自己年老了叫声妈还有人应。

无处安放的情感

马彦如

采写手记：

第一次看到许海兰，是朋友带着我以上门赏花的名义去拜访她，她种养的兰花开了，一进门，满室生香。她染了栗棕色的头发，穿了件豆绿色的针织外套，虽然已近70岁，仍然优雅从容，腰杆笔直，看得出年轻的时候一定是个美人。她家里不仅收拾得井井有条，还充满小资情调。

第二次我独自上门，表明采访的来意后，她婉言拒绝了。她说不想提往事，只愿谈当下。那天，她邀请我吃饺子。我们在厨房待了一上午，听她介绍了许多生活常识。

第三次约见许海兰，我带上了女友。女友离婚多年，最近别人给她介绍了一个男朋友，相处之后感觉不错，男方提出结婚的要求，她却害怕再次走进婚姻。是继续谈恋爱，还是进一步谈婚论嫁，她十分纠结。我想让她听听许海兰的建议。

这一次，许海兰终于打开了话匣子。讲完自己两段再婚经历，她叹息道，再婚家庭两大矛盾，一是经济问题，一是子女问题。也许有再婚过得幸福的家庭，但是那意味着要放下很多。许海兰问我的女友："这个让你心动的男人，最后经不经得起权衡利弊？房产和钱财，还有跟子女们之间的关系,你能处理好吗?"

我私下问她,后悔再婚吗?她想了想说:"这事不能用后悔来形容,遇见老郭,我有再婚的想法,恰好那时又觉得彼此挺合适,没考虑太多,这或许就是命吧。"但是对老王,她一直心存内疚,觉得他太可怜。我问她有没有去看过老王,她摇摇头说:"没必要了,我不能牺牲自己去照顾他,不想给自己添堵。"当我问,如果换成是原配老李生病了她会怎么办?一直几乎没有情绪波动的她终于哽咽了,她说:"那我肯定要照顾他,我也愿意照顾他。"

许海兰两次再婚的失败,难说对错。人都有利己思想,正因为是再婚,缺少磨合,加上感情基础不够牢固,就更受不了委屈,担负不了责任。

对许海兰来说,孤独仍然是最大的问题。茶艺、养花、绘画、做香薰,她每天都尽量把自己的生活安排得满满当当。她说:"其实谁都不关注你的生活,是否感到孤独其实是个心态问题,心态调整好了,一个人也能活得充实和精彩。"之后她对往事缄口不言,她说该说的都说了,不开心的事忘了最好。

顺便提一下,我的女友在听完许海兰的故事后,她选择继续单身。她想保持恋爱关系,男方不同意,他说他就是奔着结婚才找她的,既然她不愿意结婚,那互相就不要浪费时间了。女友希望找个跟她一样,只想谈恋爱,享受恋爱过程的男人,至今未果。

无处安放的情感

"小莉,你家钟点工今天有空吗?"

"妈,你想要她干吗?"

"想请她今天帮我去把老房子打扫一下。我准备搬回家。"

周末上午,李莉在送儿子上小课的路上,接到母亲许海兰的电话。看着路上的车水马龙、人来人往,她一时有些茫然。母亲要搬回自己曾经住的房子,意味着什么? 把孩子送进少年宫教室,她躲进卫生间给母亲打电话:"妈,你啥意思?"

"没什么,我要离开老王了。"许海兰在电话那头淡淡地应着,"你明天啥时方便就过来接我一下,帮我搬东西。"

"哦,知道了。"李莉挂了电话,叹了口气,看来母亲跟这个新老伴的同居生活结束了。她不知是该高兴,还是难受。

第二天上午,李莉吃完早饭就发了个微信给许海兰,"我现在过来?""好!"回复很快。车开到许海兰住的小区,到了楼下,穿着一身运动休闲装的许海兰面无表情地站在楼道前,身上背了一只双肩包,地上堆着两个大收纳箱。李莉连忙将车停好,两人一起把收纳箱放到后座上。许海兰上车,李莉不知该说点啥,便随口问道:"都搬了吗?"

"搬了,没啥东西,就这些衣服。"

"那王叔叔怎么办?"李莉小心翼翼地问道。

"随便他姑娘咋办,我刚发信息告诉她,老娘不干了。"许海兰口气很轻松。

她宣布自己结束了短短三年的第三次婚姻生活。严格地说,这第三次不能说婚姻,因为她跟老王没有领证,只能算是同居了三年。

今年 68 岁的许海兰年轻时就很漂亮,皮肤白皙,善于打扮,加上多年来注意保养,看上去也就60岁刚出头的样子。退休前,许海兰在市区一家企业做行政工作。原配爱人老李是另一家企业的高管,女儿李莉读的师范学校,毕业后做了名小学教师。一家三口的生活虽然谈不上多富裕,但夫妻恩爱,家庭美满。

许海兰常说人生享多少福,就要遭多少罪。她的幸福生活到58岁时戛然而止。

2012年,许海兰虽已退休,但公司仍然返聘她,老李常笑她是退休再干,等于高干。11月,老李前往东北哈市出差,正好当地降温,本来就有高血压的老李突发脑出血,许海兰跟女儿赶到哈市医院时,人已经进了ICU病房。医生一脸凝重地说:"他脑内出血点多,在ICU只是拖时间而已。"许海兰疯了,眼泪流个不停,ICU病房每天只允许家属进去看几分钟,看到老李毫无知觉地全身插满管子,她心疼极了。无论她怎么呼唤,平时对她百依百顺的老李都不再应她。守在病房一个月后,许海兰跟女儿一起抱着老李的骨灰盒回了家。

对老李来说,出差是家常便饭。走之前的那个早晨,两个人一起吃了早饭,许海兰给老李下了碗面,煎了只鸡蛋,没想到,这竟然是两人最后的早餐。事后她无数次回忆这顿早饭,常常会自言自语:"应该给他再烫点蔬菜,东北那个地方青菜少。"

老李走了,许海兰觉得自己活得一点意思都没有,她辞去了工作,每天不知吃喝,也不跟人交流,人瘦得所有的衣服穿在身上都大了两号。女儿心疼她,天天劝她吃东西,劝她出去玩,还经常喊许海兰的闺蜜来陪她。

这样的情况足足维持了近两年。

好友玲玲常来陪她,喊她出去散心,还约她出去旅游,但许海兰对啥都提不起劲。玲玲看她这样子,劝她再找个伴,许海兰不愿意,她觉得自己一颗心全给了老李,说啥也不能跟别的男人分享。玲玲跟她说:"你现在跟姑娘在一起,不觉得寂寞,孩子以后结婚了,你怎么办?"

小莉已经 28 岁,经朋友介绍认识了在医院当医生的罗大强。大强老家在江西,父母务农,家里有三个姐姐,家境可想而知。两人见面后互生好感,大强喜欢小莉懂事,小莉看上大强有上进心。许海兰见了大强几次,瞧着也喜欢,就催他们尽快把婚事定了。

这年过年,大强说好要带小莉回江西老家。小莉不放心妈妈,临走前,把冰箱全塞满了,又偷偷打电话给玲玲,让她有空多来陪陪海兰。

大年三十晚上,原本人来人往的街道上瞬间就没人了,许海兰打开了电视,想着两年前过年,一家三口吃年夜饭的开心场景,眼泪就止不住往下掉。正在这时电话响了,玲玲打电话来邀请她去吃年夜饭。许海兰忙擦干眼泪,强忍着哭声,装着轻松地说:"不去不去,我可不想做你家的电灯泡。你放心,小莉啥都给我备着了,我这好吃的多呢。"

冰箱里全是美食,许海兰却碰也不想碰,一个人做了也吃不了多少,她打算把中午的剩饭剩菜热热就算了。8 点,她守在电视机前准备看联欢晚会,过去一家三口都在客厅沙发上,她会削好水果,放上各种零食,大家一边看一边聊,到了 12 点老李就给她们娘俩儿发红包。想到这样的幸福生活一去不复返,许海兰又忍不住开始掉眼泪。

门铃响了,这个点谁上门?她还没走到门口就听到玲玲的声音:"海兰快开门,我们来拜年了。"打开门,玲玲一手搂着另一个好友刘雯,另一只手里拎着一大包好吃的。

"喝酒喝酒,今天过年,咱们都喝点红酒。"玲玲从包里掏出一瓶红酒,"这是我儿子在加拿大买回来孝敬我的,今天我们一起分享。"接着她变戏法一样从包里拿出几个冷菜,又问海兰:"你家有啥,都给端上来,别舍不得。"家里有了人,立刻就有了过年的气氛,许海兰忙打开冰箱,嘴里应着:"放心,我家啥都有。"好在都是现成的,她快速做了个火锅端上桌。

三个女人边吃喝,边聊天,酒过三巡,玲玲脸都红了,她举起杯对海兰说:"来,敬你一杯,祝你今年成功脱单。"许海兰愣了一下,刘雯也跟着起哄道:"对对,今年一定要找个男朋友啊。"

"要死了,你们瞎说,我要扯烂你们的嘴。"

"我们说正经的,哎,君子动口不动手。"

三个女人笑闹成一团,许海兰忽然觉得心里不再那么堵得慌。

这个春节后,李莉和大强的婚事提上了议事日程,大强的父母提着江西的土特产,来镇江提亲了。老两口都是老实巴交的农民,许海兰知道,啥也指望不上他们。她也没提啥要求,就提出婚礼在江西办,回门酒要在镇江办,毕竟家里还有那么多亲戚朋友要答谢。

前后忙了几个月,到"五一"节,许海兰跟着女儿一起到江西参加婚礼,农村的婚礼礼仪繁多,回来后,休息整整一周才缓过神。

女儿出嫁了,家里顿时变得空空荡荡。许海兰这才真正体会到什么是空巢老人——虽然她还没老。日子还得过下去,她认真给自己规划了简单而有规律的单身生活。

她的规划跟大多数退休老人一样,上午起床吃过早饭后,去体育场锻炼,然后买菜回家做饭。中午休息一下,下午她给自己在老年大学报了个美术班,学点才艺。当然,学啥不重要,主要是打发时间。

这天上午锻炼完了,她在路上遇到过去的同事聊了几句,回到小区时已经快11点。小区很大,有个小广场,平时不少带娃的奶奶或外婆会陪孩子在这里玩。今天可能时间迟了,只有一个男人抱着个奶娃娃坐在广场的椅子上。娃哭得震天响,许海兰禁不住多看了一眼,这个男人约莫60多岁,平时没怎么看到过,估计也很少带娃,面对哇哇大哭的孩子,横抱竖抱嘴里哄着不停,可孩子就是止不住哭。许海兰有些好奇,走上前观察了一下,建议道:"娃可能是拉尼尼了,要给他清洗一下小屁屁才行。"

男人手足无措地说:"这可咋办?能麻烦你教我一下怎么办吗?"他涨红了脸,解释道:"我没带过小孩,他爸妈上班,外婆外公临时有事,上午才交给我的。"

许海兰叹了口气:"总不能在外面给他洗呀。"

"那能麻烦你上我家教我一下吗?"男人为难地开口。

"你住哪?"

"就前面那幢。"男人指着前面一幢电梯房说,"我家在803室,有电梯的。"

许海兰拎着菜就跟男人回家,路上得知宝宝才12个月,刚断奶。到了男人家,许海兰顾不上说什么,立刻叫男人打盆温水来,她小心地解开宝宝的尿不湿,果然是屁屁糊了一屁股,她让宝宝坐在自己身上,一手搂住宝宝,一手用毛巾轻轻地擦洗,洗了一遍又换了盆水,收拾干净了给宝宝换上干净的纸尿裤,宝宝终于不哭闹了。她站起来说:"得给宝宝喂奶了,先给他喝点温水。"

男人应着,连声说着谢谢,还拿出盒茶叶递给许海兰:"太谢谢你了,今天多亏遇到你,不然我可真不知怎么办。"

"哎,你是干吗?"许海兰赶紧住门外走,"邻里邻居的,互相帮个忙应该的,你忙你忙,我走了。"

这件小事,许海兰没放在心上。说实话,连这男人长什么样她都没注意。

天凉了,家里的取暖器坏了,她上商场买了一台。到了小区门口,出租车不想进去,许海兰想东西也不重,就自己提回家吧。没想到,进了小区没走两步,扎的提绳断了,大大的盒子没有把手,一时难以从地上捧起。

"你好,买的啥呀?我来帮你一把吧。"一个路过的男人看到,过来二话不说就帮她从地上捧起纸箱。

"不客气,不客气,我自己来。"

"没事,你住几幢,我给你送去。"

男人说着就迈开了脚步,许海兰跟上去,不好意思地说:"真没事,不用麻烦。"

男人掉头看看她,"上次你到我家帮我的,你忘了?"这一提醒,许海兰才看清眼前的男人,中等个子,戴着眼镜,头发有些花白,看上去还挺精神。

"我姓郭,你叫我老郭就行。你贵姓啊?"

两个人边走边交流了几句,说话间就到了许海兰家楼下,老郭没再客气,把东西给她放进电梯,打了个招呼就转身走了。

大约这就是世人所说的无巧不成书,随后,许海兰就时不时会在小区遇上老郭,不过也仅限于点个头打个招呼。

过了些日子,玲玲跟刘雯忽然打电话和海兰说,要到她家来喝茶。

到了海兰家,玲玲不坐下,却盯着海兰看。

"看啥?"

"我看看,你好像命里有桃花了。"

"胡说八道。"许海兰说着便扑上去揪玲玲。

没想到,就只几面之缘,老郭看上了许海兰,竟然拐七拐八,托人打听到刘雯这里,让她来给他当上了说客。

老郭比海兰大8岁,退休前是公务员。离婚十多年了,据说因为女方另有所爱。老郭一直独自带儿子,儿子已结婚生子。刘雯偷偷告诉许海兰,追老郭的女人多着呢,可他眼光高,"他要女方知书达理,一般人看不上。"

玲玲和刘雯两个人左说右说,许海兰就是不松口。玲玲无奈了,劝道:"你就当交个朋友,谈不谈再说,反正也不是见个面就定下的事。"两个人又是劝又是骂的,许海兰终于点头同意先见面,互相认识了解了解。

第一次见面约在焦山,正好是焦山桂花节,坐船一上岛就桂香扑鼻,老郭十分绅士,一路上侃侃而谈,从焦山的来历、江边的摩崖石刻,再到蒋介石与宋美龄在焦山约会的故事,许海兰她们听得津津有味,玲玲不停地捧道:"郭大哥,你真是知识渊博,我们跟着你长知识了。"

临分手到小区门口,老郭要了许海兰的手机号。

晚上,许海兰手机响了,一看是老郭给她发了条信息:"你今天非常美。"

许海兰想了会儿,回复道:"谢谢你今天的精彩分享,原来焦山有那么多故事。"

之后几天,老郭没约她,但每天都会发几条信息给她。"早安,起床了吗?秋高气爽,美好的一天又开始了。""气温下降,出门记得加衣。"

慢慢地,从一天两三条到十几条信息。从问好,到闲聊今天买了什么菜,做了哪些事,一来二去,许海兰觉得跟老郭好像已经成了老朋友一样。这天,玲玲约许海兰逛街,看到她不时拿出手机回信息,便嬉笑着凑了上来:"老郭给你发的?"许海兰有点脸红,没否认。

"你们后来见过面吗?"

"没,就发信息。"

"咋不约会?"

"等了解了解再说。"许海兰嘴上这么说,其实已经有点动心,不知为啥,她还真有点期待老郭主动来约她。

转眼到了中秋节,晚上,女儿女婿订了饭店请许海兰吃饭,饭后刚到家,老郭的信息发来了:"快到阳台上看看,今天的月亮又大又圆。"许海兰跑到阳台上,只见幽蓝的天空上一轮皎洁的明月,银光乍泄,如同给大地镀了一层银霜。正当她看得如痴如醉时,手机响了,"但愿人长久!"老郭发来的信息让她的心跳瞬间漏了一拍。

第二天一早,许海兰刚起床就又接到一条信息,"十五的月亮十六圆,邀请你今晚到我家吃饭。"邀约来得有些突然,许海兰不知怎么回复。她不想太快拉近两个人的距离,又怕拒绝后让老郭觉得没面子。毕竟才只见过一次,没有单独交流,就到他家吃饭,似乎不太合适。她想了想,给玲玲打了个电话,把自己的纠结告诉玲玲。

"去呀,不就吃一顿饭,他能吃了你啊?"大大咧咧的玲玲,一听就叫了起来,生怕许海兰拒绝老郭。她还说,想要认识一个人,最好的方式就是一起吃顿饭。"吃饭可以看出人品和教养,这顿饭你一定要去吃。"

玲玲说的不无道理,许海兰不再犹豫,给了老郭回复,还多问了一句,是否需要她帮忙。老郭的信息很快来了,"不需要,我就想让你尝尝我的手艺。"

下午,许海兰有点坐立不安,穿啥衣服呢?太正式不合适,太休闲也不合适,她站在穿衣镜前,衣服换了一身又一身。眼看着过了5点,她胡乱穿了件米色的薄毛衣,配了条咖啡色宽脚裤,信息恰好来了,"恭候大驾了"。

"来了。"她有些慌乱,"几零几啊?我忘了。"

电梯门打开,老郭已站在门边迎她,伸出手道:"请进。"他自然地接过许海兰手中的包,指着地上的女式新拖鞋说:"这是给你准备的,不知是否合脚?"

随后,他建议先参观一下房子。老郭家是三室一厅,两个房间,一间是他的卧室,一间门关着,他推开后告诉许海兰,这是儿子原来的卧室。另一间是书房,里面两面墙的书橱都放了满满的书。"你家这么多书,难怪你懂得那么多。"许海兰轻轻地咋舌道。

走进餐厅,桌上四菜一汤,撒了香菜的鱼头蘑菇豆腐汤、糖醋小排、麻辣鱿鱼虾、茭瓜毛豆炒肉丝、蒜泥空心菜。桌上还有一个切成四小块的月饼、一瓶打开了的红酒,以及两只高脚杯。"请入座。"老郭体贴地给许海兰拉开椅子。

品着红酒,两个人边吃边喝边聊。老郭十分健谈,也善于引导话题。两个人越聊越投机,还说起了不少共同爱好。比如两个人都喜欢听越剧,喜欢在家收纳,喜欢做菜,得知许海兰在老年大学学画画,老郭自告奋勇地说帮她找画画的资料,还开玩笑说要培养她成为大画家。

不知不觉,两人分完了一瓶酒,许海兰的脸红了,心也乱跳着。已经快9点了,她站起来告辞,老郭看看时间,没有挽留,而是走到门口,给许海兰拿鞋,他自己拿了件外套也换上外出的鞋,许海兰连忙推辞:"不用送,我回家也没几步。"

"不行,你喝了酒,我不放心。"

两人下了电梯,老郭将许海兰送到电梯口,轻声说:"你自己上去吧,我看到你家灯亮再离开。"许海兰轻轻应着,到家后,她赶紧打开面向楼外的厨房灯,握着手机,她知道,老郭马上就会给她发信息。果然,信息到了,"早点休息,晚安!"

就这么短短一句话,许海兰有点失望。为何失望,她也说不出来。这一夜,她翻来覆去睡不着。

第二天,老郭的信息还是如常发来,"早安,你睡得好吧?昨晚一夜没睡好。"

"我还好。"许海兰没说自己,故意问道,"为啥没睡好?"

"想你,眼睛一闭脑子里全是你。"

像是一道闪电,让许海兰大脑突然短路。

这顿晚饭后,许海兰和老郭之间的联络直线上升,两人开始频频见面,看电影、约饭、逛公园、晚餐后散步,就像年轻人谈恋爱一样。他们的关系越来越好,许海兰内心对老郭产生了深深的依赖。但不知为何,老郭没有再约许海兰到他家。

周三下午,她在老年大学放学,竟意外地在门口看到老郭。"你怎么来了?""想你了,你知道今天是什么日子吗?""不知道,难道是你的生日?"许海兰有些好奇。

"就知道你不会记得!"老郭嘴上说得有些委屈,却从身后拿出了一朵红玫瑰。"今天是我们认识整整一百天。"

这是许海兰人生第一次收到玫瑰花,去世的老李虽然是个好男人,却是个粗枝大叶的男人,不浪漫,也不懂情调。

"我做菜了,到我家吃饭吧。"老郭看着发愣的许海兰轻轻地说。脑海里满是幸福感的许海兰再也顾不上矜持,就乖乖跟着老郭回了家。

老郭到家就进厨房忙活起来,许海兰要帮忙,老郭把她推开:"你自己玩,想干吗就干吗,我今天要给你露一手。"

吃饭时,老郭边给许海兰布菜边说:"我虽然比你大8岁,但我想跟你在一起,是希望我们共同建一个家,而不是想让你照顾我。"

这一晚两个人聊了很久,感觉有说不完的话,不知不觉就11点了,许海兰想走,老郭没有挽留,仍然送她到电梯口,但随后发来信息"今晚注定又无眠",让许海兰既心疼又无奈。不过,这种谈恋爱的感觉又让她觉得十分享受。

很快就要过年了,女婿罗大强工作繁忙,一年只有春节能回老家,女儿小莉肯定也要跟他一起回家,可让母亲一个人在家过年她也觉得说不过去。许海兰看出女儿的为难,隐约向她透露有老郭这么一个人。"那你跟郭叔叔到哪一步了?"小莉没有表示反对,还劝她如果觉得合适就早点一起过:"妈,你趁年轻找个伴,我也放心。不然等过几年你年纪再大点,估计想找就难了。"

女儿的通情达理,让许海兰放下顾虑。大年三十晚上,老郭邀请许海兰到他家吃饭,并告诉她,他儿子郭子枫一家会一起参加。"迟早都是一家人,我想正好借此机会让你们见见。"老郭说得很直白。许海兰没扭捏,大大方方答应了。

下午,她早早到老郭家,帮他打下手。说实话,在做菜这方面,老郭确实非常有一手,他说这是因为他从小独自带儿子,为了让儿子吃上既有营养又美味的饭菜,他买过好几本菜谱认真做了研究。

晚上6点不到,郭子枫和老婆王义玉带着儿子小宝来了,老郭做了介绍,看出来,郭子枫一家都有心理准备,他们给老郭带了年礼,还送了一条围巾给许海兰。饭后,一家三口略坐了会儿就告辞了。

晚上,两人一起坐在沙发上看电视,玲玲给许海兰发来信息,"在哪?""在老郭家看电视。""哈哈哈哈,那就不打扰了,本来想到你家喝酒的。""来呀,我现在就回家。""别别别,当我啥也没说,我怕老郭打我。"

许海兰捧着手机抿着嘴乐,老郭凑过来:"给谁发信息呢?让我也乐一下。"

"不给不给。"一个要抢手机,一个要护着,两人在沙发上笑成一团。

这一晚,许海兰没回自己家,老郭说,要陪她守岁。

两个人自此开始共同生活。

不久,两人就协商去领了结婚证,没办酒没请客,女儿一家从江西回来后,老郭在饭店订了一桌饭,喊了两家子女一起吃饭,算是在家庭正式公开了两人的关系。饭桌上,双方子女虽然谈不上亲热,但都客客气气。

成了家,自然难免涉及经济问题,老郭提出各自经济独立,双方子女及人情往来由各自解决,家里日常费用则由他来承担,他爽快地说:"我的收入比你高,这些你就别管了。"许海兰对此没有异议,当然她平时也很注意,家里需要添置什么生活用品,她都会不声不响地买回家。

老郭说话风趣,做事麻利,对许海兰十分体贴,一起过日子,家务事上两人很快明确了分工,老郭喜欢做菜,包揽了一日三餐,许海兰打扫卫生洗衣服。许海兰喜欢画画,老郭买了几本绘画入门的书回来,自己看了之后再指导许海兰,让她进步很快。老郭喜欢旅游,每到一地都给许海兰讲解当地的风景名胜、风土人情。

相处时间久了,许海兰发现老郭有点大男子主义。许海兰从小不吃芹菜,她觉得有股子药味。老郭做了芹菜却一定要她吃,尝尝还不行,非得要多吃才行。许海兰就不愿意了:"我不爱吃,从小就不吃。"老郭却不依不饶,说啥菜都要吃,芹菜的营养丰富,就该多吃。

直到许海兰有天在饭桌上扔了筷子:"这饭我不吃了。"她站起来就往房间跑,老郭这才闭了嘴。但是,逢到桌上有芹菜,他总会摆出一副你爱吃不吃的样子。

老郭特别讲究,比如出门时,拖鞋鞋口一定要朝外,回家后鞋口一定要朝里。用完东西一定要随手放归原处,洗完手不许甩手,要用毛巾擦干。许海兰性格还算细致,但没老郭这么讲究,有时随手放了东西,难免要被老郭唠叨几句。这天中午,老郭做了排骨山药汤,吃饭时许海兰拿了胡椒瓶给汤里撒了胡椒粉,随手把胡椒瓶就放在饭桌上。吃完饭,老郭洗碗,她坐在饭桌边翻报纸,老郭拿起胡椒瓶就冲她说:"说了多少次,东西用完要归位,你就这坏毛病不改。"

"我还没离开饭桌,你怎么知道我不归位了?"许海兰也有点火了。

"那天辣椒酱你拿了放回去了吗?"

"那天是那天,现在是现在,你翻旧账有意思吗?"

"我是为你好,提醒你。"

"不需要,你家东西我以后不碰了。"许海兰说完噌地站起来往外走,拿着自己的钥匙就出了门。下楼后,她回到自己家,看看已经离开几个月的家,越想越委屈,趴在床上哭了起来。

门铃响了,她爬起来。肯定是老郭,她站在床边想想,又坐了下来。果然没过一会儿,她的手机响了,老郭打来的。她掐了。再打,再掐。

"生气了? 先开门让我进来好吧?"老郭给她发信息了。她没回,信息又跟来了。"我老是站在门口,邻居看到难看的。"

许海兰开了门,赌气不吭声,老郭伸手抱她:"好了好了,气性这么大,说一句就跑,跟小孩子一样。"

"我不要去你家。"

"那是我们的家,以后你在家想干吗就干吗。"

"哎,不能哭了,脸哭肿了就不美啦。"老郭又是哄又是逗,许海兰终于绷不住了,跟着老郭回家了。

两人一起过了一年多,虽有磕磕绊绊,总体上还是挺和谐。

郭子枫一家平时很少回家,一个月最多就过来吃一两次饭。许海兰看到小宝长得虎头虎脑挺可爱的,每次来了就喜欢逗逗孩子,可不知为啥,王文玉看到她逗孩子就很紧张,虽然并没说什么,却让许海兰觉得不自在。有次他们离开了,她跟老郭嘀咕道:"她那么紧张,好像我是后妈会害孩子一样。"老郭安慰她:"别瞎想了,主要是孩子跟我们在一起时间少,有点怕生。"

小宝转眼3周岁了,到了秋天要上幼儿园。有天下午,许海兰正好有画画课,下课回家,郭子枫在家,看到她回家打了招呼就走了。

吃完晚饭,老郭开口跟许海兰说要商量事。小宝要上幼儿园了,老郭跟许海兰住的小区是学区房,附近不仅有所好小学,配套的幼儿园口碑也非常好,郭子枫一家想搬到老郭这边来住。"他丈母娘平时帮他们带孩子,也要过来住。"

显然,房子不够住了。

老郭说:"要不我们搬到老房子住,我在海达小区有个房子,两室一厅,八十多平方米。"许海兰内心不太愿意,又不好反对,便淡淡地说:"那有空去看看再说。"

房子是有点老,但是地段好,离市中心不远,有个大露台,阳光也很好,老郭提出:"我们重新装修,里面的东西全换,按你喜欢的来。"要搬离住得挺舒适的大房子,许海兰虽说有点不开心,但她挺想得开,两个人住八十多平方米够了,以后年纪大了,东西要越来越精简。

玲玲得知后,把许海兰骂了一通:"你傻啊?他们要学区房不能花钱买吗?为什么要逼你们搬走?你脑子进水了,这分明是怕你占了他家财产吧?"许海兰十分委屈:"我本来就没想啥,有个住的地方就行了。"

许海兰建议老郭不要花太多钱,简单装修出个新,能用的家具就不换了,把房间空调换新的就行。赶在暑假到来前,两个人把房子装修好了。收拾了衣物和生活用品,叫了个搬家公司就把家搬了。

老房子小归小,住着还挺温馨,许海兰笑言连打扫卫生都省事很多。老郭觉得对不起她,过生日时给许海兰送了条项链,镶钻的,花了近万元。玲玲看到笑她,项链是大房子换来的,太不划算了。

平平淡淡过了两年,就在许海兰以为要在这老房子过完一辈子的时候,传出海达小区即将拆迁的消息。城市道路改造,正好要穿过海达小区。拆迁办上门,许海兰没有参与,郭子枫最近来了几次,跟老郭在房间里一起商量。

前后忙了三个月,跟拆迁办几个轮回谈判下来,最终拿到一百二十平方米的拆迁房,外加三十八万元现金。新房子离市中心较远,装修搬家,许海兰跟着老郭又忙了几个月,终于在过年前住进了新房子。

不管怎么说,新房子总让人觉得充满新意,晚上在床上,老郭搂着许海兰,心满意足地说:"住上新房子我总算觉得对得起你了。"

寒假结束后,许海兰有天外出回家,见老郭父子俩正在房内谈事,客厅的桌子上放了新的房产证,许海兰好奇地打开看了看。没想到,他们现住的这套新房子房产证上写的是郭子枫的名字。

这是什么意思?郭子枫离开后,许海兰责问老郭:"你以后不在了,我住哪里?这房子跟我半毛钱关系也没有。"老郭含糊应道:"这房子当初是我跟他妈一起买的。""你当时不是说离婚房子归你了吗?"

许海兰生气,不是因为房子的产权,她觉得老郭压根儿就不尊重她,丝毫没有考虑到征求她的意见。老郭觉得不解:"你跟我在一起,难道是为了要房子?"这话说出来,彻底惹翻了许海兰。"不是房子,而是你心里有没有我。"

两人吵了几天,老郭开始还软意哄着,最后也没耐心了:"房子已经给我儿子了,再换名字肯定不可能,你想怎么办?"

确实没办法。许海兰咽不下这口气,脱口而出:"那就分手吧!"

说出分手,她觉得自己一下子轻松了,立刻开始动手收拾东西,老郭不阻拦,站在一边冷冷地看着。忙了半天,许海兰将收拾好的衣物和随身用品叫了搬家公司搬回自己的家。

进家门没多久,玲玲电话打来了。"在哪?""在花园城。""我马上来。"玲玲什么都没问就过来了。进门看到一地的包裹,上来抱住许海兰:"没事没事,我来了。"许海兰顿时就哭出了声。

许海兰跟老郭分手的事,玲玲跟刘雯成为两派,玲玲主张分,坚决

219

分,她跟许海兰持相同观点:"不是为房子,而是他心里没你,根本没考虑未来你怎么办、你住哪里的问题。他就是想要你陪伴他,最后他还可以不负责。"

刘雯却认为:"半路夫妻本来图的就是个伴,你自己有家有房子,万一他走了,你回归自己的生活,干吗要住在人家家里呢?虽然老郭做得有点过分,但这也是人之常情,可以理解的。"

玲玲最后说:"不管这事怎么解决,你要是放下,你们才能好好过下去。要是放不下,以后肯定少不了要为这事吵。"

许海兰回家,老郭一直没打电话,也没发信息。一周后,他上门来了。几天没见,他眼见着瘦了一圈,胡子没刮,人也显得不精神。

他直直地看着许海兰:"你心真狠,就不管我了?"

许海兰有点难受,还是硬着心肠说:"是你先不管我的。"

老郭说:"我不是没想过以后的事,我会给你留笔钱,保你以后衣食无忧。"

"我不是为钱。"许海兰觉得老郭根本不理解她。

三个月后,在许海兰的坚持下,老郭跟她去领了离婚证。在民政局门口分手时,老郭看着她说:"我没想过我们会变成这样,希望你以后幸福。"

结束了第二段婚姻生活,许海兰消沉了很久,玲玲和刘雯常来陪伴她,刘雯还劝她跟老郭再试试:"老郭人挺好的,听说他还在等你,要不咱们把他约出来聊聊?"

许海兰拒绝了,静下心来,她会想到老郭的种种好,可是一想到房子,就如同一根刺插在她的心上,她过不了自己内心的坎,那自然无法再好好相处。

闲了没事,玲玲和刘雯常来陪她,还给她送来几盆花。刘雯说,家里有花花草草,就有了生活气息。许海兰说自己不会养花,刘雯立刻拉她进了一个花友群:"有什么不懂的,你就在群里问,花友们可热心了。"

这个花友群里有两百多人,大家每天问花事,传美图,分享自己培植出的花花草草。许海兰从最简单的绿萝开始养,慢慢地对养花种草产生了兴趣。不懂的就在群里问,花友们总是有问必答,特别是一位叫"南山老王"的花友,不少花友都尊称他"王叔"。据刘雯介绍,南山老王就姓王,是位退休的园林设计师,大神级别的"花神",他不仅会种花,最擅长的就是打造花境。

南山老王让许海兰把阳台上的花拍照发到群里,看到她家有几株长得稀稀拉拉的花草,他建议用现有的空盆,将各种花草组盆打造一个小花境,呈现不同的层次和视觉效果。利用现有的花架将植物高度错开,颜色相互补充,花叶搭配得当。虽说只有十多盆花,许海兰的阳台一点点被整成了治愈系小花园,她自己也从养花小白变成略通花经的花友。

春天到了,正是百花齐放的时候,有一天,南山老王在群里晒出自家小院,在群中引起一片惊叹。不少花友要求组团到老王家参观,许海兰也动心报了名。

老王家的院子不足百平米,有闻香的花卉,有观果的树木,还有爬藤等,高低错落,层次分明,正当植物开花时节,满眼望去色彩缤纷,煞是好看。花友们纷纷赞叹不已,站在花丛中拍照,还有人迫不及待地就发起了朋友圈。一位花友忙着拍照,不慎踩倒一株小花苗,许海兰看到没吭声,悄悄蹲下身扶起花苗,又用手指压实边上的泥土。她起身时,恰好看到老王看过来,微笑着向她点点头。

梅雨季节,花友分享给许海兰的一株铁线莲不知为啥开始枯萎,她连忙拍照到群里咨询,老王回复道:"这是枯萎病,要及时处理,把枯萎的枝条全剪掉,越及时,越干净,它的成活率就越高。另外,还要给整个土壤和根部消毒。"他又补充了一句:"我这有配好的药水,可以来取。有需要的花友们都可以来找我取。"

按约定的时间到老王家,又顺便参观了花园,许海兰问:"你每天打理花园要多少时间？""夏天多一些，一般早上一小时，傍晚一小时。"老王伸手揪掉一片枯叶，说："侍弄花草时间过去很快，心情也特别好。"又说："你喜欢铁线莲，我今年培育出新品种分一棵给你。"他大方地拿出一盆紫色的铁线莲给许海兰。"哎，这怎么好意思？"许海兰又惊喜又意外。捧着花回家，十分开心。

上次来的时候，她已经注意到，老王是个单身老头。

第二天，许海兰包了点茴香饺子，她记得有次在群里一位花友晒出自己包的茴香饺子，老王回复了一个"想吃"的图案。饺子包好，她用盒子装了二十只，骑车送到老王家，敲开门："谢谢你送我花，包了点饺子送给你。"没等老王多说，她就掉头走了。

回家不久就发现老王加她好友，她点了接受，老王发来笑脸："茴香饺子真好吃，谢谢你。"

两人开始在微信里互动，开始聊的多半是花草，慢慢地也说些家长里短的事。许海兰知道了老王的老伴去世五年了，有个女儿成家了，每周末会回来看看他。

许海兰觉得老王有点可怜，她私下跟玲玲她们说，家家有本难念的经，看老王以为他过得多幸福，其实也就是因为孤独没事才种花种草的。玲玲听了说："你不会看上这老头了吧？别说我没提醒你，家里有女儿的，你最好别惹。你看我表弟再婚，他那女儿给家里整得鸡飞狗跳的。现在她只要回家，我那新弟媳妇就躲出去。"

玲玲还跟她开玩笑道："你要谈恋爱我不反对，共同生活就免了啊。"

许海兰嘴上说："你要死了，净瞎说。"心里却真的反复思量，不得不同意玲玲说得甚是有理。

陪伴，是两情相悦的一种习惯。许海兰想疏远老王，可一天不跟老王发微信，就觉得生活里缺了点什么。要放下，她还真舍不得。

两个人仍然微信往来，老王有了多培育出的花草送给许海兰，许海兰投桃报李,做点卤牛肉、肚肺汤什么的送给老王。快过新年了,老王提议到花鸟市场买几棵水仙花,他告诉许海兰,水仙花是所有花卉植物中少有的能够雕刻的花卉,雕刻完后,不仅长得更快,创造出一个造型,水仙花更加有气质和韵味,而他自己就会雕刻。

许海兰动心了,她心想,逛花鸟市场不算约会。

两人约在花鸟市场,选了几个花球,许海兰又选了一棵挂满红果子的南天竺,老王一并付了钱,不让许海兰推让,他轻轻地说:"别推,外人面前推来推去难看的。"出了花鸟市场,老王指着边上一条道说:"我知道这路上有家牛肉粉丝汤不错,我请你去吃,回家省得做饭了。"

看看天色已经不早,许海兰同意了。老王说的这家摊主是一对中年夫妻,店面虽小,却干净整洁,刚靠近就闻到了牛肉汤鲜美的味道。此时已坐了好几桌的客人,生意当真不错。牛肉粉丝汤撒了香菜和青蒜,配上刚出锅的牛肉锅贴,吃得浑身热乎乎的。"好吃吗?"老王颇为得意地说,"我不会做菜,但我知道镇江好多好吃的小吃,下次我带你一一去品尝。"

许海兰开玩笑说:"真小气,就请我吃小吃吗?"

"大餐也可以吃,但是大餐哪有小吃别有风味?"老王认真地说,"跟着我吃,保你没错。"

果然,老王刻的水仙花造型别致,开放的时间也正好掐在春节前,满室清香。许海兰拍照发给老王看,又根据他的指导在叶茎上套上红纸圈,顿时更增了几分喜庆。

此时,李莉的儿子已经3岁,虽然有婆母帮忙在带,许海兰少不了要常去看望。再加上有老王经常聊天,偶尔约约会,过春节时许海兰感觉没过去一个人时那么难受。

春去夏来,这年夏季高温,连续十多天都是38度以上的天气。这天早上,太阳一出来,温度就到飙升到三十八九度,许海兰到菜场买完菜回家就一身汗,正准备冲洗一下,电话响了,老王在电话里有气无力地说:"我好像中暑了。"

许海兰吓了一跳,立刻说:"你先躺下,我马上就来。"路上她先到药店买了藿香正气水和人丹,到了老王家,老王来开了门,脸色煞白,许海兰赶紧扶他进房躺下。老王告诉她,早上他在院子里浇完水就觉得头晕恶心,身体发烫不出汗。许海兰给他喝了藿香正气水,又倒水让他吃了人丹。问他要不要去医院,老王摇摇手:"暂时不需要,我心里有数。"

人在生病的时候最脆弱,看着平时精气神十足的老王倒在床上,许海兰心里说不出的难受。连着几天,她每天早上过来晚上回家,给老王做饭,帮他浇花,照顾了整整三天。第三天晚上吃完晚饭,她在洗碗的时候,老王站在她背后抱着她说:"别走了行吗?没你的话我都不知这几天怎么过。"

许海兰心软了,晚上陪着老王没回家。但是第二天早上,她还是回家了,毕竟家里也有一阳台的花草需要照料。

得知许海兰跟老王在一起,玲玲私下问她,老王有没有跟女儿王珏谈过两人的事?许海兰想想,说没听老王说到过。王珏一般周六带着孩子回家,像是约定好了一样,许海兰到老王家总是错开周六。玲玲又关照她说:"听说这个女儿老王特别宠惯,脾气可能不大好,你们不碰面最好。"

对她跟老王的相处,不知为啥,玲玲和刘雯似乎都不太看好,或许是有了之前老郭那段,让她们两个人都对再婚有了新的看法,不再像过去一样鼓动她再嫁。她们都认为同居不领证的方式最好,玲玲说:"你两边住住,距离产生美。"刘雯说:"你们两个人过日子,双方子女不参与最好。反正你常回家,衣服也只要带点换洗的去就行,万一不合适,你随时都能撤。"

日子到底过得好不好,如人饮水,冷暖自知。许海兰内心觉得她们并不能理解自己的寂寞。她平时在家里一个人总打开电视,不是喜欢看电视,就因为屋子里能有个声音。在家做了饭一个人吃,开始也喜欢摆个盘,发个朋友圈,慢慢地她基本上就是一锅荤菜蔬菜炖,不再讲究——反正都是一个人吃。

跟老王在一起,最重要的是互相陪伴,许海兰内心有了依恋,不再孤独。

老王除了不会做饭,别的家务活都能做,特别是动手能力强。许海兰背的一只名牌包,是女儿在她过50岁生日时存了一年的钱给她买的,用了十多年,包带开裂,边边角角都毛了,背出去有点寒碜,扔了又舍不得。老王问她:"要不要我帮你把包改造一下?保证比你现在的好看。"他自己动手将包拆开,把边角的皮切除了,重新缝合,又在网上买来配皮,重新换了包带,翻新的包包比原来的略小一点,但式样更时尚,让许海兰爱不释手。

他还抽空到许海兰家里,把她家卫生间里坏了好多年的灯给换了,解决了抽水马桶开关失灵的问题。洗衣机甩水时声音很响,老王听了一会儿,判断是甩水桶的螺丝掉了,他拆下洗衣机果然找到一颗掉下的螺丝,洗衣服甩水的声音终于恢复了正常。

老王是设计师出身,眼光好,他教许海兰,穿衣服的布料要选挺括的,不要穿软塌的:"这个年纪身材走样了,软塌的布料只会突出你的身材缺点。"衣服颜色他建议选莫兰迪色系,高雅又大方。

当然,每天许海兰觉得最幸福的时候,就是忙完家务,坐在小花园里听听音乐、喝喝茶,满院的花草真是让人赏心悦目。这院子里放上桌椅,是许海兰提议买的,老王立刻上淘宝选了一套,他说自己早就想买了,过去因为一个人坐院子里没意思才没买。

小日子过得挺美的,要说有什么不如意,就是许海兰多少有点疑惑,因为老王从不提双方子女的事,仿佛这个世界就是他们两个人的一样。

前天晚上,因女儿女婿有事,把外孙女送到许海兰家,许海兰就没去老王家。第二天早上送外孙女上学后,许海兰买了菜来到老王家,拿出钥匙开门,突然发现王珏在家里,跟老王正在大声吵着什么。看到她进家门,王珏直冲着她说:"你是谁?你为什么有我家钥匙?"老王赶紧过来站在许海兰身边说:"这是许阿姨,是我朋友。"

"朋友?朋友能有你家钥匙随便到你家?"王珏一点都不客气,"你别把什么女人都弄回家,别忘了这也是我的家。"说完就气呼呼地拎包走了。

说实话,许海兰压根儿没想到第一次跟王珏的见面是这样的场景。

老王一脸歉然,"姑娘被惯坏了,你别介意,她就那直性子。"许海兰心里多少有点膈应,但也没说什么。平时偶尔听到老王给女儿打电话,语气里满满的溺爱,其实王珏已经快40岁了,仍然任性得还像个孩子。

两人事后长谈了一次,达成一致:双方各管各的子女,不介入彼此生活。每个周末是各自的家庭日,周六许海兰回自己的家,让老王一家在家团聚。周日,李莉一家回家跟许海兰团聚。

家庭日约定好了,可没想到王珏连着两个月都没回家,老王打电话给她不接,发微信不回。每每看到老王在家长吁短叹,许海兰就十分心疼,她给老王建议:"你发微信给她,让她周六回来,就说保证周六家里只有你一个人。"这招果然有效,周六王珏带着孩子回来看老王了。

老王很开心,日子恢复正常。可连着几周,许海兰都发现了一些意外。一个周末她回家,床头柜上她的镜框掉在地上,玻璃摔碎了,这张照片是她春天在院子里赏花时,老王用手机帮她拍的,后来特地冲洗出来用相框镶上了。大约是许海兰正好睡在房间的里侧,老王没注意相框在地上,他说:"可能是孩子调皮,我明天帮你重配个相框。"

又一次,许海兰发现自己放在梳妆台上的口红压坏了,她清楚地记得自己每次用完后都会把口红拧回再盖盖子。她拿给老王看,老王忙说:"肯定是孩子弄的,明天就给你重买。"许海兰认为是王珏故意所为,老王坚决不承认:"不可能,你别想多了,也怪我,孩子淘气,我没注意,下次我一定看好了。"老王的好脾气,让许海兰心里有火都发不出了。

这个周末她回家时，拖鞋不见了，鞋柜里没有，到处都找不到，最后发现她的拖鞋被扔在花园的角落里，沾满了泥土。这下许海兰再也忍不下去了，她冲着老王喊道："你看到了吧？这就是故意的，既然她容不下我，那我走好了。"

看到她真生气了，老王连忙哄道："都是我不好，保证下次不会再发生，别生气，我给你发红包。"他连哄带保证，许海兰总算是消了气。

这之后每到周六早上，老王就会把许海兰散放在外面的东西放在收纳盒，再放进衣柜里。许海兰看到了没反对，她明白适当的妥协与退让，才能尽量避免矛盾与冲突的发生。

这一年许海兰65岁，老王75岁。

命运弄人。

三年后，进入秋冬季节，许海兰无意间发现老王走路有点拖脚，她问老王是不是身体有啥不适，老王不介意地挥挥手说："没事，这两天可能有点感冒，腿不得劲，休息两天就好了。"

几天后，老王的状态没有改善，看上去精神也不太好。晚上吃完饭，许海兰让老王早点洗漱上床，提出明天去医院看看。老王没反对，站起来进了卫生间。不一会儿，正在洗碗的许海兰忽然听到卫生间里传来重物摔地的声音。她赶紧放下碗来到卫生间，只见老王仰面倒在地上，眼睛上翻，口角吐着白沫，她吓坏了，颤抖着手拨打了120。很快120来了，医护人员将老王搬上救护车，询问情况后初步判断为脑梗。

到了医院，做了脑部CT后，医护人员就将老王送进了人民医院的ICU。这时已经是晚上11点，许海兰想了想用老王的手机给王珏打了电话："我是许海兰，你爸生病了。"

"关我什么事？"

王珏冷漠的答复让许海兰愣了一下："非常严重，已经在人民医院的ICU。"

"孩子在家，我走不了，明天早上过来。"王珏说完就挂了电话。

CT结果出来了,医生判断老王是脑出血,由于出血量没有达到30毫升,医生建议保守治疗,并初步制定了治疗方案。老王的身上随即被插满了管子。

人在ICU,不需要家属陪伴。许海兰到家已经是凌晨2点,躺在床上她怎么也睡不着。干脆打开手机百度"恶补"什么是脑出血,当看到脑出血多半会有后遗症,她不禁有些害怕,无法想象平时健壮的老王如果变成行动不便的人该咋办,还有院子里的花草怎么办?她想起在小区里常看到一对散步的老夫妇,男人年龄应该跟老王差不多大,女人扶着拖着半边身子的男人,小心翼翼地半天才能走一步。

这晚她只迷迷糊糊地睡了一会儿天就亮了,起床简单洗漱了一下赶到医院。医护人员告诉她老王仍在昏迷中,并把她无情地阻挡在ICU外面,告诉她一天中只有下午3点可以进病房看几分钟病人。她找到主治医生,医生说要通过治疗让出血慢慢吸收。她鼓起勇气问医生会不会有后遗症,医生想都没想就回答她:"肯定难免,轻重现在难说。"

在ICU抢救了十多天,老王终于醒了,右侧半边身体没有任何知觉,说话也含糊不清。看到许海兰,他眨着眼睛流下眼泪。

转入普通病房,就需要家属照料了。许海兰打电话给王珏提出跟她倒班照料老王,王珏回她说:"你不是爱他的吗?你这时候不应该多照顾他吗?"好在医院有24小时的护工,白天她在医院主要是陪伴,喂饭和照料大小便等就交给护工。

在普通病房又住了半个月后,老王失去知觉的半边身体没有恢复的迹象,医生让许海兰不要着急,并告诉她,脑出血多是会出现后遗症的,一般肢体功能的恢复主要是靠恢复期的锻炼,现在时间还比较短,出院以后加强锻炼,半年以内应是属于最佳时间段。医生认为老王出血情况已稳定,建议他们转到社区医院进行康复治疗。医生的话,让许海兰多少缓解了点焦虑的心情。

在社区医院,尽管有医护人员帮忙进行功能康复治疗,许海兰还是每天都积极帮老王做肢体的按摩和各个关节的活动,加速血液循环。三个月过去了,老王的右侧半边身体还是没什么知觉,但是能在许海兰的半扶半抱下勉强站立。再住院意义不大,康复治疗的费用也颇高,医生建议他们回家自己做康复训练。

从老王发病到回家,四个月的时间,王珏前后就到医院看过老王三次。

在医院大小便、擦洗身体,甚至喂饭都有护士和护工帮忙,回家后怎么办?许海兰让玲玲帮她找保姆,玲玲很快找到了个曾在医院做过护工的男保姆:"他力气大,又有经验,但是你要想好是24小时,还是就白天陪护?"

"要不先试试白天?"许海兰不想晚上家里有外人。事实很快证明不行,许海兰睡在老王身边,也不知是否是因为吃药的原因,老王夜里小便特别多。许海兰一夜要起来几次,有天夜里端尿盆不小心尿液打翻在床上,许海兰只好起床把床单被子都换了。当时她只穿着内衣,第二天早上起来头晕鼻塞,走路都打飘。她只好跟保姆协商改为24小时,在房间里加了小床给保姆睡,自己睡到书房沙发上。

老王回家后,王珏来过一次,站在老王病床前看了下就甩门走了,连个招呼都没跟许海兰打。周日保姆提出要休息,正好许海兰要回家看女儿,她给王珏打电话,希望她能来照顾一下老王。王珏在电话那头冷冷地说:"照顾他是你的事,不要推给我。"许海兰只好忍气吞声,跟女儿打了招呼留在家里照顾老王。

玲玲跟刘雯过来看老王,送她们走的时候,两个人把许海兰拖出去,问道:"你准备怎么办?"许海兰有些茫然:"我能怎么办?"

"这个病不是一天两天的事,你准备在这做一辈子保姆吗?更何况他女儿还不领情。"

许海兰沉默了。

家里有了病人,生活重心全变了。许海兰除了早晨出门买菜,其他时间全在家里,保姆只负责照顾老王,所有家务事都不管。许海兰要做饭、打扫卫生、洗洗刷刷,闲下来要跟保姆一起帮着老王做康复训练。本来想把康复训练交给保姆,但是保姆不喊不动,做起来也很不耐烦。

王珏带着孩子来看过老王几次,每次站在床边跟老王说几分钟话就走。看到许海兰连个招呼都不打,仿佛她是空气一样。

时间一天天过去了,每天早上起床时许海兰总期望有奇迹发生,希望老王会有明显的好转,然而事与愿违,老王看起来变化不大。交流说话念糊不清,许海兰对他的要求都是半蒙半猜。

一天早上,许海兰出门买菜,在小区里再次遇见那对女人扶着男人走路的夫妇,她犹豫了一下,上前打招呼:"大姐,你们早。"大姐回头看着她,嘴里也打着招呼:"早早早。""你好,请问大哥这种情况有多久了?"许海兰怕大姐有啥想法,又补充说:"我家老头子脑出血快半年了,半边身子几乎没知觉。"对方狐疑的眼神立刻变得释然:"我老伴已经三年多了,现在扶着腿能走几步,手还是没感觉。"说着她拎起男人的左手,摇摇说:"你看这胳膊软得跟面条一样。"

"医生不是说半年能恢复吗?"

"那是医生安慰你,让你有信心,而且还要看各人的情况,有人病情轻,恢复得就快。"大姐快人快语,"你要帮他多训练,不练的话功能恢复更难。"

到了菜场,玲玲给许海兰打了电话。"海兰,最近怎么样?我正准备找你呢。""累死了,现在在菜场买菜,你过来看看我吧。"玲玲二话没说,很快就骑着电动车过来了,看到许海兰心疼地说:"你辛苦了,瘦了不少。"

"我都瘦了十几斤了,衣服全嫌大了。"许海兰苦笑道。

详细问了问老王的情况,玲玲叹口气:"我知道不应该劝你离开老王,他也是可怜人,你自己拿主意。"

这天夜里,保姆在接尿时再次把尿壶打翻,他嘴里骂骂咧咧地喊许海兰起床换床单。换完床单,许海兰再也睡不着了,一直在床上眼睁睁到天亮。忍着头痛的不适,她起床打开院子门,短短几个月的时间,浪漫又舒适的花园就因无人打理变得杂草丛生,荒凉破败不已。

人生一世,草木一秋。她在心里暗暗叹息着,随后便做出了决定。

走之前,她给老王做了最后一次饭菜,给王珏发了一条信息,"我走了。"随后就将她的电话拉入黑名单。临走时,她在老王床前站着,老王仿佛知道她要走了,眼睛里不断涌出泪水,嘴里啊啊的却说不出话。许海兰用手摸摸他的脸,眼睛也模糊了。

微信响了,李莉说她已经到楼下了。换鞋的时候,许海兰迅速擦去自己的眼泪。

回家后,玲玲和刘雯来看她,都不知怎么劝她,玲玲说:"一切都是命,往后有我们陪你。"刘雯说:"人生就是一场梦。"

不久后,玲玲打听到,王珏把老王送进了养老院。

许海兰不知自己离开老王做得对不对,但她认清了一点,"不要把老年人再婚想得那么美好,老年人再婚也许不会幸福。"